KAREN DUV

Taxi

Buch

»Ich meldete mich auf eine Anzeige, in der nicht nur Taxifahrer, sondern ausdrücklich auch Taxifahrerinnen gesucht wurden. 1983 war es in Stellenanzeigen noch nicht üblich, jedem Beruf auch eine weibliche Endung anzufügen. Man tat es nur, wenn man andeuten wollte, dass man praktisch jeden nahm.«

Eine ziellose Jugend, eine spießige Familie, eine frustrierende Ausbildung – da kommt die Annonce »Taxifahrerin gesucht« schon fast wie die Rettung schlechthin daher. Auch wenn Alex Herwig leider ein Gedächtnis wie ein Sieb hat und nur mit Ach und Krach die Taxiprüfung schafft. Und so sitzt sie dann zum ersten Mal im Wagen und schwitzt Blut und Wasser, weil sie die Straße nicht kennt, nach der ihr erster Fahrgast fragt. Alex überlebt und kreuzt fürderhin über die Straßen ihrer Stadt. Und wird dabei, halb wider Willen, von einer Kollegen-Clique vereinnahmt, die aus gescheiterten Künstlern, Uni-Abbrechern und frauenfeindlichen Verklemmten besteht – bis sie Marco trifft, einen extrem kleingewachsenen, aber umso bestimmter agierenden Psychologiestudenten …

Karen Duve erzählt mit gewohnter Brillanz, Lakonie und Unbarmherzigkeit von einer jungen Frau, der das Leben nichts schenkt und die einen Beruf hat, in dem sie andauernd Leute trifft, denen das Leben erst recht nichts schenkt. Komisch, erbarmungslos, ehrlich bis auf die Knochen und hoch unterhaltsam: ein waschechter Duve-Roman eben.

Autorin

Karen Duve, 1961 in Hamburg geboren, lebt mit ihrer englischen Bulldogge, zwei Hühnern und einem Maultier auf dem Lande. Sie wurde mit zahlreichen Preisen ausgezeichnet, ihre Romane waren Bestseller und sind in 14 Sprachen übersetzt.

Von Karen Duve sind im Goldmann Verlag außerdem lieferbar:

Regenroman (46916)
Dies ist kein Liebeslied. Roman (45603)
Die entführte Prinzessin. Roman (46142)

Karin Duve

TAXI

Roman

GOLDMANN

FSC
Mix
Produktgruppe aus vorbildlich
bewirtschafteten Wäldern und
anderen kontrollierten Herkünften

Zert.-Nr. SGS-COC-001940
www.fsc.org
© 1996 Forest Stewardship Council

Verlagsgruppe Random House FSC-DEU-0100
Das FSC-zertifizierte Papier *Holmen Book Cream* für dieses Buch
liefert Holmen Paper, Hallstavik, Schweden.

1. Auflage
Taschenbuchausgabe August 2010
Wilhelm Goldmann Verlag, München,
in der Verlagsgruppe Random House GmbH

Lektorat: Doris Engelke
Umschlaggestaltung: UNO Werbeagentur, München,
unter Verwendung eines Entwurfs und Fotos
von Christina Hucke
Th · Herstellung: Str.
Druck und Bindung: GGP Media GmbH, Pößneck
Printed in Germany
ISBN 978-3-442-46956-7

www.goldmann-verlag.de

1. TEIL

1984–1986

1

So ging das nicht weiter. Ich hatte die Ausbildung bei der Versicherung abgebrochen, die einzige Ausbildung, die ich je angefangen hatte. Danach versuchte ich, ohne Geld von Hamburg nach München zu laufen, in der Hoffnung, dass sich unterwegs irgendetwas ergeben würde. Ich hätte ja zum Beispiel mitten im Wald auf ein Auto stoßen können, ein Auto mit einem halbverwesten Toten hinter dem Lenkrad. Und neben ihm, auf dem Beifahrersitz, hätte zwischen lauter Maden ein Koffer mit zehntausend Hundert-Mark-Scheinen in unsortierter Nummerierung gelegen. Hätte doch sein können. In Göttingen wickelte ich das, was von meinen Füßen übrig war, in ein doppeltes Paar Socken und trampte wieder nach Hamburg zurück.

»Ich hoffe, du weißt, was du zu tun hast, wenn du in der Gosse gelandet bist«, sagte mein Bruder, »nicht, dass einer von der Familie nachher noch für dich aufkommen muss.«

Mein Bruder tat immer so, als wäre unsere Familie eine verschworene Gemeinschaft, in der nur ich querschießen würde, aber in Wirklichkeit wohnte er mit mir zusammen in einer Gartenlaube, die unser Vater auf der Rasenfläche hinter seinem Haus hochgezogen hatte, um uns *beide* nicht mehr sehen zu müssen. Die Laube hatte zwei Zimmer, für jeden eins. Ein Badezimmer gab es nicht, dafür mussten wir zum Haus rüber laufen. Bei Schnee und Regen und in finsterster Nacht. Gewöhnlich saß ich in meinem Zimmer auf dem Bett, lehnte den Rücken gegen das Kopfkissen und die schlecht isolierte Holzwand und las ein Buch über Schimpansen. Oder ich sah aus dem Fenster in die Zweige eines giftigen Goldregens. Ich musste mir langsam etwas einfallen lassen. Meine ehemaligen Mitschüler studierten schon seit anderthalb Jahren, und wenn ich nichts tat, würden sich meine Eltern wieder irgendeinen langsamen Tod in einem Büro für mich ausdenken.

Ich fing an, die Stellenanzeigen in der Bild-Zeitung zu lesen. Gesucht wurden Mitreisende für Drückerkolonnen, Barfrauen auf Provision und Taxifahrer. Drückerkolonne ging nicht, weil ich ja überhaupt kein Durchsetzungsvermögen hatte. Ich hoffte immer noch, dass sich irgendetwas von selbst ergeben würde, etwas Großes und Besonderes, ohne dass ich deswegen selber handeln musste oder gezwungen war, Entscheidungen zu fällen, die ich dann den Rest meines Lebens zu bereuen hatte. Aber bis es so weit war, konnte ich ja Taxi fahren. Ich meldete mich auf eine Anzeige, in der nicht nur Taxifahrer, sondern ausdrücklich auch Taxifahrerinnen gesucht wurden. 1984 war es in Stellenanzeigen noch nicht üblich, jedem Beruf auch noch eine weibliche Endung anzufügen. Man tat es nur, wenn man andeuten wollte, dass man praktisch jeden nahm.

2

Ich bestand die Führerscheinprüfung zur Fahrgastbeförderung, weil ich alle Straßen aufzählen konnte, die vom Klosterstern abgingen, und weil ich wusste, dass die Farbe, in der sämtliche Taxis gestrichen waren, RAL 1015 hieß – hellelfenbeinfarben, also wie blasser Eiter. Den Verbindungsweg vom Horner Kreisel in die Elbvororte hatte ich allerdings nicht mehr parat, obwohl ich wochenlang Verbindungswege auswendig gelernt hatte und sie auch noch alle mit dem Fahrrad abgefahren war. Das Ganze fand im Verkehrsamt statt. Die beiden Prüfer saßen hinter einem Tisch, die Beine ausgestreckt und die Stühle weit zurückgeschoben, damit ihre Bäuche vor die Tischplatte passten. Ich saß mit einem älteren Türken und zwei Studenten vor ihnen – nebeneinander wie Zielscheiben. Ohne Tische.

Ich legte langsam das linke Bein über das rechte und fragte einen der dicken und unsympathischen Prüfer, ob ich mit dem Aufzählen der Straßen nicht andersherum, nämlich in den Elbvororten beginnen dürfe. Erstaunlicherweise hatte er nichts dagegen.

»Elbchaussee ...«, fing ich an, »Elbchaussee ... also die ganze Zeit erst mal die Elbchaussee entlang ... äh, kilometerweit ... dann Königstraße ... Reeperbahn ... dann auf den Ring Eins, nein falsch, lieber weiter auf der Ost-West-Straße, beim Rödingsmarkt in den Großen Bustah, Steinstraße hoch und dann äh, Berliner Tor, äh ... Berliner Tor ... und die Hammer Dings ...«

Hamm und Horn, Horn und Hamm, diese einsilbigen Nachkriegsstadtteile voll identischer Wohnblocks, Rentner und Kleingärten bekam ich ständig durcheinander!

»Äh ... Berliner Tor durch und immer geradeaus die ... äh ...«

Ich riss die Augen weit auf und flatterte hilflos mit den Wimpern.

»Genau. Und so weiter und so fort«, sagte der unsympathische Prüfer. Den älteren Türken, der bloß eine einzige Straße vergessen hatte, ließen die beiden Dicken durchfallen. Mit Gerechtigkeit hatte das alles nichts zu tun, aber ich tat natürlich den Teufel, mich zu beschweren. Noch am selben Nachmittag schwang ich mich auf mein Fahrrad und fuhr zu dem Taxibetrieb, den ich mir in der Bild-Zeitung ausgesucht hatte.

3

Die Firma Mergolan bestand aus einem gläsernen Büro, einer Werkstatt und zweiundzwanzig Taxis. Der Chef sah aus wie ein Postkarten-Ungar, mit seinem scharf gescheitelten schwarzen Haar und dem melancholischen Hirtenbart im runden Gesicht. Über seinem Schreibtisch hing jedoch eine goldgerahmte Fotografie des Schahs von Persien. Mergolan verkaufte mir ein Kellnerportemonnaie und einen Stadtplan *Großraum Hamburg*.

»Billiger als bei uns kriegst du die sowieso nirgends«, sagte er. Eine Pistazienschale stahl sich über den Rand seiner Unterlippe und fiel auf den Betonboden. Mergolan ging mit mir nach draußen, wo ein schwarzhaariger Mann im blauen Overall gerade die Motorhaube eines Taxis schloss.

»Das ist Mustafa. An den musst du dich wenden, wenn irgendetwas an deinem Taxi kaputt ist.«

Mustafa hob grüßend die schmierige Hand. Mergolan setzte sich mit mir in den Mercedes. Heiße Luft schlug uns entgegen. Es war Juni, und der Wagen hatte sich in der Sonne aufgeheizt. Wir ließen die Türen offen. Mergolan knipste Dachschild und Funkgerät an.

»Wir sind beim Wandsbeker Funk angeschlossen. Alle Wagen, die so ein Hamburg-Wappen hinten drin haben, gehören zum Wandsbeker.«

Auf dem Wappen stand die Nummer Zweihundertvierundvierzig. Mergolan zog den Tourenblock hinter der Sonnenblende hervor und zeigte mir, wie ich die besetzt und unbesetzt gefahrenen Kilometer und den Geldbetrag von Taxameter und Kilometerzähler abschreiben und in die Tabelle übertragen musste.

»Bei uns kriegst du fünfzig Prozent von dem, was du einfährst. Und zweihundert Mark sollten eigentlich immer drin sein – also hundert für dich plus Trinkgeld. Wenn du tanken musst, lässt du dir 'ne Quittung geben und legst die nachher mit in den Briefumschlag. Das Geld kannst du natürlich abziehen. Und wenn das Geschäft gut läuft, dann fährst du auf der Tankstelle die Dieselzapfsäule für Lkws an. Dann ist dein Tank in zwanzig Sekunden voll und du kannst gleich weiterfahren. Alles klar?«

Er stieg aus. Ich verstaute den Stadtplan, einen Apfel und ein Tränengasspray neben dem Fahrersitz, packte meine alte Schweinsleder-Aktentasche in den Kofferraum, klemmte den Tourenblock wieder unter die Sonnenblende und fuhr los. Der Himmel war blau, nur an wenigen Stellen von durchsichtigen Wolkenstreifen schraffiert. Ich hatte die Nachtschicht genommen, die von achtzehn Uhr bis sechs Uhr morgens ging. Nachts fahren und tagsüber schlafen, davon versprach ich mir mehr Abenteuer.

Der erste Taxi-Posten, der mir vor die Kühlerhaube kam, war der Posten Hagenbecks Tierpark. Mein Wagen war das einzige Taxi dort, und ich konnte gleich bis ganz nach vorn rollen. Schräg gegenüber, auf der anderen Straßenseite äugten zwei langhaarige Esel über den Zoo-Zaun und ließen die wolligen Ohren in der Hitze hängen. Ich kurbelte das Seitenfenster herunter, verteilte mein Wechselgeld im Kellnerportemonnaie und wartete. Ich wartete und wartete. Ein weiteres Taxi hielt hinter mir und dann noch eines. Jedes Mal, wenn das Funkgerät knackte und die Stimme etwas sagte, zuckte ich zusammen. Technische Geräte schüchterten mich ein. Außerdem hatte ich seit jeher große Angst, etwas falsch zu machen. Und ich musste ja nicht nur auf die Funkerin achten. Da draußen gab es auch noch eine grüne Telefonsäule, den sogenannten Mini, der jede Sekunde klingeln konnte. Was sollte ich eigentlich tun, wenn beides gleichzeitig passierte – wenn die Funkerin den Posten Hagenbeck rief und genau in dem Moment auch der Mini klingelte? Ich drehte den Kopf, um herauszubekommen, ob die Wagen hinter mir beim selben Funk angeschlossen waren und mich anschwärzen konnten, falls ich einen Fehler machte. In diesem Augenblick stieg eine Frau in mein Taxi ein und setzte sich auf die Rückbank. Sie trug ein kariertes Kostüm und hatte ein liebes, müdes Gesicht. Ihre Handtasche war auch kariert.

»Zur Meerweinstraße, bitte.«

»Gut«, sagte ich, »zur Meerweinstraße. Alles klar. Wo geht die noch mal ab, die Meerweinstraße?«

»Von der Großheidestraße.«

Ich zog den Straßenatlas neben dem Sitz heraus und begann zu blättern. Meerweinstraße, Meerweinstraße – warum nicht gleich Meerschweinchenstraße?

»Fahren Sie einfach mal los. Ich sage Ihnen, wo es langgeht.«

Ich stellte den Taxameter an, fädelte mich in die Julius-

Vosseler-Straße ein, schaltete, blinkte, wechselte die Spur, überquerte den Siemersplatz. Es war ein langer Weg, quer durch Eppendorf und Winterhude, und es fühlte sich seltsam an, jemanden, den man noch nie zuvor im Leben gesehen hatte, so dicht hinter sich sitzen zu haben, dass man meinte, seinen Atem im Nacken zu spüren. Die Meerweinstraße war eine kleine Wohnstraße mit roten Backsteinhäusern, eine Einbahnstraße. Ich kassierte, schaltete den Taxameter wieder aus, schrieb eine Quittung, ließ die Frau aussteigen und stellte mich an den nächsten Posten, der an der Jarrestrasse lag. Ein Taxi hielt neben mir. Der Fahrer schob seine Ledermütze aus der Stirn und kurbelte sein Seitenfenster herunter. Mein Fenster war ja schon unten.

»Ist das ein Mergolan-Wagen?«

»Ja. Wieso?«

»Hab ich doch gleich gesehen, haha. Mergolan!«

Er wollte sich gar nicht wieder beruhigen.

»Kampnagel«, rief die Funkerin. Ich brauchte vier Sekunden, bis mir einfiel, dass der Posten an der Jarrestrasse nach der Kampnagelfabrik ‚Kampnagel' hieß.

»Niemand am Posten Kampnagel? Bereich.«

»Zweihundervierundvierzig«, schrie ich und hieb auf die Funktaste. »Zweihundertvierundvierzig, Zweihundertvierund...«

»Nun mal ganz ruhig, Zwodoppelvier. Ich höre Sie sehr gut. Sie brauchen nicht so zu schreien. Stehen Sie am Posten Kampnagel? Meerweinstraße 33 für Kantereit.«

»Meerweinstraße 33 für Kantereit. Danke Zwodoppelvier.«

»Danke Zwodoppelvier.«

Und diesmal brauchte ich nicht einmal im Straßenatlas nachzuschlagen.

4

Nach drei Wochen hatte ich den Dreh so ungefähr raus. Taxifahrer sprachen nicht nur von Taxis (sächlich), sondern auch von Taxen (weiblich). Manchmal benutzten sie beide Wörter in ein und demselben Satz. Weiß der Teufel, warum. Ein alter Taxifahrer, der ohne Funk fuhr, hieß Graupe. Jemand, der am Straßenrand winkte und zu mir in die Taxe stieg, ohne mich vorher per Funk bestellt zu haben, war ein Anläufer, und ihn irgendwohin zu bringen, war eine Tour. Trinkgeld hieß Tip, Taxameter hieß Uhr, und eine Tour, bei der die Uhr nicht eingeschaltet war und ich den ganzen Fahrpreis alleine einstrich, nannte man einen Sieger fahren.

Abends zwischen sechs und acht lief das Geschäft eigentlich von selbst – jedenfalls im Innenstadtbereich. Um diese Zeit waren die Leute mit dem, was sie den Tag über beschäftigt hatte, fertig und wollten so schnell wie möglich heim. Nach acht wurde es ruhig. Alle Leute waren dort, wo sie hingehörten, zu Hause vor dem Fernseher oder im Theater oder im Restaurant, und die nächsten zwei Stunden konnte ich in einem meiner Bücher über die großen Affenarten lesen, ohne allzu oft unterbrochen zu werden. Gegen zehn ging es dann wieder los: Musikhalle und Staatsoper. Bis Mitternacht lief es. Der Springer Verlag in der Kaiser-Wilhelm-Straße bestellte reichlich Taxis über Funk. Oder man kreuzte zwischen den verschiedenen Amüsiervierteln hin und her. Am Posten Gänsemarkt konnte man keine Funktouren annehmen, weil man von den anderen Taxis eingekeilt war, aber dafür kamen hier viele Anläufer vorbei. Großneumarkt ging sogar noch bis eins. Allerdings waren die späten Fahrten hier oft Schrott-Touren. Die Büroangestellten, die es in den Wein- und Bierkneipen nicht geschafft hatten, eine Frau für umsonst mit nach Hause zu nehmen, ließen sich für fünf Mark zur Reeperbahn fahren. Dort konnte man gleich stehen bleiben. Reeperbahn war das Einzige, was wochentags auch noch nach eins ging. Und die Taxiposten, die in der Nähe eines Clubs lagen. Gegen drei Uhr morgens wartete ich immer am Posten Siemersplatz, um eines der Mädchen vom Funny Club nach Hause zu bringen. Die Mädchen, die in den Clubs arbeiteten, fuhren alle mit dem Taxi nach Hause.

5

»Schieb mal die Kassette rein«, sagte er und tat es selbst. Er hatte dicke, hellrote Locken, bis auf die massigen Schultern herunter. Im Gesicht gingen sie in einen Vollbart über. Ein richtiger Löwenkopf. Er sah überhaupt nicht aus wie ein Zuhälter. Sein Mädchen saß auf der Rückbank und verschränkte die Finger ineinander. Sie war sehr klein und unscheinbar und wirkte auch nicht wie eine Prostituierte. Die Kassette war von Hans Hartz. »Die weißen Tauben sind müde«, sang Hans Hartz, während wir uns im Feierabendverkehr den Ring entlangschoben, »sie fliegen lange schon nicht mehr. Sie haben viel zu schwere Flügel, und ihre Schnäbel sind längst leer.« Das war sicher auch keine typische Zuhältermusik. Trotzdem zweifelte ich nicht daran, dass der Mann mit der mächtigen Mähne einer war. Was mich so sicher machte, war seine unentrinnbare Präsenz, seine herablassende Art und die lauernde Aggressivität. Als Schimpanse in einer Schimpansenhorde wäre er ein unbeliebtes, aber respektiertes Alphatier gewesen, das alle Weibchen für sich beansprucht und alle männlichen Schimpansen in Angst und Schrecken versetzt hätte. Natürlich konnte man diese Aura brutaler Dominanz auch bei vielen Managern, Politikern oder sogar Zeitungsredakteuren finden. Aber zu denen gehörte der löwenmähnige Mann ganz sicher nicht. Der Status, die Frauen und die Kontoauszüge, die ein dominantes und aggressives Exemplar wie er nun einmal beanspruchte, waren innerhalb der bürgerlichen Gesellschaft für ihn unerreichbar. Also agierte er in einem Umfeld, in dem er bekam, was ihm zustand. Ich wollte ihn so schnell wie möglich wieder loswerden.

»Nach Pinneberg«, sagte er. Fast eine Ferntour. Dann fiel ihm plötzlich ein, dass er vorher noch ins Pickenpack wollte.

»Du wartest hier«, sagte er, als ich am Schulterblatt hielt, und drückte mir fünfzig Mark in die Hand. Er verschwand mit dem Mädchen in der Kneipe. Ich fluchte leise in mich hinein. Das war Mist. Scheiße war das. Wartezeit brachte auf dem Taxameter gerade mal zwanzig Mark Umsatz die Stunde. Und jetzt war es kurz nach sieben, der Abend hatte gerade erst angefangen, jetzt konnte man leicht das Doppelte verdienen. Nach einer halben Stunde stieg ich aus, nahm einen Zwanzig-Mark-Schein aus dem Portemonnaie und steckte ihn in die Hosentasche. Wie ich das hasste: den Fahrgästen hinterherzulaufen.

Der Löwenmensch saß am Tresen mit einer Flasche Bier vor sich. Außer ihm war das Pickenpack völlig leer. Nicht einmal hinter dem Tresen stand jemand. Als er mich hereinkommen sah, winkte er mich heran, um aus meiner Beschwerde einen Gehorsam zu machen.

»Komm her. Du trinkst jetzt erst mal einen mit mir«, sagte er.

»Nee«, sagte ich, »geht nicht. Ich muss arbeiten. Ruf dir nachher einfach ein anderes Taxi. Das wird sowieso günstiger. Bei mir sind jetzt schon dreißig Mark auf der Uhr.

»Nein«, sagte er, »du wartest.«

Wie alle Zuhälter, die ich bisher gefahren hatte, war er ein unangenehmer, angsteinflößender Schweinehund. Die Romantisierung des Rotlichtmilieus hatte ich noch nie verstanden.

Sein Mädchen kam von der Toilette zurück. Sie steuerte einen der hohen Tresenstühle an und setzte sich.

»Nichts da«, sagte der Löwenmensch, »du stehst.«

Beschämt rutschte das Mädchen wieder vom Hocker und blieb tatsächlich mit gesenktem Kopf stehen.

»Weißt du was«, sagte ich, während mir das Herz bis zum Hals schlug, »mir ist das zu blöd. Darauf habe ich keine Lust. Hier hast du deine restlichen zwanzig Mark. Fahr mit wem du willst, aber nicht mit mir.«

Ich klebte den Zwanziger in die Bierpfütze auf dem Tresen und ging hinaus.

»He«, rief er, »he! Das kannst du mit mir nicht machen. Komm sofort zurück. Du kommst zurück!«

Ich beschleunigte meinen Schritt, drückte mich durch die Schwingtür und stieg in mein Taxi. Auf der Uhr waren bereits mehr als fünfunddreißig Mark. Als ich sie ausschaltete, schoss plötzlich das Mädchen aus dem Pickenpack, riss die Beifahrertür auf und setzte sich neben mich.

»Du musst zurückkommen. Bitte, komm zurück. Der gibt mir jetzt die Schuld, dass du weg bist. Wenn du nicht zurückkommst, schlägt der mich tot.«

Ich drehte den Schlüssel halb um, wartete, bis das rote Licht auf dem Armaturenbrett erlosch, und startete den Motor. Das Taxi dieselte sich warm.

»Nee«, sagte ich, »nee, geht echt nicht. Warum bist du auch bei so einem Arschloch? Mann, was war das denn für 'ne Nummer: *Du stehst*. Das war ja wohl das Letzte.«

»Er ist nicht immer so. Hast du mal 'ne Kippe?«

Ich zog eine halbvolle Zigarettenschachtel neben dem Sitz hervor.

»Hier, kannst du behalten. Hat jemand liegen lassen.«

»Nein«, sagte das Mädchen. »Dann lieber nicht. Mit so was bin ich empfindlich. Ich steck mir doch nichts in den Mund, was jemand hier im Taxi vergessen hat.«

Ich steckte die Zigarettenschachtel wieder neben den Fahrersitz.

»Und jetzt?«, fragte das Mädchen und sah bittend zum Pickenpack.

»Entweder du gehst zu deinem Freund zurück und sagst ihm, dass ich schon weg war, oder du haust mit mir ab. Aber entscheide dich. Ich will nicht, dass der hier auch gleich noch rauskommt.«

»Fahr los«, sagte das Mädchen.

»Ich wollte ihn sowieso verlassen«, sagte sie. »Neulich hat er mich total zusammengeschlagen. Aber er kann auch sehr lieb sein.«

»Wo willst du denn jetzt hin?«

»Ich weiß nicht. Ich komm eigentlich aus Lohne, das ist in der Nähe von Celle.«

Sie kam tatsächlich aus einem Dorf.

»Und? Kannst du dahin nicht wieder zurück?«

»Meine Eltern wohnen immer noch da. Aber ich habe kein Geld.«

»Pass auf, ich fahr dich jetzt zum Bahnhof, dann gebe ich dir das Geld, und dann kaufst du dir eine Fahrkarte und fährst nach Hause.«

»Echt? Das würdest du tun?«

»Klar«, sagte ich. Mein Magen krampfte sich vor Kummer zusammen. Geld bedeutete mir sehr viel. Auf der anderen Seite war das natürlich eine Geschichte, die sich später gut erzählen ließ.

»Aber dann musst du mir eins versprechen …«

»Was?«

»Du musst mir versprechen, dass du nichts mit Holger anfängst, wenn ich weg bin. Ich habe das nämlich mitgekriegt, wie der dich angesehen hat.«

»Was? Ich kenne deinen Holger doch überhaupt nicht. Ich weiß noch nicht mal, wo der wohnt. Außerdem ist der hässlich.«

Das schöne Geld. Hätte ich ihr bloß nicht die Fahrkarte versprochen. Was war das nur für eine bescheuerte Idee gewesen, so eine dämliche Hure retten zu wollen.

»Wieso, der sieht doch unheimlich gut aus. Findest du nicht, dass der gut aussieht?«

»Nee, der ist hässlich.«

»Wieso denn? Magst du keine Bärte? Der sieht doch toll aus.«

»Ich habe das Gefühl, du bist dir noch gar nicht darüber

im Klaren, was du eigentlich willst«, sagte ich. »In Wirklichkeit willst du doch gar nicht fahren, stimmt's?«

Es war erschreckend, wie leicht sie zu manipulieren war. Willensmäßig völlig unterbelichtet. Das ideale Opfer.

»Du hast recht«, sagte sie. »Eigentlich will ich nicht fahren. Du kannst mich aber trotzdem am Bahnhof rauslassen. An der Langen Reihe. Ich mach noch 'n paar Freier. Wenn ich mit Geld zurückkomme, ist Holger nicht so sauer, dass ich abgehauen bin.«

»Ja«, sagte ich, »vielleicht bricht er dir dann bloß *einen* Arm.«

Jetzt, wo mein eigenes Portemonnaie aus der Diskussion war, versuchte ich, noch einmal zu missionieren.

»Sei nicht blöd, gib diesem Mistkerl nicht dein ganzes sauer verdientes Geld, sondern kauf dir davon eine Fahrkarte und hau ab.«

»Nein, ich geh zu Holger zurück. Du hast schon recht: Eigentlich will ich gar nicht weg.«

6

Gegen zwei Uhr morgens wartete ich am Siemersplatz. Regen klopfte leise aufs Autodach und auf die Windschutzscheibe. Ich war bereits zu müde, um ein Buch zu lesen, und blätterte stattdessen den neuen *Stern* durch. Zwischendurch stellte ich den Scheibenwischer an, um besser eine riesige Ratte und einen jungen Großstadtmarder beobachten zu können, die sich über eine Pfütze hinweg angifteten. Hinter mir hielt ein weiteres Taxi. Marder und Ratte sausten einträchtig unter eine Hecke. Der Fahrer des

Taxis stieg aus. Er kam zu mir nach vorn, öffnete die Beifahrertür und setzte sich neben mich. Ich betrachtete ihn im Licht der kleinen Leselampe. Er war groß und schlank und hatte halblange Schnittlauchhaare, die ihm über ein Auge fielen, und einen altmodischen Oberlippenbart, zwei dünne Striche, die rechts und links der Nase begannen und bis zu den Mundwinkeln reichten. Er trug ein kanarienvogelgelbes Hemd. Ich kannte niemanden, der so aussah, und schätzte ihn der Aufmachung wegen zunächst auf vierzig Jahre.

»Hallo, ich fahr auch für Mergolan«, sagte er. »Ich bin Dietrich.«

Geh weg, dachte ich.

»Du bist die Neue, ja? Alex, stimmt's? Seit wann fährst du?«

Ein drittes Taxi hielt am Posten, und auch dessen Fahrer stieg aus, kam nach vorn, öffnete diesmal die Hintertür und setzte sich auf den Rücksitz.

»Das ist Rüdiger«, sagte Dietrich. »Und das ist Alex. Fährt auch bei uns.«

Rüdiger war ein pummeliger Typ mit einem ballonartig großen Schädel. Er trug eine Prinz-Heinrich-Mütze und hielt ein altes, in Leder gebundenes Buch in der Hand. Dünne braune Ponyfransen klebten an seiner runden Stirn. Das Gesicht war gleichzeitig schwammig und kindlich. Auch wegen der Pickel. Er sah aus wie ein verlebter Vierzehnjähriger.

»Hey«, schrie Rüdiger, auf eine geradezu manische Art aufgekratzt und mit unmenschlich hoher Stimme. Er nahm seine runde Brille ab, um die Gläser mit einem Hemdzipfel trocken zu wischen. »Du bist die Neue, ja?«

Wenn er den Mund öffnete, sah man die silbrige Verklammerung seiner Vorderzähne.

»Wie lange bist du denn sch-schon dabei?«

Anscheinend stotterte er auch noch.

»Zwei Wochen«, sagte ich. Das Funkgerät knackte.

»Vierdreiacht.«

Rüdiger beugte sich linkisch über mich und drückte auf meine Funktaste.

»Vierdreiacht, ich sitz hier bei, äh ...«

»Zwodoppelvier«, sagte ich.

»... bei Zwodoppelvier.«

»Vierdreiacht, wann könnten Sie beim Funny Club sein?«

»In zwei Minuten«

»Dann möchten Sie bitte Melanie abholen, Vierdreiacht.«

»Danke, Vierdreiacht.«

»Na, dann will ich mal los, die blöde Schlampe nach Hause kutschieren«, sagte Rüdiger. Erstaunt drehte ich mich zu ihm um.

»Was meinst du, was die erst mal über mich sagt?«, keifte Rüdiger. »Als die zum ersten Mal b-bei mir eingestiegen ist, hat die mich angesehen und gesagt, *Was bist du denn? Frau oder Mann? Was? Ein Mann? Das glaub ich nicht. Du willst doch nicht behaupten, dass du ein Mann bist. Hahahahaha.*«

Als er das Hurengelächter parodierte, kippte seine ohnehin gewöhnungsbedürftige Stimme, und ich verstand, was Melanie gemeint hatte.

»Ein paar von den Mädchen im Funny Club haben Stammfahrer«, erklärte Dietrich, als Rüdiger verschwunden war. »Die halten sich gerne ihre Privatsklaven. Und wehe, du bist nicht zur Stelle, wenn die rufen. Bei Rüdiger ist es Melanie, und ich warte hier auf Tanja.«

»Siemersplatz«, sagte die Funkerin.

»Zwodoppelvier.«

»Zwodoppelvier. Der Funny Club für Natascha.«

»Funny Club für Natascha. Danke, Zwodoppelvier.«

»Danke, Zwodoppelvier.«

»Natascha – das ist 'ne gute Tour«, sagte Dietrich, während er ausstieg. »Um fünf gehen wir alle frühstücken. Wahrscheinlich im Gestern und Heute. Hast du nicht Lust dazuzukommen?«

Ich startete das Taxi.

»Mal sehen. Eigentlich wollte ich durcharbeiten.«

»Ich sag dir dann über Funk Bescheid. Wahrscheinlich G und H.«

7

Im Gestern und Heute war es morgens um fünf gestopft voll. Wirklich erstaunlich, wie viele Menschen um diese Zeit Appetit auf eines der schweren warmen Gerichte, meist Rührei- oder Bratkartoffelvariationen, hatten. Dietrich und Rüdiger saßen in der hintersten Ecke. Ich musste erst einige Stufen hinaufsteigen, um sie zu finden. Mit ihnen am Tisch saßen noch drei Taxifahrer. Jedenfalls sahen sie aus wie Taxifahrer – Lederjacken über der Stuhllehne, Hosen mit stark ausgebeulten Knien und übermüdete Gesichter.

»Ich versteh nicht ganz, warum du mir das Geld nicht jetzt zurückgeben kannst«, sagte Dietrich gerade zu dem hageren, dunklen Typ mit Schnauzbart, der ihm gegenübersaß und Bratkartoffeln mit Sülze aß. »Du bist die ganze Nacht gefahren und hast die Taschen voller Scheine. Warum machst du nicht einfach dein Portemonnaie auf, nimmst zwei Fünfziger heraus und gibst sie mir? Wo ist das Problem?«

»Das geht nicht«, sagte der mit dem schwarzen Schnäuzer. »Verstehst du das nicht? Ich habe die ganze Nacht gearbeitet. Ich muss das Geld erst zu Hause haben. Ich meine, ich muss es erst sehen und zählen. Dann kannst du es kriegen.«

»Da seid ihr ja«, sagte ich, »fast hätte ich euch nicht gefunden.«

»Wenn ein Norde in ein mäßig besetztes Lokal kommt, so wird er unweigerlich nach einem noch freien Tisch Ausschau halten«, schrillte Rüdiger los. »Und zwar wird er sich den Tisch auswählen, der von den bereits besetzten Tischen am weitesten entfernt steht. Niemals wird er – wie es der Südländer täte – sich an einem Tisch dazusetzen. Eher noch wird er dieses Lokal wieder verlassen und sein Glück im nächsten versuchen.«

Ich verstand nicht ganz, was er sagen wollte. Schließlich saßen sie hier zu fünft. Ich fragte aber nicht, sondern zog mir einen Stuhl vom Nebentisch heran und erfuhr, dass der mit dem schwarzen Schnäuzer Udo-Dreidoppelsieben hieß – zur Unterscheidung von Udo-Zwonullfünf, der daneben saß, bartlos war und auffallend kurzes und dichtes Haar hatte. Es sah aus wie ein Mäusefell. Udo-Zwonullfünf las in einem violetten Suhrkamp-Taschenbuch, während die anderen sich unterhielten. Auch Rüdiger hatte wieder sein Buch dabei. Es lag vor ihm auf dem Tisch.

»Der Norde braucht die Distanz«, referierte er immer noch. Aus dem Glas in seiner Hand schwappte Cola.

»Und das ist Taximörder«, stellte Dietrich einen traurig und etwas konturlos wirkenden jungen Mann im Rautenpullover vor. Taximörder hieß so, weil er einmal einen Selbstmörder zum Schauplatz seines Suizids gefahren hatte.

»Dem war nichts anzumerken, dem war absolut nichts anzumerken«, sagte Taximörder und schwenkte schwermütig seine braune Poppertolle aus dem weichen Gesicht. »Das Geld hatte er mir vorher gegeben. Das muss der sich alles genau überlegt haben. Er hat zwar nicht weiter mit mir geredet, hat aber vollkommen normal gewirkt, nicht so, als wenn er unter Spannung wäre oder so.«

Taximörder sah mich nicht richtig an, während er erzählte, sondern immer gerade so über meine Schulter hinweg, als würde ich eigentlich einen halben Meter weiter links sitzen.

»Der wollte in den Hafen. Über die Köhlbrandbrücke. Und als wir genau auf dem höchsten Punkt der Köhlbrandbrücke sind, greift der mir plötzlich in die Automatikschaltung und knallt die hoch auf *Parken*. Ich wusste überhaupt nicht, was los ist: Plötzlich bricht der Wagen aus und macht 'ne Vollbremsung. Da reißt der Typ auch schon die Tür auf, springt raus und rennt geradewegs auf das Brückengeländer zu. Der flankt da rüber, ohne auch nur zu zögern. Und weißt du, was das Merkwürdigste war?«

Hier machte er eine kurze Pause, um dann ruhiger fortzufahren: »Das Merkwürdigste war, dass ich zuerst gar nicht begriffen habe, was da gerade passiert ist. Es war wie in einem Traum oder so. Ich bin nicht einmal ausgestiegen, um nachzusehen, sondern ich bin ganz langsam wieder losgefahren. Irgendwie habe ich mir eingeredet, dass da wahrscheinlich eine Leiter war, auf der er zu seinem Schiff klettern konnte.«

»Ja, klar«, sagte Udo-Zwonullfünf, legte seinen Suhrkamp-Band neben sich auf den Tisch und nahm der Bedienung den großen Rührei-Krabben-Teller ab, »und das Schiff hätte dann genau in der Mitte der Fahrrinne unter dem höchsten Punkt der Brücke geankert. Ganz bestimmt.«

»Als ich die Köhlbrandbrücke runtergefahren bin«, nahm Taximörder den Faden wieder auf, »kamen mir auch schon die Typen vom Zoll oder was entgegen – die beobachten die Köhlbrandbrücke wahrscheinlich den ganzen Tag. Die haben mir das dann gesagt, dass der da runtergesprungen ist.«

»Ist ja eigentlich auch 'n guter Selbstmord«, sagte Udo-Dreidoppelsieben und schaufelte Bratkartoffeln auf seine Gabel. »Ich meine, war sicher nicht schön für dich oder für die Leute, die ihn da rausfischen mussten. Ich meine, ist aber doch eigentlich 'ne saubere Sache. Also selbst, wenn der beim Aufprall aufplatzt, das wird doch alles sofort durchgespült. 'ne völlig saubere Sache.«

»Du hast ja überhaupt keine Ahnung«, sagte Taximörder düster.

»Ich weiß nicht, würdet ihr jemanden aufhalten, wenn der sich umbringen will?«, fragte Udo-Dreidoppelsieben in die Runde. »Ich meine, vielleicht hat der ja einen echten Grund, sich umzubringen, vielleicht hat er echt was Schlimmes angestellt, dass er sich nirgendwo mehr blicken lassen kann.«

»Dann könnte er ja immer noch in die Fremdenlegion gehen«, sagte Dietrich mehr zu der Tischplatte als zu irgendjemandem sonst. Er hatte sehr leise gesprochen, aber sofort wurden alle still und wandten ihm ihre Gesichter zu.

»Beim Erste-Hilfe-Kurs der Fahrschule hatten wir einen Rettungssanitäter als Lehrer«, sagte ich, »und der hat erzählt, dass von allen Selbstmördern, die sie gerettet haben, niemand dabei gewesen ist, der hinterher immer noch sterben wollte. Die waren alle froh, dass sie noch lebten, obwohl einige danach erst einen richtigen Grund hatten, sich umzubringen, weil nämlich die Niere hin war, von den ganzen Tabletten, und die jetzt an die Dialyse mussten.«

Rüdiger verzog spöttisch das Gesicht.

»Seit wann haben Rettungssanitäter hinterher noch Kontakt zu den Leuten, die sie gerettet haben? Der Typ hat Märchen erzählt. Außerdem lässt er dabei natürlich das Faktum des Bilanzselbstmords außer Acht. Selbstmord ist ja durchaus nicht immer eine Kurzschlusshandlung, sondern kann auch das Mittel der Wahl nach sorgfältiger Abwägung sämtlicher negativer Umstände sein, ergo also eine vernünftige Entscheidung.«

»Hab ich eigentlich schon erzählt, dass ich heute ein Model gefahren habe?«, fragte Taximörder.

»Nee, echt?«, sagte Udo-Dreidoppelsieben.

Und Taximörder beschrieb ausführlich, wo er das Model hingefahren hatte und wie es ausgesehen hatte und was das Model zu ihm gesagt hatte. Leider nicht viel.

8

In den nächsten Wochen ließ Dietrich mich mehrmals über Funk fragen, ob ich Pause machen wollte oder später mit zum Frühstücken käme. Ich sagte jedes Mal ab. Dietrich und seine Freunde frühstückten immer gegen fünf Uhr morgens. Dann hatte ich gerade meinen toten Punkt überwunden und fühlte mich, als könnte ich noch stundenlang weiterarbeiten. Außerdem gingen jetzt viele Funktouren ein. Zum Flughafen oder zum Hauptbahnhof. In der letzten Stunde kamen oft noch mal dreißig oder vierzig Mark auf die Uhr. Dietrich und seine Freunde sah ich sowieso ständig, weil wir mehr oder weniger immer an denselben Posten warteten. Karl-Muck-Platz, Staatsoper, Siemersplatz, Großneumarkt – wo ich auch hinkam: Entweder standen dort schon Dietrich und Rüdiger, oder Udo-Zwonullfünf kauerte in seinem Wagen und hatte die Nase so tief in einen roten, gelben oder blauen Suhrkamp-Band gesteckt, dass über dem Buchrand nur noch seine pelzartigen Haare hervorschauten. Oft stellten sich dann auch noch Taximörder und Udo-Dreidoppelsieben hinten an, und alle zogen in das Taxi um, das am weitesten vorne stand. Manchmal saßen wir zu viert oder fünft im ersten Wagen, bis ein verstörter Fahrgast zaghaft gegen das Fenster klopfte und fragte, ob frei wäre.

Ich kam kaum noch zum Lesen. Ständig wurde geredet. Anfangs redete ich sogar von allen am meisten. Das ist so, wenn man gerade mit dem Taxifahren angefangen hat. Alles scheint so außergewöhnlich spannend und erzählenswert. Ich erzählte die Geschichte von dem Zuhälter mit der Löwenmähne, und wie ich einmal im Funny Club an der Bar gestanden hatte und einer der Gäste mich für eines der Mädchen gehalten hatte. Ich erzählte, wie ein Fahrgast nicht hatte zahlen wollen und was ich daraufhin gesagt hatte und was er. Wie ich eine Tour vom Gänsemarkt nach Rahlstedt bekommen hatte und mir dann gleich in Rahlstedt jemand über den Weg gelaufen war, der zurück in die Innenstadt wollte, und kaum war ich wieder am Gänsemarkt angelangt, »steigt doch dort einer ein und will wieder nach Rahlstedt, und da hatte ich doch tatsächlich hundert Mark Umsatz in kaum mehr als einer Stunde.« Die anderen hörten höflich zu und gähnten hinter vorgehaltener Hand. Ich langweilte sie tödlich, aber sie wussten auch, dass da nichts zu machen war. Jeder Taxifahrer-Neuling quasselt am Anfang so viel. Es sind zu viele Eindrücke auf einmal, zu viele nie gesehene Welten. Ich war noch nie zuvor in einem Bordell gewesen, noch nie in einer Obdachlosenkneipe oder in den Hafengegenden, wo die Containerschiffe lagen. Ich konnte mir die Straßennamen schlecht merken und musste so oft nach dem Weg fragen, dass ich schon davon träumte. Ich hatte mir keine Vorstellung vom Ausmaß der Schlechtigkeit meiner Mitmenschen im Umgang mit Dienstleistenden gemacht, und ich musste es erst lernen, zahlungsunwilligen, betrunkenen Fahrgästen das Geld gewaltsam abzuknöpfen. Wer kein Taxifahrer ist, ahnt ja gar nicht, wie viele Verrückte und ambulant Schizophrene frei herumlaufen. Und dann der Schmutz. Unvorstellbar, wie viel Dreck die Fahrgäste jede Nacht in mein Taxi schleppten. Ich fragte mich, wo der herkam, der ganze Dreck; ob der den Leuten aus der Tasche fiel oder vom Körper bröselte oder wie. Und dann war da noch der Dreck, den sie ausdünsteten, und der als stinkender Belag das Lenkrad und das Armaturenbrett überzog und schließlich auch mich, und der am Ende einer Nacht in braunen Schlieren von meinen Händen in den Abfluss des Waschbeckens strudelte. Und dann die Gefühlsachterbahn. Die ganze Nacht saß ich in dieser engen rollenden Kapsel, die Türen gingen auf und zu, und die Leute stiegen ein und aus und brachten ihren fremden Geruch und ihre jeweilige Stimmung mit, und am Anfang war ich wehrlos. Einmal fuhr ich eine alte Frau. Ihr Mann war gerade gestorben und sie hatte seine Sachen aus dem Pflegeheim an der Mundsburg abgeholt. Zusammengesunken und verschrumpelt wie ein greiser Maulwurf saß sie in ihrem grauen Persianer auf dem Rücksitz und hielt die Plastiktüte im Arm.

»Mein armer kleiner Schatz«, sagte sie leise. »Wir haben uns so lieb gehabt.«

Meine Güte, das ging mir vielleicht an die Nieren! Aber kaum hatte ich die alte Frau abgesetzt und mich geschnäuzt, standen da zwei winkende Männer am Straßenrand. Wenn du jemanden am Straßenrand winken siehst, bremst du als Taxifahrer automatisch, auch wenn dir noch der Rotz aus der Nase läuft. Das ist wie ein Reflex. Du bremst also, und die Männer steigen ein und sind betrunken, und der eine fragt dich, ob du ihm nicht einen lutschen willst. Und der andere greift in deine Haare und sagt: »Dreh dich doch mal um. Lass dich doch mal ansehen.« Und dann sagst du, dass hier jetzt schon wieder Endstation ist und sie aussteigen müssen, aber hopphopp! Und kaum sind sie draußen, steigt schon der nächste ein, ein bulliger Zwei-Meter-Kerl mit blauviolettem Gesicht und zugeschwollenem Auge, und er sagt: »Fahr mich zur Segeberger Chaussee, aber mach ja keinen Umweg. Ist das klar? Ich kann das nicht leiden, wenn Taxifahrer mich bescheißen wollen.«

Ständig musst du emotionale Vollbremsungen machen, um gleich darauf in eine völlig andere Richtung zu galoppieren. Und wieder Vollbremsung und wieder woandershin. Ich glaube, in den ersten zwei Monaten nahm ich ungefähr zehn Kilo ab. Und ich musste einfach ständig erzählen. Das musste raus. Ich quasselte und quasselte. Manchmal konnte ich mich nicht beherrschen und redete sogar auf meinen Bruder oder meine armen Eltern ein.

»Oh, bitte, Alexandra«, sagte meine Mutter dann unglücklich, »bitte nicht wieder eine von deinen schrecklichen Taxi-Geschichten.«

Aber etwas anderes hatte ich nun mal nicht zu bieten.

Am geduldigsten von allen hörte Dietrich zu.

»Die Fahrgäste sind alle Schweine«, sagte er, »richtige Dreckhecken.«

Udo-Zwonullfünf und Rüdiger stimmten sofort zu. Fahrgäste waren Feinde, die verachtet werden mussten. Das Letzte.

»Ich frag mich manchmal, ob die Leute sich überhaupt noch trauen würden, Taxi zu fahren, wenn sie wüssten, was Taxifahrer von ihnen halten«, sagte Dietrich.

9

»Oh, Mann, das hätte ich nicht gedacht, dass das tatsächlich passiert«, sagte Dietrich, nachdem er mich geküsst hatte. Er schaute mich lange an. Ich kannte solche Blicke.

Mir war schon klar, dass ich ziemlich gut aussah. Und Dietrich kaute auf diesem Köder bereitwillig herum und konnte sein Glück kaum fassen.

Er hatte mich gefragt, ob ich einen Film, ob ich *Badlands* mit ihm im Fernsehen anschauen wollte.

»Ein sehr guter Film. Der fängt um Viertel nach acht an und geht bis kurz vor zehn. In der Zeit ist doch sowieso kaum was los, da kannst du ruhig mal Pause machen. Wenn die Musikhalle aus ist, bist du wieder auf der Straße.«

Da hatte er recht. Also hatte ich ja gesagt, und in dem Moment war für mich auch klar gewesen, dass wir uns küssen würden. Dabei mochte ich Dietrich gar nicht besonders. Obwohl ich inzwischen sein richtiges Alter kannte, hielt ich ihn immer noch für zu alt. Achtundzwanzig, das war ja fast schon dreißig. Mit den Jungen, mit denen ich bisher zu tun gehabt hatte, hatte er nichts gemein, und ich fühlte mich in seiner Gegenwart unbehaglich. Ich hatte trotzdem zugesagt, weil ich fand, dass ich so schnell wie möglich wieder jemanden küssen sollte. Das letzte Mal war jetzt schon über ein Jahr her. Die ganze Zeit, während der ich in der Versicherung gearbeitet hatte, war nichts gelaufen. Diese Versicherungspolicen hatten mich richtiggehend gelähmt. Einmal nicht aufgepasst, den falschen Beruf gewählt, und schon hatte ich das Leben eines Mauerblümchens geführt. Aber das hier war ein Anfang. Jetzt musste ich einfach bloß wieder in den alten Trott kommen.

Kurz vor acht hatte ich bei Dietrich geklingelt. Draußen war es noch hell gewesen, aber in seiner Hinterhofwohnung waren sämtliche Jalousien heruntergelassen. Es hatte abgestanden gerochen, wie bei alten Leuten. Als sich meine

Augen an das Dämmerlicht gewöhnt hatten, sah ich, dass seine Wohnung aus einem einzigen großen Raum bestand. Eine acht Meter lange und drei Meter hohe Wandseite war vom Boden bis zur Decke mit Regalen zugestellt. Alle voller Bücher.

»Das war früher mal eine Werkstatt«, sagte Dietrich. »Da hinten ist natürlich noch ein abgetrenntes Klo.«

Er hatte aufgeräumt, aber trotzdem wirkte die Wohnung schmuddelig, besonders an den Wänden, und die besonders um die Lichtschalter herum. Dietrich selbst trug ein blütenweißes Hemd und hatte seine Haare nass nach hinten gekämmt. Wir setzten uns auf die einzige Sitzgelegenheit, eine Matratze, auf der muffelige Bettwäsche lag, und als der Film zu Ende war, küsste Dietrich mich. Normalerweise fand ich es aufregend, wenn ich jemanden zum ersten Mal küsste. Vielleicht war ich mir meiner Sache diesmal einfach zu sicher gewesen. Ich küsste höflicherweise noch bis Viertel nach zehn weiter, damit es so aussah, als fiele es mir schwer zu gehen. Aber dann stand ich endgültig auf, um wenigstens noch die Staatsoper mitzunehmen. Dietrich ging mit mir hinaus, und wir stiegen in unsere Taxis und fuhren los. Die ganze Nacht über tauchte Dietrich immer wieder an den Posten auf, an denen ich gerade stand – jedes Mal –, und ich bekam ein bisschen Angst. Ich wusste nicht, wie ich ihm sagen sollte, dass es das schon gewesen war. Dass ich entweder am ersten Abend mit jemandem ins Bett ging oder gar nicht. Ich hatte noch nie einen festen Freund gehabt, und ich wollte auch keinen. Mir wurde schon schlecht, wenn ich nur daran dachte. Erst rückten einem die Leute auf die Pelle, und dann überschwemmten sie einen mit ihren Erwartungen. Ich kam nicht dagegen an. Straßenbettler witterten das und wählten selbst im dichtesten Gewühl immer zielstrebig mich aus, um mir eine Mark nach der anderen abzuknöpfen. Und wenn ich zu lange mit jemandem zu tun hatte, wurde ich zu dem, was derjenige von mir erwartete, und von dem, was ich eigentlich war, blieb bloß eine kleine verschrumpelte Mumie übrig, so klein, dass man sie in einem ausgewaschenen Marmeladenglas aufbewahren konnte. Ich hatte ja sogar in einer Versicherung gearbeitet, bloß weil meine Eltern es sich so sehr gewünscht hatten. Wie gesagt – ich wollte auf gar keinen Fall einen Freund. Das durfte einfach nicht passieren.

10

Irgendwie gingen alle davon aus, dass ich mit Dietrich zusammen war. Besonders Dietrich. Ich konnte die Sache nicht klären, ohne ihn zu kränken. Das Beste wäre gewesen, ich hätte Firma und Funk gewechselt und mich rar gemacht. Aber dazu hätte ich ja ein Minimum an Flexibilität besitzen müssen. Wenn ich die Firma gewechselt hätte, hätte ich einen anderen Mercedes mit einer anderen Funknummer fahren müssen, es hätte völlig andere Funkrituale gegeben, und ich hätte erst wieder lernen müssen, an welchen Posten der neue Funk die meisten Touren aufrief. Eine grauenhafte Vorstellung. Also ging ich lieber mit Dietrich ins Bett. Zwei-, dreimal die Woche übernachtete ich bei ihm, und manchmal schliefen wir dann auch miteinander, aber die meiste Zeit waren wir viel zu kaputt dafür. Ich arbeitete jetzt oft vierzehn bis sechzehn Stunden am Stück. Mein Tagfahrer hatte die Firma gewechselt. Die Fluktuation im Taxenbetrieb Mergolan war hoch, Ersatz war nicht immer zu kriegen, und wenn keiner tagsüber fuhr, arbeitete ich halt ein paar Stunden länger. Manchmal war ich nach einer Schicht so fertig, dass mir beim teigen die Knie zitterten. Wenn ich dann zu Dietrich , schlief er schon, und ich schaffte es gerade noch, mir aktlinsen aus den Augen zu pulen und die Zähne n, dann fiel ich wie ein Stein ins Bett. Im Grunde jemandem zusammen zu sein nicht so schlimm, efürchtet hatte. Wenn ich nicht schlief, arbeitete ndig.

11

Es gab vieles, was mir am Taxifahren gefiel: die ganze Nacht aufbleiben, unverantwortlich schnell und unangeschnallt Auto fahren und dabei wilde und merkwürdige Musik in den Spätprogrammen der Radiosender hören, die Busspur benutzen, wenn alle anderen Autos im Stau standen, jede Nacht in Bordelle eindringen, in übel beleumdete Hafenkaschemmen, und gleich danach Herrn und Frau Pfeffersack vom Atlantik Hotel oder aus dem Fischereihafenrestaurant abholen. Aber was mir am besten gefiel, war das Geld. Kein Scheck der Welt, kein Kontoauszug am Ende des Monats konnte es mit richtigem Bargeld aufnehmen: klebrige Münzen, die noch lauwarm aus einer Hosentasche in meine Hand wanderten, blutbeflecktes, zerknülltes und mit Zahlen bekritzeltes Papiergeld, glattgestrichen auf einem abgewetzten Cordhosen-Oberschenkel. Es klimperte, knisterte, und erstaunlicherweise stank es sogar. Gierig griff ich nach den schmuddeligen Scheinen, stopfte sie in mein großes schwarzes Kellnerportemonnaie und rührte mit dem Zeigefinger im Münzfach, um dem Fahrgast Gelegenheit zu geben, »stimmt so« zu sagen. Nie wusste man vorher, was man am Ende einer Nacht verdient haben würde. Es hing von so vielem ab, vom Wetter, von der Jahreszeit, dem Wochentag, vom Glück hing es natürlich ab, oder davon, ob gerade die Fressmesse Internorga lief. Aber auch von der eigenen Cleverness und dem Instinkt. Es gab Taxifahrer, die dreimal so viel verdienten wie andere. Ich lag im guten Mittelfeld. Hundert bis hundertfünfzig Mark blieben fast immer für mich übrig. Aber es gab auch Nächte, die völlig schiefgingen. Und irgendwann passierte es tatsächlich, und man erwischte sie, die große, mehrere hundert Mark teure Ferntour, von der immer alle Taxifahrer fantasierten. Oder man fuhr drei Geschäftsleute zu einem Puff und kassierte dreifache Kopfprämie. Diese Ungewissheiten und Möglichkeiten hielten mich bei der Stange. Ich liebte das Geld, sammelte es wie Dagobert Duck und gab fast nichts aus. Das Einzige, was ich mir gern geleistet hätte, wäre eine eigene Wohnung gewesen. Inzwischen war bereits November, und die Winter in der schlecht isolierten Gartenlaube waren unangenehm. Mein Bruder und ich schliefen mit Handschuhen und Pudelmütze. Aber um eine Wohnung zu mieten, hätte ich Anzeigen durchsehen müssen, telefonieren, Wohnungen besichtigen, einen Vertrag unterschreiben. Einen Vertrag unterschreiben! Ich verkrampfte, wenn ich nur daran dachte. Ich würde alles falsch machen und mich am Ende mit einem unkündbaren Knebelvertrag ruinieren. Ich hoffte, dass sich irgendwann etwas von selbst ergab. Bis dahin sortierte ich meine Zwanzig-, Fünfzig- und Hundert-Mark-Scheine, rollte die Stapel zu Zigarren, umwickelte sie mit einem Gummiband und tat sie in einen Schuhkarton, den ich unter mein Bett stellte, dorthin, wo ich ihn berühren konnte, wenn ich die rechte Hand über den Bettrand baumeln ließ.

12

»Tausend Mark«, sagte Dietrich, »ich würde mit großen Freuden irgendwo tausend Mark einzahlen, wenn ich dafür keine Weihnachtsgeschenke kaufen müsste.«

Wir gingen die Ditmar-Koel-Straße hoch, wo Dietrich das Taxi für seinen Tagfahrer abgestellt hatte. Er hatte mich überredet, schon um vier Uhr morgens Feierabend zu machen, das Fahrrad in der Firma stehen zu lassen und in seinem Taxi mit zu ihm nach Hause zu fahren. Dass wir das letzte Stück zu Fuß gehen müssten, hatte er nicht erwähnt. Ein kalter Wind blies vom Hafen und trieb uns vor sich her.

»Warum machst du es nicht wie ich und arbeitest während der Feiertage?«, sagte ich und schlug den Kragen meiner Lederjacke hoch. »Ich brauch kein einziges Geschenk zu kaufen. Außer für dich. Statt Geld auszugeben, verdiene ich sogar noch was dazu.«

Dietrich murmelte etwas, das vermutlich heißen sollte, dass seine Familie auf seiner Anwesenheit bestand. Ein Polizeiwagen überholte uns im Schritttempo.

»Diese Schweinehunde«, sagte Dietrich. »Wetten, die halten gleich an, um mich zu kontrollieren?«

Tatsächlich leuchteten ein paar Meter vor uns die Bremslichter des Peterwagens auf und die beiden Polizisten stiegen aus. Sie rückten ihre Mützen zurecht und bauten sich vor uns auf.

»Guten Morgen. Wo kommen Sie denn jetzt her?«

Dietrich blieb stehen, die geballten Fäuste in der Jackentasche. Er drehte den Kopf angeekelt zur Seite, ohnmächtige Wut im Gesicht.

»Guten Morgen«, sagte ich schnell. »Wir sind Taxifahrer. Wir haben bis eben gearbeitet und wollen bloß nach Hause.«

»Aha«, sagte einer der Polizisten, ohne den Blick von Dietrich zu lassen. »Kann ich dann bitte mal Ihre Papiere sehen?«

Dietrichs Gesicht war jetzt geradezu hassverzerrt. Als er in die Innentasche seiner Lederjacke griff, um sein Kellnerportemonnaie herauszuholen, legte der zweite Polizist die Hand aufs Pistolenhalfter. Allmählich wurde ich auch nervös. Dietrich nahm seinen Ausweis aus dem Portemonnaie und reichte ihn dem ersten Polizisten, ohne ihn anzusehen.

»Ist irgendwas?«, fragte der gereizt. Dietrich drehte den Kopf noch weiter weg, kniff die Lippen zusammen und schüttelte kaum wahrnehmbar den Kopf.

»Dann ist ja gut«, sagte der Polizist und nahm auch meinen Ausweis. Er ging zum Peterwagen zurück und sprach ins Funkgerät. Nach einer Weile kam er zurück und gab uns die Papiere wieder.

»Dankeschön«, sagte ich, um Normalität bemüht.

»Auf Wiedersehen.«

Dietrich blieb immer noch stumm. Erst als die Polizisten fortgefahren waren, fing er wieder an zu reden.

»Diese Dreckhecken. Ständig halten die mich an.«

»Das machen die doch bloß, weil es so spät ist und außer uns keiner mehr auf der Straße ist«, sagte ich. »Die wollten bloß sehen, ob wir gerade von einem Einbruch kommen. Das ist doch ihr Job. Ich versteh nicht, warum du mit denen nicht normal reden kannst.«

»Dafür hast du die ja doppelt zugeschleimt. Du hättest dich mal hören sollen: *Dankeschön. Auf Wiedersehen.* Richtig unterwürfig.«

Ich zog beleidigt die Nase hoch.

»Ich versteh trotzdem nicht, warum du denen nicht einfach gesagt hast, wo wir gerade herkamen.«

Dietrich sah mich wütend an.

»Ja, denkst du denn, dass das irgendetwas genützt hätte?«

»Na, wenn die höflich guten Morgen sagen, dann kann man denen doch auch antworten?«

»Ja – wenn man so ein Schleimer ist wie du.«

13

Ich stand an vierter Position am Bahnhof Mundsburg. Die vorbeifahrenden Autos spritzten Schneematsch in alle Richtungen. Lichter spiegelten sich im nassen Straßenbelag und in braunen Pfützen. Der Dezember war der beste Monat für Taxifahrer. Kälte, Dunkelheit, Regen, Schnee und dreckige Wege trieben einem die Fahrgäste nur so zu. Und dann die ganzen Weihnachtsfeiern. Die meisten fanden an einem Freitag statt, aber die Donnerstage und Sonnabende waren auch nicht schlecht. Ein Trupp Fahrgäste näherte sich dem Taxiposten. Ich wusste, dass es Fahrgäste waren. Ich erkannte es daran, wie sie sich leicht schräg auf den Posten zubewegten, wie sie auf halber Strecke stehen blieben und schon mal einen Teil der Verabschiedung erledigten. Sie würden nicht vorbeigehen. Wenn alle einstiegen, waren es Fahrgäste für mindestens drei Taxis. Ich wischte ein Loch in die beschlagene Seitenscheibe. Einer der Fahrgäste trug einen Kochtopf, und einer hatte einen eckigen Karton unter dem Arm, Bettwäsche vielleicht oder ein Kassettenrecorder – je nach dem, was das Produktsortiment der Firma hergegeben hatte. Bei vielen Weihnachtsfeiern wurde um Geschenke gewürfelt. Wer eine Sechs würfelte, durfte sich ein Geschenk nehmen. Bei der verschärften Variante im Niedriglohnbereich musste derjenige, der eine Eins würfelte, zur Strafe einen Schnaps trinken. Eine ältere Frau im braunen Mantel mühte sich, in das Taxi vor mir zu klettern. Sie war schon fast drin, da verlor sie das Gleichgewicht und musste sich an der Beifahrertür festklammern. Bei mir stieg ein Mann in einem Anzug und mit einer bunten Krawatte ein. Er war um die vierzig Jahre alt und hatte ein gieriges Gesicht. Das Leben schuldete ihm etwas. Vielleicht war er Abteilungsleiter. Abteilungsleiter in einem Supermarkt oder etwas Ähnlichem. Von der anderen Seite stieg eine Frau ein. Sie setzte sich direkt hinter den Fahrersitz, so dass ich sie nicht richtig sehen konnte. Beide hatten nur kleine Kartons dabei.

»So, zuerst geht es nach Bramfeld«, sagte der Abteilungsleiter.

»Aber wir müssen doch erst zu Ihnen«, sagte die Frau, »das liegt doch viel näher, das ist doch sonst ein Umweg …«

»Nein, nein, kommt gar nicht in Frage. Wir fahren zuerst zu Ihnen, ich will doch sicher sein, dass Sie heil ankommen. Also nach Bramfeld, in die Ellernreihe ...«

Sie redeten über irgendwelche Einkäufe, die gleich Montag getätigt werden mussten, das heißt, er redete. Sie hatte mit den Einkäufen anscheinend überhaupt nichts zu tun.

»Jetzt täte ein Kaffee gut«, sagte er, kurz bevor wir angekommen waren, und als die Frau nicht reagierte, fuhr er fort:

»Na, Fräulein Witt, wie ist es – krieg ich denn noch einen Kaffee bei Ihnen?«

»Ich, ... nein, ich ..., tut mir leid, aber ich bin sehr müde.«

»Ach kommen Sie, ein Kaffee! Das dauert keine zehn Minuten.«

»Ich bin wirklich sehr müde«, murmelte sie kaum hörbar.

Sie wollte nicht, das war wirklich nicht schwer zu begreifen. Aber der Abteilungsleiter war ein hartnäckiger Kerl.

»Na, na, Sie haben doch nicht etwa Angst vor mir?«

»Oh, Gott, nein, natürlich nicht«, versicherte sie mit einem nervösen Lachen.

»Na also, dann trinken wir jetzt noch schnell einen Kaffee zusammen.«

Fräulein Witt gab auf. Der Abteilungsleiter stieg mit ihr aus. Reichte mir einen Zwanziger ohne auf Wechselgeld oder Quittung zu warten. Jetzt konnte ich die Frau sehen. Sie war sehr jung, keine achtzehn, und trug trotz der Kälte einen kurzen Rock. Fahrig suchte sie in ihrer Handtasche nach dem Hausschlüssel. Als sie ihn gefunden hatte und auf den Wohnblock zuging, hielt sie ihren Kopf weiterhin gesenkt.

»Ah, einen Kaffee. Jetzt einen schönen Kaffee«, sagte der Abteilungsleiter.

14

Weihnachten kam mit großen Trinkgeldern, und dann Silvester, der wichtigste Tag überhaupt für Taxifahrer. Rekordumsätze, zerplatzende Böller auf der Windschutzscheibe, ein Betrunkenenanteil von achtzig Prozent und totale Erschöpfung.

Im Januar wurde direkt unter Dietrichs Wohnung eine andere Wohnung frei. Genauso geschnitten wie seine. Auch eine ehemalige Werkstatt, ein einziger Raum mit einer winzigen Toilette.

»Nein«, sagte Dietrich, »ich glaube, das ist keine gute Idee. Wir kennen uns gerade erst ein paar Monate, und da willst du schon bei mir einziehen. Wenn du da unten wohnst, ist das praktisch so, als wenn du bei mir einziehst. Was ist, wenn wir uns wieder trennen? Außerdem habe ich die Wohnung schon einem Freund versprochen.«

Ich sah das Problem nicht. Natürlich würden wir uns trennen. Wir waren ja eh schon viel zu lange zusammen. Ich musste nur noch die richtige Gelegenheit finden, es Dietrich beizubringen. Dieser Mistkerl. Die Wohnung war vielleicht meine einzige Chance, jemals aus der Gartenlaube herauszukommen. Er hätte seinen Vermieter für mich fragen können, und jetzt wollte er die Wohnung lieber einem Freund geben.

Drei Wochen später fragte Dietrich, ob ich die Wohnung immer noch haben wollte. Sein Freund war plötzlich wieder abgesprungen, weil er einen Job in Berlin angeboten bekommen hatte.

Kurz darauf zog ich aus dem Gartenhaus aus. Mein Bruder war hocherfreut, jetzt die ganze Laube allein zu bewohnen. Viel nahm ich nicht mit, eigentlich nur einen Schrank, das Bett, die Gitarre und die Affen-Bücher.

»Und die Wäsche«, sagte meine Mutter, »denk daran, mir deine Wäsche zu bringen. Du kriegst es selbst ja doch nicht so hin.«

15

Ich stand an zweiter Position am Karl-Muck-Platz. Vor mir war nur noch Rüdigers Taxi. Ich stieg aus und setzte mich zu ihm. Rüdiger las diesmal in einem kleinen blauen Buch. Irgendetwas von Nietzsche. Mit einem Bleistift schrieb er Anmerkungen an den Rand. Als ich einstieg, schob er mit dem Stift seine Mütze aus der runden Stirn.

»Jetzt bist du also unter Dietrich eingezogen, hör ich. Du weißt, dass Dietrich mein bester Freund ist? Wir kennen uns schon ewig.«

Das war mir bekannt. Rüdiger und Dietrich und Udo-Zwonullfünf waren alle auf dieselbe Schule gegangen. Bloß Taximörder und Udo-Dreidoppelsieben waren erst später dazugestoßen.

»Allerdings ist Dietrich nicht ganz einfach zu verstehen«, fuhr Rüdiger fort. Ein Autoscheinwerfer ließ seine Zahnklammer aufblitzen. »Für eine Frau ist es ja sowieso schwer, den Charakter eines Mannes zu begreifen, dazu m-m-müsste sie sich ja auf das Geistige einlassen, also auf Männliches, auf eine genuin männliche Sichtweise der Dinge, und damit würde sie sich ja selbst den Boden unter den Füßen wegziehen. Der ganze Feminismus, wie er sich gemeinhin darstellt, ist ja ein Maskulinismus, eine frauen-f-feindliche Ideologie, die die Emanzipation vom Weiblichen propagiert. Dass die Emanzen das nicht selber spüren, nicht fühlen, zeigt nur, wie weit sie sich von ihrer Weiblichkeit entfremdet haben …«

»Jetzt mach aber mal 'nen Punkt«, sagte ich. »Willst du hier als Fachmann in Fragen Weiblichkeit auftreten, oder was?«

»Jeder Mensch ist ja immer beides«, rief Rüdiger aufgekratzt, »immer auch das andere. Niemand ist ganz Mann oder ganz Frau, wie schon Weininger ausgeführt hat. Es ist immer ein Mehr-oder-weniger, nie ein Entweder-oder. Wir b-beide sind uns übrigens unheimlich ähnlich. Da brauchst du gar nicht so zu schauen. Ich glaube nicht, dass du noch mal jemanden finden wirst, der dich und die Not, in die dich deine Weiblichkeit stürzt, so vollkommen verstehen kann. Es ist ein Fluch, eine Frau zu sein, also auf ewig das Fleisch zu sein, der Hemmschuh für die Geistwerdung des Mannes …«

Rüdiger redete sich in Fahrt. Die Windschutzscheibe beschlug bereits. Herr im Himmel, warum rief denn die Funkerin nicht endlich den Karl-Muck-Platz? Warum wollte niemand aus dem Springer Verlag nach Hause, oder aus dem Unilever-Haus, oder meinetwegen auch aus dem Bronzekeller. Stattdessen rief die Funkerin die ganze Zeit völlig abgelegene, untypische Posten.

Wählingsallee, zum Beispiel, oder:

»Bergedorf.«

Normalerweise hörte ich im Funk inzwischen nur noch, was mich anging, aber jetzt achtete ich auf jedes Wort, als könnte ich dorthin entkommen.

»Vierachtneun, der Bahnhofskiosk ... Danke, Vierachtneun.«

»Nicht einmal Dietrich kann dich so verstehen wie ich, obwohl Dietrich unheimlich klug ist«, fuhr Rüdiger fort.

»Rahlstedt ... Bereich Rahlstedt.«

»Er ist der intelligenteste Mann, dem ich je begegnet bin.«

»Dreimaldieeins. Rahlstedter Straße 7, Gerowitzki oder so ähnlich. ... Danke Dreimaldieeins. ... Posten Altona.«

»Außerdem hat er Stil, was ja den allermeisten abgeht. Dandytum ist für dich natürlich kein Begriff, weil du ja aus der Vorstadt kommst, aber sogar du wirst gemerkt haben, ...«

»Bereich Altona.«

»... dass er eine Klasse hat, die woanders nicht leicht zu finden ist. Hast du die Bilder in seiner Wohnung gesehen? Meistens versteckt er sie.«

»Jemand im Bereich Altona? ... Vierdoppelneun, der Imbiss Kosovo.«

»Hah, Imbiss Kosovo! Nimm das bloß nie an. Größte Dichte an Schwerverbrechern, die du in einem Hamburger Lokal finden kannst«, sagte Rüdiger. »Club 57 ist gar nichts dagegen.«

»Nochmal für die Barnerstraße.«

»Siehst du. Vierdoppelneun hat auch zurückgegeben.

Nimm das bloß nicht an. Dietrich ist eigentlich Künstler. Frag ihn mal nach seinen Bildern und besteh darauf, dass er sie dir alle zeigt. Leider hat er ja überhaupt keinen Ehrgeiz. Immer wenn ich ihm anbiete, eine Ausstellung für ihn zu organisieren, winkt er ab. Es ist ihm nicht wichtig, etwas zu gelten in der Welt. Kannst du dir das vorstellen? Diese unglaubliche Vornehmheit der Seele. Er will sich nicht mit anderen messen, weil es ihm nichts bedeutet.«

»Die Barner Straße. Imbiss Kosovo. Fährt das jetzt mal jemand?«

»Es ist ihm einfach völlig egal, was andere von seinen Bildern halten. Vermutlich wird er erst nach seinem Tod entdeckt werden.«

Ich unterdrückte ein Gähnen.

»Imbiss Kosovo!«, rief die Funkerin. **»Bitte, Kollegen! Jetzt lassen Sie mich doch nicht hängen.«**

»Leider hat seine Bescheidenheit aber auch zur Folge, dass alle seine Gemälde bloß bei ihm in der Wohnung herumstehen«, klagte Rüdiger. Dann fing er davon an, was für ein unvergleichlicher Briefeschreiber Dietrich sei. Ach, wenn er doch nur öfter schreiben würde. Unvergleichliche Briefe hatte Rüdiger früher von ihm bekommen, ganz wunderbare Briefe, kostbare Schätze. Rüdiger machte sich beinahe ins Hemd.

»Dietrich ist eigentlich der Begabteste von uns allen«, jaulte er, »nur eben leider ohne jeden Ehrgeiz. Ist dir eigentlich klar, mit wem du da zusammen bist? Das ist nicht irgendjemand. Du musst darauf achten, dass du dich seiner würdig erweist.«

Am liebsten hätte ich das Handschuhfach geöffnet und reingekotzt.

»Imbiss Kosovo«, rief die Funkerin wütend. **»Ist 'n guter Kunde. Kollegen! Warum fährt das keiner? ... Vierdoppelneun, wo sind Sie jetzt? ... Gut, Vierdoppelneun, dann fahren Sie jetzt doch den Imbiss Kosovo! ... Vierdoppelneun, ich werde nicht mit Ihnen diskutieren. Entweder Sie fahren jetzt, oder ich trag Sie ein. ... Danke, Vierdoppelneun. ... Karl-Muck-Platz ...«**

16

Der Mann, den ich vor einem kleinen Bordell in der Nähe des Fernsehturms aufsammelte, war auf eine asoziale Art dünn. Er hatte schüttere hellblonde Haare, die mit seiner käsigen Gesichtsfarbe verschmolzen. Sein grauer Anorak schlotterte um ihn herum. Er stieg vorn ein und brachte einen Schwall kalter Luft mit. Dann machte er es sich gemütlich, wickelte seinen Schal ab und zog den Reißverschluss seines Anoraks auf.

»Nach Rahlstedt, ich sag dann schon wo.«

Bevor ich den Taxameter einschalten konnte, drückte er mir vierzig Mark in die Hand.

»Stört es, wenn ich rauche?«

Er steckte sich eine an. Nicht genug, dass die Fahrgäste einen vollrauchten, nein, sie zwangen einen auch noch jedes Mal, zu behaupten, dass es einem nichts ausmachte. Sich in einem so kleinen geschlossenen Raum wie einem Taxi eine Zigarette anzuzünden, das ist, als würde man jemandem in sein einziges Glas Wasser spucken. Etwas an dem Kerl stimmte nicht. Ich konnte nicht sagen was, außer dass er schnell und übergangslos anfing, über Huren zu sprechen.

»Mensch, die waren da vielleicht hässlich«, sagte er und winkte mit dem Kopf Richtung Nackenstütze, »waren die hässlich! Ich dachte erst, das wäre die Reinigungskolonne, aber nein, das waren die Nutten selbst.«

Ich schwieg und hoffte, dass er ein anderes Thema anschneiden würde. Der Puff, aus dem er kam, war eine grundböse Einrichtung. Einmal hatte ich miterlebt, wie einer der Kunden ein trauriges Thai-Mädchen anblaffte: »Lächeln! Du musst lächeln! Das ist dein Job.«

Mein Fahrgast fragte, ob es nicht gefährlich sei, nachts Taxi zu fahren, ob ich keine Angst hätte. Er duzte mich, aber das taten fast alle.

»Nein«, sagte ich, »eigentlich nicht. Aber ich denk auch nicht ständig darüber nach.«

»All die Besoffenen«, sagte er.

»Ein guter Job«, sagte ich. »Flexible Arbeitszeiten, ein Mercedes als Dienstwagen, niemand über mir, keiner unter mir – ein grundanständiger Beruf.«

»All die Besoffenen«, sagte er noch einmal. »Ich möchte das nicht machen.«

Das hörte ich ständig: *Deinen Job möchte ich nicht machen.* Das sollte man sich mal trauen, seinem Friseur oder Zahnarzt zu sagen: Also Ihren Beruf möchte ich auch nicht machen, Leuten auf dem schuppigen Kopf rumzufingern, beziehungsweise wildfremden Menschen in die fauligen Mäuler zu greifen. Urologen, Fußpflegerinnen, Busfahrer, Klempner – alle diese Berufe genossen allgemeinen Respekt, wohingegen ich mir mit schlafwandlerischer Sicherheit den Job ausgesucht hatte, den alle Welt glaubte verachten zu dürfen.

»Was verdienst du denn so«, fragte der dünne Mann.

Ich machte ein besorgtes Gesicht. Das gefiel ihm. Wir kamen zügig voran, die mitternächtlich schwarzen Straßen waren frei und trocken. In Rahlstedt zeigte der Mann in eine dunkle Einfahrt, die nicht zu einem Haus, sondern zu einer Viehweide führte.

»Fahr da rein.«

Ich dachte mir nichts dabei. Ich hatte schon Leute mitten in der Nacht in einem finsteren Wald abgesetzt oder vor dem verschlossenen Eingang des Ohlsdorfer Friedhofs. Dietrich hatte einmal einen Mann mit gehetztem Blick und einer schweren blauen Mülltüte auf dem Schoß zu einer einsamen Stelle an der Elbe gefahren. Viehweide war dagegen ja vergleichsweise harmlos. Ich hielt an und wartete, dass der Mann aussteigen würde. Bezahlt hatte er ja schon. Er blieb aber sitzen.

»Wie wäre es«, sagte er, »wie wäre es, wenn ich dir fünfhundert Mark schenken würde, hm? Einfach nur so, hm? Was hältst du davon?«

»Nee, nee, nee«, sagte ich, »kommt ja gar nicht in Frage. Ich finde, du steigst jetzt aus.«

Es kam schon mal vor, dass einem jemand Geld schenkte, fünfzig oder hundert Mark. Oft passierte das natürlich nicht, doch es kam vor. Aber dieser Mann war einfach nicht der Typ, der etwas verschenkte.

»Du weißt doch noch gar nicht, was ich dafür will«, sagte er, öffnete sein Portemonnaie, holte fünf saubere, glatte Hundert-Mark-Scheine heraus und legte sie nebeneinander aufs Armaturenbrett.

»Ich verlang ja gar nichts. Ich schenk sie dir einfach nur so. Du musst überhaupt nichts tun. Ich will dich bloß einmal anfassen.«

Fünfhundert Mark, das war eine Ferntour nach Göttingen, mindestens, ohne bei Mergolan hinterher erklären zu müssen, wieso so viele Kilometer auf dem Tacho standen. Die Scheine lagen immer noch auf dem Armaturenbrett. Einer wackelte leicht im Wind des Gebläses.

»Nee, nee«, sagte ich, »pack dein Geld mal wieder ein. Wo denn überhaupt?«

»Nur am Knie«, sagte er.

Am Knie. Ans Knie fasste mir jeden Abend irgendein Betrunkener. Dafür warf ich die Leute noch nicht mal aus dem Taxi. Dafür stauchte ich sie bloß zusammen.

»Okay«, sagte ich, »am Knie.«

Es war dunkel vor der Viehweide. Der Mann legte seine Hand auf mein Knie, streichelte über den Jeansstoff, ließ seine Hand etwas höher rutschen und öffnete gleichzeitig mit der anderen den Reißverschluss seiner Hose. Was hatte ich denn erwartet? Gott, war ich blöd. Wie konnte man nur so blöd sein?

Ich langte über ihn hinweg, wobei ich mich halb auf ihn legen musste, öffnete die Beifahrertür und knuffte und schob ihn nach draußen. Er nahm die Geldscheine vom Armaturenbrett und blieb neben dem Taxi stehen. Ich knallte die Tür zu, preschte mit heulendem Motor rückwärts aus der Einfahrt und raste zurück in die Innenstadt. Ein schmieriges Gefühl breitete sich in mir aus. Nach einigen Kilometern betrachtete ich im Rückspiegel mein Gesicht. Es gab da so einen gemeinen, raffgierigen Zug um meine Augen. Charakterlos. Käuflich. Aber das war es nicht, was mir zu schaffen machte. Was mich wirklich beschmutzte, war, dass ich das Geld nicht bekommen hatte.

17

Gegen vier Uhr morgens sah ich die Wagen von Dietrich, Rüdiger, Udo-Dreidoppelsieben und Taximörder vor dem Gestern und Heute stehen und beschloss, ebenfalls eine Pause zu machen. Sie saßen gleich links am Fenster. Ich zog mir einen Stuhl vom Nebentisch heran und setzte mich dazu.

»Stellt euch vor«, sagte ich, »vorhin hat mir ein Fahrgast fünfhundert Mark geboten, wenn er mir dafür einmal ans Knie fassen darf.«

»Die Fahrgäste sind doch alles Dreckhecken«, sagte Dietrich.

»Fünfhundert Mark«, sagte Udo-Dreidoppelsieben, »unglaublich. Und? Hast du es getan?«

»Natürlich nicht.«

»Wieso nicht?«, fragte Udo-Dreidoppelsieben. Er hatte Bierschaum am Schnäuzer. »Für fünfhundert Mark? Das hätte ich sofort gemacht.«

»Ja denkst du denn im Ernst, der würde dann nicht noch mehr versuchen?«

Seine Ahnungslosigkeit war wirklich bestürzend.

»Na und? Für fünfhundert Mark hätte ich ihm auch einen runtergeholt«, sagte Udo-Dreidoppelsieben.

»Äääh, das ist ja wohl nicht dein Ernst«, sagte Dietrich.

»Wieso nicht? Für fünfhundert Mark? Für wie viel würdest du es denn tun?«

»Überhaupt nicht.«

»Ach komm, Quatsch. Ich meine, jeder hat seinen Preis. Sag mal, Rüdiger, für wie viel würdest du es tun?«

»Was denn? Bloß einen runterholen oder richtig?«

»Richtig. Für wie viel würdest du dich in den Arsch ficken lassen?«

»Hm, lass mich mal überlegen. Für Zehntausend. Für Zehntausend würde ich mich in den Arsch ficken lassen. Dann könnte ich mir endlich das Motorrad kaufen, das ich schon immer haben wollte.«

»Hört auf«, sagte Dietrich, »hört bloß auf. Ihr seid doch alle nicht ganz dicht. Was hättest du denn dann von dem Motorrad? Da hättest du doch überhaupt nichts mehr davon. Das würde doch nach Scheiße stinken, dein Motorrad.«

»Für wie viel würdest du es tun«, wandte sich Udo an mich.

»Eine Million«, sagte ich. »Überlegt doch, was man alles damit machen könnte. Brunnen bauen in Afrika oder so. Die Million nicht anzunehmen, hieße doch, den Tod von tausend Menschen in Kauf zu nehmen. Menschen, die man retten könnte, wenn man nicht so zimperlich wäre.«

»Und du würdest dann das ganze Geld nach Afrika spenden, oder was?«, fragte Dietrich.

»Natürlich nicht«, sagte ich. »Bin ich bescheuert?«

»Also, was ist jetzt«, fing Udo-Dreidoppelsieben plötzlich an. »Die Sache, von der ich euch gestern erzählt habe – habt ihr euch das überlegt? Ich brauche noch genau vier Leute.«

»Was meinst du? Dein dämliches Pilotenspiel? Vergiss es«, sagte Dietrich.

»Wieso? Da ist überhaupt kein Risiko. Und jetzt ist die richtige Zeit, um einzusteigen. Ihr könnt gleich als Stewards anfangen.«

»Das ist das Dümmste, was ich je gehört habe«, sagte Rüdiger, »dein G-Geld siehst du nie wieder.«

»Ich hab überhaupt keine tausend Mark«, murmelte Taximörder.

»Dann leih sie dir eben«, sagte Udo-Dreidoppelsieben. »In ein paar Wochen hast du das Zehnfache und kannst es locker zurückzahlen.«

»Hör auf damit«, sagte Dietrich. »Jetzt versuch nicht auch noch, andere mit reinzureißen.«

»Habe ich übrigens schon erzählt, dass ich gestern ein rothaariges Model gefahren habe?«, fragte Taximörder. »Von der Milchstraße zum Flughafen. Die hatte ganz weiße Haut. Eine Australierin war das.«

Dietrich wandte ihm interessiert das Gesicht zu.

»Eine rothaarige Australierin? Weißt du, wie die hieß?«

Taximörder schüttelte bekümmert den Kopf. Die Poppertolle schob sich vor seine Augen.

»Im Ernst?«, fragte ich Udo-Dreidoppelsieben. »Du hast bei einem Pilotenspiel mitgemacht? Das weiß doch jeder, dass das gar nicht funktionieren kann. Das ist doch wie diese Geschichte mit dem Schachbrett und den Reiskörnern.«

»Natürlich funktioniert das. Ich brauch nur noch vier Spieler. Vier Spieler ... also, wie ist es? Die nehmen auch Frauen.«

»Danke nein. Hast du wirklich tausend Mark eingezahlt? Tausend Mark? Ich fass es nicht.«

»Selbst wenn du da noch heil rauskommst«, sagte Dietrich, »dann hast du immer noch all die Spieler, die du angeworben hast, auf dem Gewissen. Die haben dann für dich bezahlt und selber alles verloren.«

Udo-Dreidoppelsieben bekam einen roten Kopf.

»Leute wie ihr«, keuchte er, »Leute wie ihr sind schuld daran, wenn solche Spiele platzen.«

18

Dietrich fand, dass ich lesen sollte. Er kam mit einem ganzen Stapel Bücher an. Ich kniete gerade auf dem Fußboden in meiner neuen Wohnung und malte mit einer großen Quaste taubenblaue Striche auf die Spanplatten, die über die unebenen Bohlen des alten Bodens genagelt worden waren. Aus den Ritzen quollen Sägespäne. Ich hatte mir einen Staubsauger angeschafft und fünfmal staubgesaugt, aber die Späne quollen immer noch. Vorher war eine Tischlerei in dem Raum gewesen. Der Tischler hatte angefangen zu spielen, und schließlich war er auch noch im Gefängnis gelandet. Als mein Telefon zum allerersten Mal klingelte, war jemand dran gewesen, der geschrien hatte, dass er sofort sein Geld zurückhaben wollte.

Ich kleckste die Ritzen zwischen den Platten mit Farbe zu. Das war die einzige Möglichkeit, die Sägespäne in Schach zu halten. Dietrich stellte den Bücherstapel auf meinen Schreibtisch. Ich wischte mir die Finger an einem Stück Zeitung und dann noch einmal an meiner Hose ab und kam näher.

»Das hier, das sind richtige Bücher«, sagte Dietrich. »Du solltest langsam mal anfangen, was Richtiges zu lesen. Hast du überhaupt schon irgendetwas gelesen außer diesem Schimpansen-Kram?«

Alles, was ich kannte, war das Gesamtwerk von Jack

London. Und jedes Buch über Menschenaffen, das auf dem deutschen Markt zu bekommen war. Und die Bücher, die wir in der Schule hatten lesen müssen.

»Das, was sie dir im Deutschunterricht gegeben haben, kannst du vergessen. Das ist alles Mist«, erklärte Dietrich. »Schnurre und Böll und solche Sachen, nicht wahr? Gut gemeint, auch nützlich, um die schlichteren Gemüter zu entnazifizieren, aber mit Literatur hat das natürlich wenig zu tun.«

Ich wischte mir die Hände noch einmal an der Hose ab und nahm eines von Dietrichs Büchern in die Hand: *Erbarmen mit den Frauen* von Henry de Montherlant.

»Größter französischer Stilist«, sagte Dietrich, »heute außerhalb Frankreichs kaum noch bekannt.«

Die anderen Bücher waren von August Strindberg, Ernst Jünger, Friedrich Nietzsche, Otto Weininger und Peter Altenberg. Außerdem ein Fotoband von Leni Riefenstahl. Kannte ich alle nicht, das heißt: von Nietzsche hatte ich natürlich schon irgendwie gehört: *Wenn du zum Weibe gehst, vergiss die Peitsche nicht*, oder so ähnlich.

Ich fing mit Henry de Montherlant an und arbeitete mich über Strindberg zu Weininger vor. Jedes Buch stieß mir die Tür zu einer begehrenswerten Welt voller neuer Ideen und seltsamer Gedanken auf, und jedes Buch vertrat die Meinung, dass ich und meinesgleichen minderwertig oder abstoßend waren. Je mehr ich las, um so elender fühlte ich mich. Es war ja nicht so, dass ich vorher unter einem übersteigerten Selbstwertgefühl gelitten hätte.

Zunächst versuchte ich noch dagegenzuhalten.

»Das ist doch Unsinn«, sagte ich, »wie kann Montherlant behaupten, dass es in den Umkleideräumen von Mädchen viel mehr stinkt als in denen von Jungs. Das weiß doch jeder, dass es genau andersherum ist.«

»Das sind alles alte Bücher«, sagte Dietrich. »Da musst du einfach drüber hinweglesen.«

Fragte sich bloß, was von Otto Weininger noch übrig blieb, wenn man alle entsprechenden Stellen übersprang? Weininger zu lesen war, als würde einem die ganze Zeit mit einem schweren Gegenstand auf den Kopf geschlagen. Schlimmer setzte mir nur noch Peter Altenberg zu, der in jeder zweiten Geschichte damit prahlte, dass er der einzige wäre, der die Seele der Frau ganz verstünde. Aber das, was die Frauen in seinem Buch sagten und taten, ähnelte so sehr dem, was Peter Altenberg dachte und wünschte, dass es an Gewalttätigkeit grenzte. Peter Altenberg zu lesen war, wie vor dem Abflussrohr der hoteleigenen Kläranlage zu schwimmen.

19

Ich konnte mir immer noch nicht die Straßennamen merken. Anfangs hatte ich gedacht, das würde sich mit der Zeit geben. Wenn ich erst eine Weile gefahren war, würde ich sie alle drauf haben. Aber inzwischen fuhr ich ja fast schon ein Jahr lang, und es wurde eher schlechter als besser. Ich begann, auch noch die zu vergessen, die ich bereits gelernt hatte. Jemand wollte in den Klosterwall. Der Name stand sofort wie geschrieben vor meinen Augen. Ich wusste, dass es eine Straße im Innenstadtbereich war. Ich wusste, dass ich schon mehrfach dort gewesen war, aber mir fiel trotzdem nicht ein, welche Straße das sein sollte.

Oder ich kannte die Straße, hatte aber keine Ahnung, wie man am schnellsten hinkam. Dann hielt ich immer so ungefähr die Richtung und hoffte bei jeder Kreuzung, dass es mir gleich wieder einfallen würde.

Deswegen nahm ich auch kaum Freigaben an. Wenn eine Tour freigegeben wurde, war es egal, wo man sich gerade aufhielt, man musste bloß innerhalb von sechs Minuten beim Kunden vorgefahren sein. Vermutlich war ich die Einzige, die diese Auflage ernst nahm. Es war ja völlig unwahrscheinlich, dass sich ein Fahrgast beschwerte, bevor nicht mindestens zehn Minuten vergangen waren. Und wenn dann die Funkerin fragte, wo man so lange bliebe, konnte man immer noch sagen: »Ich steh doch schon längst hier unten«, und bis der erboste Kunde dann den Hörer aufgelegt hatte und die Treppe wieder heruntergelaufen war, war man tatsächlich unten vorgefahren. Aber dafür hatte ich nicht das Nervenkostüm.

Eines Abends, als ich ganz vorne am Bahnhof Altona stand und Udo-Dreidoppelsieben bei mir im Wagen saß, rief die Funkerin Karl Muck.

»Karl-Muck-Platz ... Bereich Karl-Muck ... für Hütten ...«

»Hütten! Das schaffst du«, rief Udo-Dreidoppelsieben und hieb mit der flachen Hand wie wild auf meiner Funkgabel herum – tackern oder dibbern nannte man das.

»Zwodoppelvier, Hütten dreiunddreißig für Himmler.«

Sofort brach mir der Schweiß aus, und mein Puls begann zu rasen. Ich bestätigte:

»Hütten dreiunddreißig für Himmler. Danke Zwodoppelvier«

»Danke Zwodoppelvier.«

»Bist du bekloppt?«, fuhr ich Udo an. »Ich wollte die Tour überhaupt nicht haben!«

»Hütten, das schaffst du! Klar schaffst du das. In sieben oder acht Minuten bist du da.«

Er stieg aus, und ich kurvte einmal um den Parkplatz vor dem Bahnhof, bog rechts in die Max-Brauer-Allee und dann links in die Ehrenbergstraße. Ich trat das Gaspedal durch, aber dann geriet ich in den Feierabendverkehr und schob mich mit den anderen Autos quälend langsam die Reeperbahn hoch. Ich knirschte vor Anspannung mit den Zähnen. Wenigstens musste ich nicht im Stadtplan nachsehen. Die Straße Hütten lag ganz in der Nähe meiner Wohnung. Am Millerntor zog ich über eine bereits rote Ampel und raste auf einer freien Fahrspur in die Ost-West-Straße. Dann fiel mir ein, dass ich ja eigentlich in den Holstenwall hätte abbiegen müssen. Nur keine Panik. Das machte nichts. Ich konnte ja immer noch auf Höhe des Michels verboten links abbiegen. Doch zu meinem großen Entsetzen liefen genau in diesem Augenblick massenhaft Menschen auf die Straße – wo kamen die denn plötzlich alle her? – fassten sich an den Händen und bildeten eine Kette, die sich quer über die Ost-West-Straße zog. Ich bremste hart. Rechts, links und hinter mir stauten sich die Autos und keilten mich ein. Genau in diesem Moment waren die sechs Minuten um. Ich schnappte nach Luft und stieg aus.

»He«, sagte ich betont ruhig zu den Menschen in der Menschenkette, die mit dem Rücken zu mir standen, »ihr müsst mich mal eben durchlassen.«

Ein junger Mann mit kurzen, rot gefärbten Haaren und einem dummen, begeisterungsfähigen Gesicht drehte sich zu mir um, ohne die Hände eines Jeans-Mädchens und eines älteren Mannes in einer Wildlederjacke loszulassen.

»Nein, du wartest hier«, antwortete er mit der Befriedigung des dominierenden Individuums, das Herrschaftsverhältnisse bisher grundsätzlich abgelehnt hatte, jetzt aber gerade auf den Geschmack kam. Ich würde zu spät kommen. Oh Gott, es war ja bereits zu spät. Ich konnte der Funkerin noch nicht einmal sagen, dass die Menschenkette schuld war, denn ich hätte ja eigentlich schon längst dort sein sollen. Udo-Dreidoppelsieben war schuld. Dieser dumme Schnauzbartträger! Wie kam der dazu, einfach auf meine Funkgabel zu hauen? Wenn ich am Bahnhof Altona stehen geblieben wäre, hätte ich jetzt schon längst einen Anläufer gehabt. Wahrscheinlich zum Flughafen.

»Verdammt«, schrie ich, »das kann doch wohl nicht wahr sein. Ihr mit eurem Scheiß-Frieden!«

Die Kettenmenschen sahen mich angeekelt an und wandten dann die redlichen Gesichter wieder ab.

»Ihr Idioten«, rief ich, »ich muss zu einer schwangeren Frau.«

»Sag das doch gleich.«

Tatsächlich ließen sie mich durch, woraufhin sofort auch noch zwei weitere Autos mit durchdrängelten und die ganze Ost-West-Straße wieder in Bewegung kam. Die Friedensdemonstranten irrten zwischen den Autos herum und versuchten, ihre Kette wieder zu schließen, aber die Autofahrer dachten natürlich gar nicht daran, sich ihre freie Fahrt für freie Bürger noch einmal nehmen zu lassen. Jetzt war ich vier Minuten über der Zeit. Wenn ich Glück hatte, ging das noch glimpflich ab. Schon rumpelte ich über das Kopfsteinpflaster der Straße Hütten. Ich musste nur noch die Hausnummer finden. Die Straße war rechts und links zugeparkt, ein Auto hinter dem anderen. Wahrscheinlich gehörten die alle den Friedensdemonstranten. Es wurde immer enger. Und natürlich kam mir auch noch ein Auto entgegen. Eine rot-schwarze Charleston-Ente. Und natürlich saß da eine Frau drin. Laut irgendeiner Statistik sollen Frauen ja die besseren Autofahrer sein. Weil sie weniger Unfälle verursachen. Eine völlig falsche Schlussfolgerung. Falls Frauen tatsächlich weniger Unfälle verursachen, liegt das natürlich nicht daran, dass sie souveräner Auto fahren und Situationen schneller und besser einschätzen können, sondern es ist eine Folge ihrer Feigheit. Diese Frau in ihrem erbärmlichen 2CV zum Beispiel hätte ja nun, wenn sie denn eine so gute Autofahrerin gewesen wäre, vorausschauend erkennen können, dass es gleich ziemlich eng werden würde, weil ihr nämlich ein Mercedes-Taxi entgegenkam. Sie hätte einsehen sollen, dass sie von der auf sie zukommenden Situation völlig überfordert sein würde, und sich demzufolge abwartend verhalten sollen. Sie hätte an einer etwas breiteren Stelle halten sollen, bis jemand, der einfach würdiger war, am Straßenverkehr teilzunehmen, die Stelle passiert hätte. Aber nein! Irgendetwas, falsch verstandene Emanzipation oder die völlige Unfähigkeit, Raumverhältnisse einzuschätzen, bewog sie draufzuhalten. Sie fuhr mir entgegen, bis sich unsere Seitenspiegel wie die schwarze und weiße Fläche im Yin-und-Yang-Zeichen aneinanderschmiegten. Daraufhin hielt sie endlich an. Natürlich hatte sie mit ihrer Ente zum rechten Fahrbahnrand einen halben Meter Abstand gehalten, damit sie ja nirgends gegen kam, und das machte es für mich jetzt äußerst schwierig, an ihr vorbeizufahren. Ich starrte ihr finster in das von einem praktischen Kurzhaarschnitt umrahmte Gesicht, und sie lächelte mich hilflos an, als wäre ich irgendein bescheuerter Mann, bei dem offensiv zur Schau getragene Dämlichkeit einen erotischen Sanitäterinstinkt auslösen könnte. Zurücksetzen ging nicht, hinter mir hielten bereits zwei Autos. Also hob ich die Hände in Schulterhöhe und schlenkerte der Frau meine Finger entgegen, um ihr zu signalisieren, dass sie es war, die rückwärts fahren musste. Die Frau sah über ihre Schulter und gleich wieder nach vorn und bekam rote Flecken im Gesicht. Diese Fahrtrichtung beherrschte sie nicht. Es blieb mir nichts übrig, als das Fenster herunterzukurbeln, sowohl meinen als auch ihren Rückspiegel zur Seite zu klappen und mich im Schneckentempo an ihrer mitten auf der Straße parkenden Charleston-Ente vorbeizuschieben. An jeder Seite meines Taxis war höchstens noch zwei Finger breit Luft. Die Schnalle selber bewegte sich natürlich keinen Zentimeter, sondern ließ mich machen und glotzte noch blöd, ob ich auch ja keine Schramme in die Speziallackierung ihres drolligen französischen Kleinwagens fuhr. Diese Wesen würden es nie schaffen. Sich dreißigtausend Jahre lang unterdrücken zu lassen, ohne eine einzige anständige, blutige Revolution auf die Beine zu stellen, das sagte ja eigentlich schon alles.

»Zwodoppelvier?«

»Ja, Zwodoppelvier.«

Ich war schon acht Minuten überfällig. Jetzt war ich dran.

»Zwodoppelvier. Hütten dreiunddreißig braucht jetzt doch kein Taxi mehr. Tut mir leid, Zwodoppelvier.«

»Mir auch. Danke Zwodoppelvier.«

»Danke Zwodoppelvier.«

Im Rückspiegel sah ich, dass die Charleston-Ente immer noch regungslos an der Stelle verharrte, wo ich sie passiert hatte. Mühsam zwängte sich der Gegenverkehr an ihr vorbei. So hielt man die weibliche Unfallquote natürlich niedrig.

20

Es war ein Nachteil, dass meine neue Wohnung so viele Fenster hatte – zwölf Stück, verteilt auf drei Seiten. Die Fenster eines der gegenüberliegenden Häuser waren nur fünf Meter entfernt. Es war unangenehm, aufzuwachen und als Erstes in das desillusionierte Gesicht einer Hausfrau zu schauen, die im Nachbargebäude gerade einen Kuchenteig anrührte. Also schaffte ich mir Gardinen an. Ich ließ sie aus schwerem blauem Samt nähen, durch den nur wenig Licht schimmerte. So konnte ich auch tagsüber schlafen. Ich schlief fast immer bis vier Uhr nachmittags. Ganz selten kam es vor, dass ich schon um zwei oder drei aufwachte, dann wusste ich nicht, was ich mit der Zeit anfangen sollte, und blieb einfach im Bett, bis es vier war. Wenn man um vier Uhr aufwachte und um halb sechs schon wieder zur Arbeit musste, lohnte es sich nicht wirklich, zwölf Gardinen aufzuziehen. Also blieben die Gardinen meistens zu, und ich lebte jetzt in einer genauso dunklen Höhle wie Dietrich. Von Ende November bis Mitte Februar sah ich praktisch kein Tageslicht. Außer wenn ich einkaufen ging. Gleich um die Ecke gab es einen Penny-Markt. Er lag nicht nur für mich gleich um die Ecke, sondern auch in der Nähe des Obdachlosenheims Pik As. In den windgeschützten Hauseingängen zwischen Nachtasyl und Discounter lungerten die sonnengegerbten und erschöpften Männer in kleinen Gruppen herum und klirrten mit dem Inhalt ihrer Plastiktüten. Ab und zu löste sich jemand aus einer Gruppe, um Nachschub zu holen. Wenn ich kurz nach vier den Penny-Laden betrat, strolchten meist zwei bis drei Obdachlose durch die engen Gänge, kleckerten mit einer frischen Platzwunde den Fußboden voll, bepöbelten sich über die Margarinestapel hinweg und taten alles, um den übrigen Kunden einen lebhaften Eindruck ihres Lebensstils zu vermitteln. An einer der beiden hoffnungslos unterbesetzten Kassen saß immer ein Mann. Der einzige Mann, den ich jemals an der Kasse eines Supermarkts gesehen hatte. Ein Stoiker. Mit der gleichen Ruhe, mit der er sich den Betrag von vier Mark dreiundachtzig aus einem Haufen sandiger Groschen und Pfennigstücke heraussuchte, führte er auch einen randalierenden Betrunkenen nach draußen oder zog einem anderen den unbezahlten Schnaps aus der speckigen Jacke, während der ihm mit der bezahlten Salami auf den Kopf zu schlagen versuchte. Vor den Kassen des Höllen-Pennys warteten lange Schlangen, die sich manchmal zwischen den Lebensmittelregalen um mehrere Ecken herum hinzogen. Die Obdachlosen, die hinten standen, brüllten den Obdachlosen weiter vorne Botschaften zu, rempelten dabei die anderen Kunden an und hüllten sie in einen Dunst von Rotwein, ranzigem Schweiß, Urin, Zigarettenkippen und Kotze. Die Penny-Kunden, die noch einen festen Wohnsitz hatten, sahen auf die preiswerten Lebensmittel in ihren Gitterwagen und versuchten, möglichst flach zu atmen. Alle taten, als ob die Schnapsbrüder gar nicht da wären oder als ob sie selbst nicht da wären. Einmal hatte ich einen Obdachlosen angestarrt, dessen Pullover mit Erbrochenem bedeckt war. Daraufhin war er auf mich zugekommen, hatte sich vor mir aufgebaut und gesagt:

»Riecht gut, was? Willst du mal dran lecken?«

Ständig nahm ich mir vor, für ein paar Tage auf Vorrat zu kaufen, um mir das hier zu ersparen. Aber wenn ich dann im schlimmsten Penny-Markt Deutschlands war, griff ich mir eine Packung Miracoli oder ein tiefgefrorenes Fertiggericht und sah zu, dass ich so schnell wie möglich wieder rauskam.

21

Dietrich stand vor meinem Herd, um für uns zu kochen. Das war eine neue Idee von ihm, dass wir gemeinsam essen sollten. Er kochte lieber unten bei mir, weil sein eigener Herd mit eingebrannten Essensresten verklebt war, die zu kokeln begannen, wenn man die Platten anstellte. Mir war das recht. Ich ekelte mich vor seiner Küche, in der der Abfalleimer süßliche Verwesungsgerüche verströmte. Dietrich kochte immer das Gleiche. Zuerst bereitete er einen großen Topf Reis, dann erhitzte er Tiefkühlgemüse, schüttete es darüber und anschließend holte er ein Hähnchen vom Imbiss und mischte das Fleisch darunter. Das Ganze würzte er mit Curry-Ketchup der Firma Hela. Ein wahres Wunderelixier. Egal wie gut irgendetwas schmeckte, mit Hela-Ketchup schmeckte es noch besser.

Dietrich setzte gerade das Wasser für den Reis auf, als es an der Tür klingelte. Ich drückte auf die Gegensprechanlage. Es war Rüdiger. Kurz darauf sprengte er mit wilden, schlecht koordinierten Bewegungen herein. Auf dem Kopf trug er seine Prinz-Heinrich-Mütze, und am ausgestreckten Arm hielt er eine Zeitung.

»Hier.« Er drückte mir die Zeitung in die Hand. Sie war in der Mitte aufgeschlagen.

»Lies das, das ist wichtig für dich.«

Er klopfte auf einen Artikel, ging dann zur Tür zurück und stampfte einen Büffeltanz auf meiner Fußmatte. Gleichzeitig griff er sich eines der Bücher, die auf dem Fensterbrett neben der Tür lagen.

»Ah, Henry de Montherlant – der Einzige von den Froschfressern, den man aushalten kann.«

Er wandte sich an Dietrich: »Komm mal mit nach oben, dass wir ungestört sind.«

Zu meinem Erstaunen ging Dietrich tatsächlich mit Rüdiger hinaus. Ich stellte erst mal die Herdplatte aus. Im Grunde war es mir ganz recht. Diese gemeinsamen Essen kosteten immer zu viel Zeit. Bis wir fertig waren, war es meistens schon sechs. Dietrich machte das nichts, denn sein Tagfahrer stellte ihm das Taxi direkt vor die Tür. Aber ich musste ja immer noch mit dem Fahrrad fünf Kilometer bis zur Firma fahren und fing dadurch eine halbe Stunde später an. Und das in der Zeit, in der man am meisten verdiente.

Ich sah mir den Zeitungsartikel an. Er handelte davon, dass Frauen ein deutlich kleineres Gehirn als Männer besaßen und welche üblen Konsequenzen das für sie hatte. Seit ich unter Dietrich eingezogen war, war Rüdiger von Tag zu Tag gehässiger geworden. Allmählich reichte es. Auch junge Schimpansenmännchen durchliefen eine Phase der Aggression gegen die Weibchen, aber Rüdiger war ja nicht mehr jung, der war beinahe schon dreißig. Außerdem hatte ich im Laufe meines Lebens genug Tierbücher gelesen, um mir nicht solchen Unfug vorhalten lassen zu müssen. Ich steckte die Zeitung unter den Arm und ging den beiden nach. Im Treppenhaus kam mir Majewski entgegen. Jens Majewski arbeitete als Journalist und wohnte im selben Haus, zwei Stockwerke über Dietrich. Er war ein lebhafter Mensch mit vorstehenden Augen, der gern V-Pullover mit einem T-Shirt darunter anzog. Jedes Mal, wenn ich ihm begegnete, wurde er von einer anderen Frau begleitet. Diesmal war sie deutlich älter als er und sah verlegen zur Seite, als sie an mir vorbeiging. Majewski hingegen strahlte sein großes Lächeln und interessierte sich ausgiebig für mein Befinden.

Die Tür zu Dietrichs Wohnung war nur angelehnt. Dietrich saß auf seinem Bett, während Rüdiger gestikulierend auf und ab lief. Die Wohnung roch angenehm nach den Mandarinenschalen, die überall auf dem Boden lagen. Rüdiger blieb stehen und drehte sich zu mir um.

»Wer hat gesagt, dass du hochkommen darfst?«, fragte er.

Dietrich schaute weg. Das war mir bisher gar nicht aufgefallen, dass er unloyal war.

»Wie kommst du dazu, dich hier so dicke zu machen?«, sagte ich zu Rüdiger. Dietrich verkrampfte sich und sah mich vorwurfsvoll an. Nur gut, dass ich ihn sowieso bald verlassen würde.

»Du solltest lieber den Artikel lesen«, sagte Rüdiger. »Das ist ein sehr interessanter Artikel.«

»Völliger Blödsinn ist das«, sagte ich. »Es geht doch gar nicht um das absolute Gewicht von Gehirnen. Sonst wäre doch jeder Elefant der menschlichen Spezies haushoch überlegen. Es geht darum, wie groß das Gehirn im Verhältnis zum Körpergewicht ist. Und da schneiden Frauen nun einmal deutlich besser ab als Männer.«

»Natürlich g-geht es um die absolute Größe des Gehirns«, sagte Rüdiger. »Ich trage Hutgröße 63. Ich kann fast nie einen Hut bekommen. Wenn ich Glück habe, gibt es im ganzen Hutladen einen einzigen Hut, der mir passt.«

Ich schielte zu der Prinz-Heinrich-Mütze, die mit der Öffnung nach oben auf dem Boden zwischen den Mandarinenschalen lag. Sie hatte wirklich gigantische Ausmaße. Wie eine Obstschale. Ich sah auf Rüdigers aufgewölbten Schädel mit der runden Kinderstirn und blieb still. Ich brachte es nicht fertig, irgendetwas zu seinem Kopf zu sagen – zu den verschiedenen Möglichkeiten, warum er wohl so dick war. Nicht, dass ich die Meinung vertrat, jemand wie Rüdiger müsste geschont werden. Aber ich konnte es einfach nicht. Es war zu offensichtlich. Er musste es selbst wissen.

»Unausgegorenes Zeug«, sagte ich stattdessen. »Informier dich vernünftig, bevor du mir so einen Wisch gibst. Ich muss jetzt zu meinem Taxi.«

»Natürlich geht es um die Größe«, legte Rüdiger nach.

Als ich ging, atmete Dietrich auf.

22

Ich hatte lange gewartet, aber jetzt stand ich ganz vorn am Karl-Muck-Platz. Hinter mir reihte sich ein Taxi an das andere. Das Konzert war noch gar nicht zu Ende, da kamen bereits zwei alte Damen heraus und schoben sich zittrig und eifrig auf mein Taxi zu. Ich stieg aus und verstaute die beiden auf dem Rücksitz. Sie waren frisch onduliert und trugen Pelzmäntel – Nerz und Persianer. Wenn ich Glück hatte, wohnten sie in Othmarschen, wenn ich Pech hatte, war es bloß eine Kurztour in die Rothenbaumchaussee oder den Mittelweg. Andererseits bot eine Kurztour natürlich die Chance, dass ich rechtzeitig wieder zurück bei der Musikhalle sein konnte, um weitere Konzertbesucher zu fahren.

»Fahren Sie noch nicht los«, sagte eine der alten Damen, während sie ihren Gehstock erst senkrecht und dann horizontal mit ihren Beinen verhedderte. Ich hatte mich schon wieder hinters Lenkrad gesetzt und drehte mich um.

»Wieso nicht?«

»Wir warten noch auf meine Cousine. Sie ist nicht so schnell, und deswegen haben wir das Konzert vorzeitig verlassen, um schon mal ein Taxi zu besetzen.«

Besetzen – das war der richtige Ausdruck für das, was sie da gerade taten.

»Karl-Muck-Platz.«

Der Taxifahrer hinter mir meldete sich.

»Zwoviersieben – der Springer Verlag für Prinz«, sagte die Funkerin.

Der Springer Verlag für Prinz. Ich krallte meine Finger

um das Lenkrad, bis die Handknöchel weiß hervortraten. Prinz fuhr immer in die Walddörfer, eine fünfunddreißig-Mark-Tour, und ich musste hier mit den reichen Großmüttern bis zum Sanktnimmerleinstag auf die Cousine warten. Die vornehmen alten Muttchen sahen zufrieden vor sich hin und drehten an ihren Mantelknöpfen. Von Rechts wegen hätte ich natürlich die Uhr laufen lassen können, damit ich wenigstens die Wartezeit bezahlt bekam. Aber den Taxameter anzustellen, bevor alle Fahrgäste im Taxi saßen, so etwas machte ich schon längst nicht mehr. Es brachte mehr Ärger als Geld. Man wurde zum Beispiel zu einer Kneipe gerufen, der Fahrgast, der einen bestellt hatte, konnte sich nicht losreißen, ließ einen ewig warten und schrie dann: »Was, schon acht Mark auf der Uhr? Das zahl ich nicht! Ich ruf mir ein neues Taxi.«

Der Karl-Muck-Platz wurde noch viermal gerufen, bis die Musikhalle aus war. Alles Super-Touren, keine unter zwanzig Mark. Dann öffnete sich endlich das große Tor, und die Konzertbesucher quollen heraus und stürmten den Taxistand. Ich hatte meinen Wagen ein Stück vorgezogen und mein Dachschild ausgeschaltet, um deutlich zu machen, dass ich nicht mehr frei war. Trotzdem rissen immer wieder Leute die hintere Tür auf und schauten überrascht auf die alten Damen.

»Besetzt«, knurrte ich ihnen entgegen. Hinter mir fuhr ein Taxi nach dem anderen mit Fahrgästen los, aber die Cousine wollte einfach nicht kommen. Inzwischen warteten wir hier schon eine gute Viertelstunde. Ich sah Taxis zum zweiten und dritten Mal wiederkommen und jedes Mal neue Fahrgäste mitnehmen. Die Musikhalle war ausverkauft gewesen, die Konzertbesucher standen in großen

Trauben, winkten nach Taxis, und ich war zur Untätigkeit verdammt. Endlich, als sich der Platz schon geleert hatte und die Funkerin durchgab, dass jetzt die Staatsoper zu Ende ging, kam die Cousine mit einem Gehwagen angerollt. Ich klappte den Gehwagen zusammen und legte ihn in den Kofferraum. Dann hob ich die Cousine mehr oder weniger auf den Vordersitz, und es ging los, zuerst in den Mittelweg, wo ich die Cousine wieder heraushob und an ihre Wohnungstür brachte, und dann zweihundert Meter weiter zur Heilwigstraße.

»Hören Sie«, sagte eine der würdigen alten Damen, als sie ausstiegen, »das hat ja wunderbar geklappt mit Ihnen. Nächste Woche Mittwoch sind wir wieder in der Musikhalle. Ob Sie uns da bitte wieder abholen können?«

23

Nachdem Dietrich mich mit den richtigen Büchern versorgt hatte, kaufte er für mich die richtigen Kleider. Bisher hatte ich immer Jeans getragen – Jeans, Westernstiefel, geringelte Sweatshirts und meine dicke Taxifahrer-Lederjacke, die mir die Fahrgäste vom Leib hielt. Dietrich kaufte mir mädchenhafte Röcke und Sommerkleider in leuchtenden Farben, gelb und grün, und dazu passende Schuhe. Er hatte einen viel besseren Geschmack als ich, und da er mir die Kleider schenkte, ließ sich dagegen nichts einwenden. In gewisser Weise verbesserte ich mich ja sogar. Damit ich Gelegenheit hatte, einen der bunten Röcke zu tragen, ging Dietrich mit mir in eine Kunstausstellung. In der Kunsthalle lief er mit schnellen Schritten vor mir her, zeigte auf ein Bild nach dem anderen und kommentierte kurz und knapp:

»Das ist Schrott, das ist Schrott, das auch, das auch, … ah, das hier«, er blieb stehen, »das hat was, … es ist nicht richtig gut, aber um Längen besser als der übrige Schrott.«

Ich blieb vor dem Bild stehen – eine weiße Leinwand mit braunen Strichen. Ich versuchte nachzuvollziehen, was daran gut oder schlecht war.

»Meine Güte, beeindruckt dich das etwa?«, sagte Dietrich. »Das habe ich noch nie verstanden. All diese Frauen, die da immer so ehrfürchtig durch die Museen gehen und vor jedem Scheißdreck stehen bleiben, den Kopf schief legen und ratlos darauf herumkucken und immer denken, das muss an ihnen liegen, wenn sie die Erhabenheit des Kunstwerks nicht gleich erfassen. Denkst du, das muss was Dolles sein, bloß weil es im Museum hängt? Glaub mir, das ist Schrott.«

Ganze Galerien von Schrottbildern absolvierte ich auf diese Weise. Inzwischen hatte ich natürlich auch Dietrichs Bilder gesehen. Er malte auf große Holzplatten, die er bunt grundierte und dann mit kleinen Figuren bekritzelte, mit Comic-Raumschiffen und den Silhouetten von zackigen Männchen. In letzter Zeit malte Dietrich vor allem Bilder von mir. Er malte sie nach Fotos, die er auf unseren Ausfahrten machte. Auf die Idee war er nämlich auch noch gekommen, dass ich plötzlich Ausfahrten mit ihm machen sollte. Dietrich besaß ein Auto, eine riesige alte Kutsche von Ford. Er schwor auf Ford. Als wenn es nicht reichte, die ganze Nacht Auto zu fahren. Er sagte nie, wohin es ging, er sagte noch nicht einmal, wie lange es dauern würde. Er fuhr einfach los und grinste vor lauter Vorfreude in sich hinein. Unvorstellbar, dass ich einmal am Steuer gesessen hätte. Zwei Stunden, vier Stunden, fünf Stunden. All die schöne Zeit, die ich hätte im Bett verbringen können und die ich nun auf dem Beifahrersitz absaß. In einem neuen Kleid. Es war schrecklich, tagsüber wach zu sein. Es war so hell. Und wenn ich den ganzen Tag mit Dietrich durch die Gegend gefahren war, fühlte ich mich hinterher zu müde, um auch noch die ganze Nacht wach zu bleiben. Früher hatte ich nie vor sechs Uhr morgens das Taxi abgestellt. Auf die Idee wäre ich gar nicht gekommen. Aber jetzt konnte ich keine zwölf Stunden mehr durchhalten. Das war für mich das Schlimmste: Ich verdiente plötzlich nicht mehr so viel. Meine geliebten Geldscheine im Schuhkarton unter dem Bett wurden weniger. Ich wusste schon, warum ich mit niemandem zusammen sein wollte.

Meist besichtigte Dietrich mit mir alte Nazi-Aussichtstürme oder irgendetwas anderes, das mit dem Dritten Reich zu tun hatte und das Dietrich schon kannte und mir präsentieren konnte. Auf dem Weg dorthin fotografierte er mich.

»Stell dich mal dahin«, sagte er.

Im Wald, am Strand, vor hohem Schilf.

»Und jetzt kuck nach schräg oben. Leg den Unterarm vor die Stirn.«

Er knipste Hunderte von Bildern. Meistens in Schwarzweiß. Es hatte noch nie so gute Bilder von mir gegeben. Einige ähnelten den Fotos aus dem Leni Riefenstahl-Buch, besonders die, auf denen ich nackt war. Wenn gerade nicht so viele Spaziergänger unterwegs waren, fotografierte Dietrich mich auch ohne die bunten Kleider. Nur, dass so schrecklich viel Zeit dafür draufging.

Aber wenn ich versuchte, die Sache abzukürzen, wenn ich sagte, »Jetzt lass mal gut sein«, bekam Dietrich sofort diesen Blick. Oh Gott, dieser Blick. Diese grenzenlose Enttäuschung und kaum verhohlene Wut, wenn ich nicht das tat, was ich sollte. Ich sagte lieber gar nichts mehr.

Zu Hause malte Dietrich dann diese riesigen Bilder von mir. In der Mitte stand ich, nackt, wunderschön, und darum herum saßen alle diese kleinen Kritzelfiguren und starrten mich mit kalten Comic-Augen an.

24

Ich war mal wieder zu müde, um Taxi zu fahren. Stattdessen legte ich mich ins Bett und schaltete den Fernseher an, den ich mir in einem Anfall von Verschwendungssucht gekauft hatte, als man die neuen Privatsender empfangen konnte. Die neuen Sender waren eine unglaubliche Frechheit. Mitten im Film wurde plötzlich die Handlung unterbrochen und dann kam Werbung. Das hatte keine Zukunft. Ich schaltete zwischen den fünf Programmen hin und her und ärgerte mich über alles, was lief. Um Mitternacht machte ich den Fernseher aus, konnte aber trotz aller Müdigkeit nicht einschlafen. Ich dachte an Sex. Dietrich und ich übernachteten zwar hin und wieder noch im selben Bett, aber selbst dann passierte nichts. Ich hatte keine Lust dazu, und Dietrich drängte mich nicht. Vielleicht genügte es ihm, wenn er mich fotografieren konnte, wann immer er wollte. Ich stellte mir Sex vor mit jemandem, der nicht Dietrich war. Völlig unerreichbar. Wenn ich nicht Taxi fuhr, dann schlief ich ja. Und Fahrgäste, die Schweine, kamen natürlich nicht in Frage. Ein einziges Mal hatte ich mich trotzdem mit einem besonders hübschen Fahrgast verabredet. Er hatte mich einfallslos geküsst und danach nur noch von seinem Job als Fotomodell für Ritter-Sport-Schokolade erzählt.

Das Licht im Hinterhof ging an und schimmerte durch meine Samtgardinen. Schritte. Zwei Personen. Dann schien das Licht des Treppenhauses unter der Tür hindurch, und ich hörte Nachbar Majewski mit einer seiner Eroberungen die Treppe hochtrampeln. Diesmal schien sie jung zu sein, denn sie kicherte ständig. Majewski liefen die Frauen genauso schnell zu, wie er sie abservierte. Im Hinterhof ging das Licht wieder aus und kurz danach auch im Treppenhaus. Ich lag weiter wach.

Gegen vier Uhr morgens ging das Licht im Hof wieder an. Diesmal hörte ich Dietrichs leichten federnden Schritt, erst draußen auf dem Pflaster, dann auf der Treppe. Warum schlief ich eigentlich nicht mit ihm? Die anderen fanden Dietrich ja immer ganz toll. Die hingen geradezu an seinen Lippen. Besonders Rüdiger. Vielleicht musste ich mir nur mal ein bisschen Mühe geben. Ich hörte, wie in der Wohnung über mir der Schlüssel herumgedreht wurde, dann hörte ich das Qietschen der Türangeln und dann hörte ich Dietrich über mir hin und her gehen. In der Nacht zuvor hatten wir uns gestritten, weil ich gesagt hatte, dass ich nicht in seinem stinkenden Dreckhaufen von Bett übernachten würde, bevor er endlich die Bettwäsche gewechselt hätte. Schrecklich: Ich war zu einem dieser zänkischen Weiber geworden, die immer an ihren Freunden herumkrittelten.

Jetzt waren die Geräusche über mir verstummt. Wenn

ich Dietrich noch wach antreffen wollte, musste ich mich beeilen. Ich klemmte mir mein Kopfkissen unter den Arm und ging zur Tür, um zu lauschen, ob das Treppenhaus frei war. Nicht, dass womöglich gerade Majewski mit seiner Freundin wieder herunterkam. Dann stapfte ich im Pyjama ein Stockwerk höher. Die Wohnungstüren hatten Klinken und ließen sich vom Treppenhaus aus öffnen. Dietrich und ich schlossen unsere Wohnungen nie ab, wenn wir zu Hause waren. Manchmal verirrten sich Obdachlose oder Betrunkene in den Hinterhof, stiegen das Treppenhaus hoch und probierten die Türklinken durch. Dann stand plötzlich so eine Gestalt vor meinem Bett und nuschelte *Tschuldigung*. Deswegen trug ich auch immer Pyjamas.

In Dietrichs Wohnung brannte noch Licht. Er selbst lag bereits auf dem Bett und schlief. Dietrich hatte alle seine Kleider an, Jeans, Hemd, Socken. Auch die Lederjacke und die Schuhe. Das Taxifahren machte einen fertig. Man schlief nicht mehr wie ein normaler Mensch ein, sondern man legte sich ins Bett und wurde sofort ohnmächtig. Aber ich zog mich wenigstens vorher noch aus. Offenbar hatte Dietrich sich mein Gezeter von gestern zu Herzen genommen und seine alte Bettwäsche abgezogen. Dann war ihm wohl etwas dazwischengekommen oder er hatte keine neue Bettwäsche gefunden, jedenfalls lag er jetzt in der Füllung. Das Zimmer stank. Es stank ganz widerlich. Ich konnte mir erst nicht erklären, woher das kam, aber dann sah ich, was unter Dietrichs Schuhsohlen klebte.

»Gottverdammt«, schrie ich, »das ist ja wohl das Letzte.«

»Was? Was ist?«

Er schlug die Augen auf und sah mich verwirrt an.

»Verdammte Sauerei«, schrie ich. »Das halt ich nicht länger aus!«

»Was denn? Was ist denn?« Dietrich kam allmählich zu sich und sah mich besorgt an.

»Hundescheiße«, schrie ich. »Du hast Hundescheiße an deinen Schuhen.«

»Oh. Ja? Oh, tatsächlich.«

»Mensch, pass auf! Pass doch auf, du schmierst es ins Bett.«

Dietrich stand auf und wankte halbwach zu mir herüber. Er stellte sich neben mich und schrubbte mit den Schuhsohlen über die Fußmatte.

»Was tust du da?«, brüllte ich ihn an.

»Wieso?« Er war jetzt endlich wach und sah mich gekränkt an. »Was brüllst du mich denn an?«

»Du schmierst alles in deine Fußmatte.« Ich brüllte immer noch. »Das Mittel der Wahl wäre gewesen, die Schuhe auszuziehen. Aber du latschst mit der ganzen Scheiße am Schuh über den Teppichboden. Du hast hier überall Scheiße verteilt. Und den Rest hast du auf die Fußmatte geschmiert. Jedes Mal, wenn du jetzt reinkommst und dir die Schuhe abputzt, wirst du in die Scheiße treten, du wirst noch das nächste halbe Jahr was davon haben.«

»Ich hab keine Lust, mich von dir anschreien zu lassen. Kein Mensch behandelt mich so wie du«, sagte Dietrich und drehte das Gesicht weg.

»Umso besser«, schrie ich, packte mein Kopfkissen fester und ging wieder nach unten, wo ich mir erst mal die Hände wusch und mich dann wieder ins Bett legte. Immerhin musste ich jetzt nicht mehr an Sex denken. Stattdessen fiel mir ein, was ein Trendforscher vorhergesagt hatte. Trendforscher war auch so ein neuer Trend. Der Trendforscher hatte sich mit der zunehmenden Vereinzelung der Westeuropäer beschäftigt und vorausgesagt, dass sich in den Großstädten demnächst nach Geschlechtern getrennte Stadtteile herausbilden würden, in denen entweder nur noch Single-Frauen oder nur noch Single-Männer leben würden. Die Single-Frauen würden in schnuckeligen kleinen Stadtteilen wie Eppendorf oder Eimsbüttel wohnen. Sie würden Rüschengardinen an den Fenstern ihrer Altbauten anbringen, und es würde Cafés und Buchläden geben und Geschäfte, in denen man hübschen sinnlosen Krimskrams kaufen konnte. In den Männer-Stadtteilen würden Zweckbauten stehen – ohne Rüschengardinen. Statt Buchläden und Cafés würde es Kneipen und Fast-Food-Ketten geben und mindestens eine Sportarena. Was der Trendforscher bei seinen Prognosen aber noch nicht berücksichtigt hatte, war, dass die Männerstadtteile unter einer fortschreitenden Verslumung zu leiden haben würden. Ich dachte das für ihn zu Ende: Der Dreck bei den Männern würde kniehoch in den Straßen liegen. Bei den Frauen hingegen würde sogar das Laub zusammengeharkt, in kleine Stoffbeutel gefüllt und mit Samtschleifen in den neuesten Herbstmodefarben zugebunden und an den Straßenrand gestellt. Die Frauen würden auch große Plüschtiere auf die Verkehrsinseln setzen und niemand würde sie wegnehmen, außer wenn zufällig einmal ein randalierender Mann herüberkäme. Wahrscheinlich würden die Frauen das Elend in den Männerslums irgendwann nicht mehr mit ansehen können, und sie würden freiwillige Putzkolonnen hinüberschicken. Die Putzkolonnen müssten dann weiße Sicherheitsanzüge tragen wie nach einem Reaktorunfall, und wenn sie aus den Männerstadtteilen zurückkämen, müssten sie zuerst durch eine Schleuse mit Desinfektionsduschen. Diese Desinfektionsschleusen zwischen den Stadtteilen wären überhaupt wichtig, damit die Männer nicht ihr ganzes Ungeziefer und ihre Bakterien mit in die kleine pastellfarbene Welt der Frauen trügen. Ich überlegte, in welchen Stadtteilen das Leben grässlicher wäre, und konnte mich nicht entscheiden.

25

Im Herbst zog auch mein Bruder aus der Gartenlaube aus. Wahrscheinlich fürchtete er sich vor einem weiteren Winter. Ich dachte, dass es eine gute Idee wäre, zur Einweihungsfeier seiner neuen Wohnung zu gehen. Durch das Taxifahren hatte ich den Kontakt zu allen früheren Freunden verloren. Meine Telefonrechnung bestand aus der Grundgebühr, und die Einzige, die anrief, war meine Mutter, um zu sagen, dass meine Wäsche fertig sei. Post bekam ich auch nicht. Nicht einmal Werbebriefe. Ich hatte es verratzt. Einmal falsch abgebogen, einmal den falschen Beruf gewählt, einmal den falschen Mann geküsst und dein ganzes Leben war verkorkst. Auf dem Fest meines Bruders würde ich wenigstens ein paar Menschen sehen, die ich von früher kannte, aus der Zeit, als ich noch nicht Taxi gefahren war. Die ganze Nachtschicht würde ich deswegen natürlich nicht ausfallen lassen; das hätte einen Verlust von hundert bis hundertfünfzig Mark bedeutet. Welches Fest war das schon wert?

Ich machte ein paar Touren von sechs bis acht, dann

fuhr ich in die Schwenckestraße und stellte den Zwodoppelvier in einem trocken raschelnden Laubhaufen ab, den jemand auf einen Parkplatz gekehrt hatte. Ich hielt nach der Hausnummer 33 Ausschau und drückte auf die Klingel. Um zehn oder zwölf würde ich wieder ins Taxi steigen, je nach dem, wie gut die Party war. Die meisten Freunde meines Bruders kannte ich noch aus der Schulzeit. Sie waren zwei Klassen unter mir gewesen. Jetzt studierten sie Jura oder Medizin. So viele Kranke und Verbrecher gab es gar nicht. Einige studierten auch BWL. Als ich hereinkam, redeten sie über Aktien.

»He, Alex«, rief ein Blonder mit Nussknackergesicht, dessen Namen ich vergessen hatte. »Warst du gerade in Marokko? Miriam sagt, dass sie dich in Marokko gesehen hat.«

»Nein. Ich war nicht in Marokko«, antwortete ich. »Da würde ich auch nie hinfahren. Ich bin nicht gern in Ländern, in denen die Einwohner deutlich weniger Geld verdienen als ich.«

»Na, dann kannst du ja überallhin«, sagte mein Bruder.

Ich gab ihm sein Geschenk, *Hotel New Hampshire*, ein Buch, das Dietrich mir für solche Fälle empfohlen hatte, und ging erst einmal in die Küche, um mir die Hände zu waschen. Mein Bruder hatte sich allen Ernstes eine Einbauküche angeschafft. Ich sah zu, wie die nikotingelben Schlieren ins glänzende Spülbecken liefen, trocknete mich an einem Geschirrhandtuch ab und kehrte ins Wohnzimmer zurück. Da standen sie alle und tranken Bier und taten, als wäre die Welt bestens eingerichtet. Die Frauen tranken Sekt. Lieber ein Leben lang Taxi fahren, als so sein wie die. Auf einem schwarzen Ledersofa saß Michael, der beste Freund meines Bruders. Ein hübscher Jura-Student mit braunen Locken und einem breiten Mund.

»He, Alex«, rief er und winkte, »klasse, dass du da bist. Komm her und erzähl mal eine von deinen Taxi-Storys.«

Er rückte auf dem Sofa etwas zur Seite, um zwischen sich und einem stark geschminkten Mädchen mit Dallas-Frisur Platz zu machen. Vor einem Jahr hatte er mich einmal gefragt, wie es sei, Taxi zu fahren; und weil ich damals gerade erst angefangen und immer noch unter diesem Druck gestanden hatte, alles erzählen zu müssen, hatte ich eine Geschichte nach der anderen vor ihm ausgebreitet. Das bereute ich jetzt. Ein Junge in einem grauen Sakko und mit einem Weinglas in der Hand stellte sich zu mir.

»Echt, du fährst Taxi? Erzähl doch mal!«

Mir wurde klar, was er und alle anderen in diesem Raum in mir sahen – einen Freak, ein schrulliges Original, das Auskunft geben konnte über eine Welt, mit der ein angehender Rechtsanwalt sich erfreulicherweise erst beschäftigen musste, wenn es zum Gerichtstermin kam. Vielleicht sahen sie in mir auch bloß ein abschreckendes Beispiel dafür, wie es einem ergehen konnte, wenn man nicht in die Junge Union eintrat. Sie verstanden es nicht. Sie verstanden nicht, dass das, wovon ich erzählte, die Welt war, in der auch sie sich aufhielten. Dass es auch sie etwas anging. Sie dachten, es hätte mit mir zu tun, dass ich solche Dinge erlebte.

»Ja, gut. Bin gleich wieder da«, sagte ich, stellte meine Cola in ein Regal und verschwand aus der Wohnung, ohne mich von jemandem zu verabschieden. Ich lief das Treppenhaus hinunter, setzte mich in meinen Mercedes, schaltete das Dachschild an und parkte aus, dass die Blätter stoben. Ich wollte mit niemandem mehr reden, der nicht selbst Taxifahrer war.

Darauf musste ich nicht lange warten. Schon an der nächsten Ampel hielt ein Taxi neben meinem, und der Fahrer machte mir Zeichen, dass ich das Fenster herunterkurbeln sollte.

»Das ist 'ne Mergolan-Kutsche, stimmt's? Ich wette, dass ist 'ne Mergolan-Kutsche. Mensch, wieso fährst du denn so eine Schrottbeule?«

26

»Hein-Hoyer, Goldener Handschuh, kannst die Uhr auslassen.«

Er reckte gereizt das Kinn und legte einen Fünfzig-Mark-Schein aufs Armaturenbrett. Eine große Narbe lief über seinen Handrücken. Der Goldene Handschuh war die Top-Prügel-und-Absturzkneipe in Hamburg, noch vor dem Blauen Peter I bis IV und vor dem Bronzekeller und lange vor Hotel Hannovera. Der Mann wog bestimmt an die hundert Kilo. Er roch nach Schweiß, Alkohol und Gefahr. Unter seinen rechten Augenwinkel hatte jemand dilettantisch den schwarzen Umriss einer Träne tätowiert. Ein gewalttätiger Mensch, nicht imstande, sich zu beherrschen, aber in der Zivilisation mit ihren strikten Verhaltensregeln liefen seine Dominanzansprüche jeden Tag ins Leere. Auswildern ging ja nicht, und so blieb ihm nur der Goldene Handschuh, eines der letzten Biotope, in dem noch das gute alte Schimpansengesetz galt. Ich hatte ihn an der Außenalster aufgenommen, direkt gegenüber des Atlantik Hotels. Wegen Dunkelheit und leichtem Schneetreiben hatte ich ihn erst im letzten Moment gesehen und eine nicht ganz ungefährliche Vollbremsung machen müssen. Jetzt fädelte ich mich wieder in den mehrspurigen Verkehr ein.

»Was ist damit?«, fragte ich und tippte auf den Fünfziger. Bis zur Hein-Hoyer-Straße in Sankt Pauli kostete es keine zehn Mark. Er grunzte ungeduldig und machte eine wischende Handbewegung in meine Richtung. Ich tat das Geld in mein Portemonnaie. Kaum hatte ich es eingesteckt, sagte er mit seiner tiefen, kratzigen Stimme:

»Was bist du denn für eine süße, kleine Maus?«

Was sollte man einem derart aggressiven Exemplar auf eine derart dämliche Frage bloß antworten? Dian Fossey hätte die Situation sofort in den Griff bekommen. Wenn Dian Fossey es mit einem unangenehmen Gorillamännchen zu tun bekam, dann machte sie irgendwelche Schnalzgeräusche und Unterlegenheitsgesten oder stopfte sich ein Büschel Gras in den Mund, um ihn zu beschwichtigen. Ich trat aus lauter Verlegenheit aufs Gaspedal, riss die Taxe in eine Lücke auf die nächste Spur, rutschte bei Rot noch mit über die Ampel, zog wieder nach rechts, hatte freie Fahrt und sauste mit achtzig Stundenkilometern über die schneeglatten Straßen, immer fleißig die Lücken in den Nebenspuren nutzend. Hinter mir wurde gehupt. Mein Fahrgast versuchte die ganze Zeit, weiter Konversation zu machen. Ob ich einen Freund hätte? Warum denn jemand, der so hübsch war wie ich, Taxi fahren musste? Ob ich denn keine Angst hätte?

»Da musst du dich nicht wundern, wenn du eines Tages mit durchschnittener Kehle in der Elbe liegst. Also, wenn du meine Freundin wärst, würde ich dir das nicht erlauben«, sagte er.

Ich schnaubte autistisch oder murmelte undeutlich etwas in mich hinein, ich stellte den Scheibenwischer an und wieder aus, wischte mit einem Ledertuch über das beschlagene Fenster und gleichzeitig fuhr ich so halsbrecherisch, dass der bullige Kerl sich gegen das Armaturenbrett stemmen musste. Schließlich hielt ich mit quietschenden Reifen vor dem Goldenen Handschuh. Im Fenster der Kneipe stand ein kleiner Plastik-Tannenbaum mit Lametta und Wattepilzen. Ich hatte die ganze Zeit vergessen zu atmen und war beinahe am Ersticken. Also atmete ich erst mal tief durch und schaute dann erst meinen Fahrgast an. Er starrte hasserfüllt zurück und machte keine Anstalten auszusteigen. In einer besseren Welt wäre er ein Alphamännchen gewesen – und ich hatte ihm nicht den Respekt gezeigt, den er als Alphamännchen erwarten durfte.

»Und?«, sagte ich. »Ist noch was?«

»Ich krieg ja wohl noch Geld raus, oder? Ich hab dir einen Fuffi gegeben. Willst du mich bescheißen? Hast du gedacht, ich merk das nicht?«

»Na klar«, sagte ich verächtlich, »du kriegst Geld raus. Sollst du haben. Deswegen brauchst du hier nicht den Max zu machen.«

Er nahm die beiden Zwanzig-Mark-Scheine, die ich ihm reichte, und während ich noch dabei war, mein Portemonnaie wieder zu verstauen, holte er kaum merklich aus und schlug mir die Faust ins Gesicht. Man sieht tatsächlich Sterne. Rote, blaue und farblose. Es war ein unglaublicher Schock, eine Beleidigung von einem Ausmaß, wie ich das nie für möglich gehalten hatte, wenn ich Leute sich auf der Straße puffen und stoßen sah. Ich wollte ihn sofort töten. Aber als ich in meine Jackentasche griff, bekam ich bloß einen Lippenstift zwischen die Finger.

»Okay, jetzt ist gut, nich?«, sagte er und stieg aus. Ich sah immer noch Sterne und wedelte nur mit der Hand Richtung Beifahrertür.

27

Zwei Zivilpolizisten begleiteten mich von der Davidswache zurück zum Goldenen Handschuh. Sie trugen gefütterte Jeansjacken und beutelnde Karottenhosen und hatten Verbrechergesichter. Ich stapfte neben ihnen her durch den Schneematsch.

»Wie sah er denn aus?«, fragte der eine.

Ich versuchte, mich zu erinnern. Auch das aggressive Lumpenproletariat bestand schließlich aus Individuen, jedes mit einer einzigartigen Persönlichkeit und einem unverwechselbaren Äußeren. Bloß hatte ich es während der ganzen Fahrt vermieden, meinen Fahrgast anzuschauen. Und dann mein schlechtes Gedächtnis. Und den letzten Eindruck hatte der Faustschlag ausgelöscht.

»Groß«, sagte ich. »Richtig groß und schwer.«

»Er hatte eine Knastträne, rechts«, fiel mir noch ein. »Und braune Haare. Braune, fettige Haare, und einen Bart glaube ich, so ums Kinn rum – oder Vollbart.«

Der Goldene Handschuh war gestopft voll mit Männern, auf die diese Beschreibung zutraf. Männer, die bereit waren, sich schon wegen geringfügiger Rangstreitigkeiten dem Risiko ernster Verletzungen auszusetzen. Einen solchen Ort aufzusuchen, hieß, gegen die elementaren Regeln des Selbsterhaltungstriebes zu verstoßen. Die beiden Zivilpolizisten waren deutlich kleiner als die meisten hier. Sie waren sogar kleiner als ich.

»Ist es der?«

»Oder der?«

Ich schüttelte den Kopf. Aber dann sah ich ihn durch den ganzen Zigarettenqualm hindurch. Ohne Zweifel, das war mein Fahrgast. Allerdings hatte er blonde Haare und überhaupt keinen Bart. Wie man sich doch täuschen konnte. Die beiden Polizisten sagten ihm, dass er mit ihnen hinauskommen sollte, und zu meinem Erstaunen ging er friedlich mit. Ich empfand es als ungeheuer erleichternd, den Goldenen Handschuh wieder zu verlassen, und sog dankbar die feuchte, kalte Luft ein.

»Haben Sie eben diese Frau geschlagen?«

Er sah mich glasig an, schmatzte mit den Lippen und lächelte.

»Was soll das heißen? Heißt das ja?«

Er lächelte wieder, schwankte und stabilisierte sich mit einem Schritt nach rechts.

»Würden Sie dann bitte mit uns zur Wache kommen?«

Im selben Moment fing er an zu brüllen und um sich zu schlagen. Einer der Polizisten griff zu und drehte ihm den linken Arm auf den Rücken, wo ihm der andere Polizist schon den rechten entgegenhielt. Sie waren ein eingespieltes Team. Die Handschellen rasteten ein.

»Was soll das?«, brüllte der Mann. »Ich hab die Schlampe nicht geschlagen. Hab ich nicht.«

Als wir in die Davidswache kamen, stand dort der Revierleiter leicht erhöht hinter einem Tresen. Vor ihm lag ein mächtiges Buch aufgeschlagen, in das er die Sünden der Menschen notierte. Auf einer Bank an der Wand warteten drei Jungs in Trainingsanzügen und ein älterer Herr, der sich einen blutigen Lappen an die Schläfe drückte. Um seine Stiefel und die Turnschuhe der Jungen hatten sich braune Pfützen gebildet.

»Und jetzt,«, brüllte mein Fahrgast mit unveränderter Lautstärke, »was wollt ihr jetzt machen? Hah! Ihr wisst doch gar nicht, was ihr jetzt mit mir machen sollt. Ihr wisst doch gar nicht, was für *Maßnahmen* ihr treffen müsst.«

Alle Gesichter wandten sich ihm zu. Als Letzter hob der Revierleiter langsam den Kopf und sah von seinem Buch auf.

»Maßnahmen? Sie wollen Maßnahmen?«, fragte er sanft. Und dann zu den beiden Zivilpolizisten:

»Sperrt ihn ein!«

Herrlich, wie das deutsche Rechtssystem funktionierte. Es war mir ein Rätsel, warum die Polizei bei meinen Altersgenossen so unbeliebt war. *Sperrt ihn ein*. Großartig.

Die beiden Zivilpolizisten schleiften meinen Fahrgast einen Flur entlang zu den Zellen. Er machte sich schwer – wie ein Kind, das von seiner Mutter an einem Süßigkeitenregal vorbeigezogen wird.

»Das dürft ihr nicht«, schrie er. »Das ist Freiheitsberaubung.«

»Ach was«, sagte der Revierleiter gelangweilt. Dann winkte er mich zu sich heran, und ich erzählte ihm kurz, was vorgefallen war.

»Also, Sie können jetzt natürlich eine Strafanzeige stellen. Das würde allerdings bedeuten, dass der Herr dort in der Zelle Ihren Namen und Ihre Adresse erfährt. Da Sie Taxifahrerin sind, könnte die Sache möglicherweise auch von öffentlichem Interesse sein und deswegen weiterverfolgt werden. Aber aller Wahrscheinlichkeit nach wird sie wegen Geringfügigkeit fallengelassen. Es sei denn, Sie wollen selber Strafanzeige stellen, aber dann ...«

Ich verzichtete.

28

In der nächsten Nacht erzählte ich Dietrich und Rüdiger davon und zeigte ihnen den kleinen blauen Fleck auf meiner Wange. Wir warteten am Gänsemarkt und trampelten ein paar Meter von unseren Taxen entfernt im frisch gefallenen Schnee herum. Trotz des Wetters war weit und breit kein Fahrgast zu sehen. Die schliefen wahrscheinlich alle schon auf Vorrat, weil morgen Silvester war.

»Ja, aber die Weiber werden a-auch immer rabiater«, sagte Rüdiger. »Da hat in der Zeitung gestanden, dass eine Frau einen Mann zusammengeschlagen hat, b-bloß weil der ihr auf der Straße an den Busen gefasst hat.«

»Der Gefahr kannst du doch leicht entgehen, indem du so etwas einfach nicht machst«, sagte ich.

Ein Mann in Schal und Mantel ging über den verschneiten Gänsemarkt. Er hatte eine Plastiktüte dabei. An einem Papierkorb blieb er stehen, holte einen Chinaböller aus seiner Plastiktüte, zündete ihn an, warf ihn auf den Boden und ging schnell weiter. Ein erwachsener Mann, mindestens vierzig Jahre alt.

»Aber das ist doch keine Verhältnismäßigkeit«, rief Rüdiger. »Einmal an den Busen zu fassen und dafür dann gleich krankenhausreif geschlagen zu werden.«

Die Explosion hallte von den Häuserwänden wider.

»Damit musst du aber nun mal rechnen, wenn du so etwas tust«, schlug Dietrich sich tatsächlich einmal auf meine Seite.

»Ich hab mit dem kein Mitleid«, sagte ich. »Der wollte der Frau doch bloß demonstrieren, dass er mit ihr machen kann, was er will. Und jetzt hat er eben gesehen, dass er das nicht kann. War also lehrreich für ihn. Halte ich für ein gutes gesellschaftliches Signal.«

»Du hältst es für ein gutes gesellschaftliches Signal, wenn jemand zusammengeschlagen wird?«, rief Rüdiger. Seine Stimme wurde schrill.

»Ja, so kannst du das doch wirklich nicht sagen«, murmelte Dietrich.

»Bloß, weil du dich nicht mit der natürlichen Überlegenheit des Mannes abfinden kannst«, kreischte Rüdiger.

»Mensch, halt bloß den Mund«, schrie ich zurück, »du bist gleich der Nächste, der zusammengeschlagen wird.«

»Alex, bitte«, sagte Dietrich und sah aus, als hätte er Schmerzen.

»Soll ich mir die Scheiße etwa anhören? Verlangst du das gerade von mir? Verlangst du wirklich, dass ich mir das anhöre?«

»Ihr könnt euch ja gern weiter streiten, aber ohne mich«, sagte Dietrich und stapfte zu seinem Taxi. Rüdiger lief geduckt hinter ihm her und flüsterte auf ihn ein. Ich fragte mich, wie es mir ergangen wäre, wenn ich Dietrich nicht über den Weg gelaufen wäre. Wahrscheinlich genauso. Wahrscheinlich wäre ich bei irgendeinem ähnlichen

Mann gelandet. Jemand wie ich war einfach ein gefundenes Fressen für jemanden, der keinen Menschen, sondern seine Vorstellung von einem Menschen wollte.

29

Wie ich erst viel später mitbekam, war Dian Fossey kurz nach Weihnachten der Schädel eingeschlagen worden. Es war in ihrer Hütte in den Nebelwäldern Ruandas geschehen. In der Gorilla-Forschungsstation. Der Täter blieb unerkannt. Fossey wurde auf dem von ihr selbst angelegten Gorilla-Friedhof begraben. Auf ihrem Grabstein stand *Niemand hat Gorillas mehr geliebt.*

Monatelang ging ich nachmittags immer wieder in die Thalia-Buchhandlung in den Großen Bleichen, um nachzusehen, ob nicht schon eine Dian-Fossey-Biographie herausgekommen war. Damit war jetzt schließlich zu rechnen. Aber da die Biographie auf sich warten ließ, sah ich mich anderweitig um. Nicht nach Romanen – die richtigen Bücher bekam ich immer noch von Dietrich: Hemingway, Kierkegaard, Ouspensky, Gustav Frenssen. Ich suchte nach Büchern, von denen Dietrich nichts gehalten hätte, nach Büchern mit naiven, zuversichtlichen Titeln, die mir erklären sollten, was eigentlich mit mir los war – wieso ich nicht endlich mein Leben auf die Reihe bekam.

Eines Nachmittags im April arbeitete ich mich gerade durch die Ratgeber von L bis M, als einige Meter neben mir ein dickes Buch zu Boden polterte. Jemand, der nicht bis an die oberen Regalbretter reichte, hatte versucht, es dort herauszuziehen. Zuerst sah ich ihn bloß von hinten.

Mein Gott, dachte ich, was hat ein Zehnjähriger in der Philosophieabteilung zu suchen. Dann merkte ich, dass es ein Kleinwüchsiger war, und als er sich zu mir umdrehte, erkannte ich den verwirbelten blonden Haarschopf und das sommersprossige Gesicht mit dem ernsten schmalen Mund wieder. Marco. Wir waren zusammen zur Schule gegangen, auch wenn ich nie besonders viel mit ihm zu tun gehabt hatte. Er galt als das Klassengenie. Klein und klug. Das ganze Zeugnis voller Einsen. Sonst wusste ich eigentlich nur, dass seine Eltern reich waren. Seinem Vater gehörte eine halbe Brauerei. Auf Klassenfesten hatte ich immer Angst gehabt, das Marco mich zum Tanzen auffordern könnte. Ich war schon mit fünfzehn Jahren einen Meter achtzig groß gewesen, und er hatte so oft zu mir herübergesehen. Zum Glück hatte Marco überhaupt nicht getanzt. Es hätte auch albern genug ausgesehen – selbst wenn er eines der kleineren Mädchen aufgefordert hätte.

»Ach, du bist es. Was machst du denn hier?«, fragte er jetzt und schob seine Hände vor Verlegenheit in die Taschen seiner Jeans. Es gelang ihm gerade mal so. Seine Extremitäten waren verkürzt, besonders die Arme, während sein Rumpf beinahe normal gewachsen war.

»Was soll ich hier schon machen?«, sagte ich patzig. »Was machst du denn hier?«

»Na ja, ich wusste ja nicht, dass du überhaupt liest«, sagte Marco und sah zur Seite, »ist mir in der Schule jedenfalls nie aufgefallen. Du bist doch eigentlich nicht der Typ, der liest. Ich wollte bloß etwas nachschlagen.«

Er hob das dicke Buch auf. Ein Nietzsche-Lexikon.

»Nietzsche«, sagte ich möglichst lässig, »das ist mir der Richtige. Das halbe Leben lang gegen das Mitleid wettern und am Ende dann einem geprügelten Karrengaul um den Hals fallen. Das ist wahrscheinlich sowieso das einzig Gute, was der je zustande gebracht hat, das mit dem Karrengaul.«

»Langsam, langsam«, sagte Marco und lächelte überlegen. Dafür, dass er dabei die ganze Zeit zu mir aufschauen musste, gelang ihm das erstaunlich gut. »Nietzsche ist schon ein ganz Großer.«

»Ach was«, sagte ich, »das Einzige, was die meisten Menschen von ihm kennen, ist doch bloß: *Du gehst zu Frauen? Vergiss die Peitsche nicht!* Und diese tolle Erkenntnis hat er dann auch noch ausgerechnet einer Frau in den Mund gelegt. Von wegen: wenn's die Weiber selber sagen, dann muss es ja wohl stimmen. Sehr unsaubere, selbstgebastelte Beweisführung ...«

»Aber das ist doch ein Zitat«, sagte Marco und verdrehte die Augen, »Nietzsche zitiert eine Feministin seiner Zeit. Die ganze heutige Aufregung über diesen Satz beruht doch bloß auf einem Missverständnis.«

»Umso schlimmer. Dann beruht nämlich auch Nietzsches Popularität bloß auf einem Missverständnis.«

»Es ist nicht seine Popularität, die seine Bedeutung ausmacht«, sagte Marco streng. Er schob das Nietzsche-Lexikon in eines der unteren Regale, steckte die Hände wieder in die Hosentaschen, sah mich an und wippte auf den Fersen.

»Was machst du so? Studierst du?«

»Ich fahr Taxi.«

»Als Job? Was studierst du denn?«

Einerseits war es natürlich schmeichelhaft, dass er mich für jemanden hielt, der mehr auf der Pfanne hatte als den

Hamburger Stadtplan, für jemanden, der sich eigentlich mit Astrophysik oder Sozialpädagogik beschäftigte. Andererseits war das aber nun einmal ganz und gar nicht der Fall. Ich war Taxifahrerin, sonst nichts, und genau genommen überforderte mich ja bereits dieser Beruf.

»Nichts. Ich fahr bloß Taxi. Was machst du?«

»Ich trete jetzt im Zirkus auf – nein, war nur Quatsch – ich studier Psychologie. Und nebenbei Philosophie.«

»Ich muss los«, sagte ich, »ich muss noch arbeiten. Um sechs muss ich mein Taxi abholen.«

30

»Lerchenhöhe«, sagte die Frau. Sie hatte neben ihren fünf Plastiktüten auf dem Rücksitz Platz genommen. Lerchenhöhe – das war eine zugewachsene kleine Straße, weit draußen in Volksdorf. Die Wahrscheinlichkeit, einen Taxifahrer zu erwischen, der sie kannte, lag bei unter einem Prozent. Selbst bei jemandem, der sein Leben in Volksdorf verbracht hatte, war es mehr als unwahrscheinlich, dass er jemals von der Lerchenhöhe gehört hatte. Aber hier war ich, Top-Fahrerin der Firma Mergolan, und vor einer Woche hatte ich schon einmal eine Tour in die Lerchenhöhe gehabt, und obwohl ich normalerweise unter einem schlechten Gedächtnis litt und ständig im Stadtplan blättern musste, konnte ich mich diesmal daran erinnern.

»Gut«, sagte ich, »in die Lerchenhöhe.«

Ich war eine Zierde meines Berufsstandes, eine Könnerin des Lenkrads, ein Genie der Erinnerung. Der Fahrgast sagte Lerchenhöhe, und ich fuhr los, ohne eine Sekunde zu zögern. Während die Frau auf dem Rücksitz in ihren Karstadt-Tüten wühlte, schnurrte ich wie auf Gleisen am Atlantik-Hotel vorbei, sauste die Bramfelder Chaussee hoch, bog in Wellingsbüttel rechts ab, dann sofort wieder links, fuhr den zappendusteren Volksdorfer Weg hinunter, der aussah, als würde man im Nirgendwo landen, kam plötzlich kurz vor dem hell erleuchteten Volksdorfer Bahnhof wieder heraus, kurvte elegant an ihm vorbei, bog beim Eiscafé rechts ab und dann – zack – über die Brücke und geradeaus. Der Frühling strotzte über die Gartenzäune. Jetzt musste ich bloß noch die Zweite links abbiegen und wir befanden uns am Ziel. Ich war Doktor Allwissend, ich war das Gedächtniswunder Memorabile, ich war Hirn-2000. Und was sagte die Frau mit den Plastiktüten in diesem Moment?

»Die Zweite links, das ist dann die Lerchenhöhe.«

War das zu fassen? Hier musste ich also links abbiegen. Als hätte ich keine Ahnung und wäre ohne ihre Hilfe völlig aufgeschmissen. Und bis Volksdorf war ich dann einfach mal so auf Verdacht gefahren, oder was?

31

»So sind sie. Das machen sie immer«, sagte Dietrich. »Da kann man drauf wetten. Steigen irgendwo in der Stadt ein, nennen dir einen wahnwitzig unbekannten Straßennamen, wundern sich eine halbe Stunde lang nicht, dass du nicht nachgefragt hast, und eine Minute, bevor du da bist, fangen sie plötzlich an, dir den Weg zu erklären.«

Bis auf Udo-Zwonullfünf waren alle versammelt. Wir saßen im Schweinske, schauten aus dem Fenster auf den

Bauch der S-Bahnbrücke und aßen Koteletts. Nur Dietrich hatte sich ein Wiener Schnitzel bestellt.

»Man müsste eine Schule für Fahrgäste einrichten«, sagte Taximörder, »wo die lernen, wie sie sich im Taxi zu benehmen haben. Vielleicht mach ich mal eine auf.«

»Was willst du denen denn beibringen, außer dass sie das Maul halten sollen«, fragte Dietrich.

»Na alles, von Anfang an. Dass man Kleingeld dabei haben muss. Wie man einsteigt und dass man guten Tag sagt und wie man die Tür zumacht, damit sie nicht knallt, aber auch nicht halboffen stehen bleibt.«

»Ja, genau, sehr gute Idee«, sagte Udo-Dreidoppelsieben.

Das mit den Türen war wirklich ein Problem. Bei den älteren Mergolan-Taxen schlossen die rechten Türen nur noch mit Schwung, und zwei Drittel der Fahrgäste waren nicht in der Lage, sie auf Anhieb zu schließen. Was bedeutete, dass man den Fahrgast auffordern musste, es noch einmal zu versuchen, woraufhin derjenige die Tür dann meist wie ein Bescheuerter zuknallte. Dass man immer schon vorher wusste, dass er es gleich tun würde, machte die Sache nicht besser.

»Und wann man sich nach vorne und wann man sich nach hinten setzt. Dass man sich zum Beispiel nach hinten setzt, wenn man stinkt. Wie viel Trinkgeld man gibt, und worüber man reden darf, und was für Fragen man auf keinen Fall stellen sollte … – eben alles.«

»Mich fragen die Fahrgäste immer: Na, was sind Sie denn für'n Landsmann?«, sagte Udo-Dreidoppelsieben. »Und wenn ich dann *Deutscher* sag, kucken die blöd. Das begreifen die nicht, dass ein Deutscher 'nen schwarzen Schnauzbart hat.«

»Mich fragen die Fahrgäste immer, ob ich denn gar keine Angst habe«, sagte ich. »Das ist die häufigste Frage, die ich mir anhören muss, seit ich Taxi fahr. Vorher war die häufigste Frage, ob ich denn jetzt endlich wüsste, was ich werden will.«

Rüdiger sah von seinem uralten, fleckigen Buch auf und kratzte sich mit dem Bleistift, mit dem er seine Anmerkungen gemacht hatte, am Hals.

»Und? Weißt du es inzwischen? Oder willst du dein Leben lang Besoffene kutschieren?«

»Mich fragen sie immer, was ich denn studieren würde«, sagte Dietrich schnell. »Und dabei kucken sie mich so dummschlau an, als würden sie mich ganz und gar durchschauen.«

»Ja, mich auch«, fiel Rüdiger ein. »*Taxifahren*, sage ich dann. Das geht die doch nichts an, dass ich Philosophie studiere.«

Udo-Dreidoppelsieben und ich waren die Einzigen, die nicht studierten. Sogar Dietrich war offiziell für Südseesprachen eingeschrieben.

»Und als Prüfung wird am Ende eine echte Taxifahrt veranstaltet«, spann Taximörder seinen Anfangsgedanken fort, »wo ich das Verhalten des Prüflings gegenüber seinem Fahrer bewerte.«

Er holte einen Becher Buttermilch aus seiner Jackentasche, biss mit den Vorderzähnen einen Schlitz in den Stannioldeckel und begann, daran zu saugen.

»Du trinkst noch Milch?«, fragte Rüdiger. »Weißt du nicht, dass die radioaktiv belastet ist? Die ist total belastet. Kein Mensch trinkt mehr Milch.«

»Na und – dann könnte ich ja die nächsten zwanzig

Jahre keine Milch mehr trinken«, sagte Taximörder und zutzelte weiter.

»Außerdem werde ich auch ständig gefragt, wie alt ich eigentlich bin«, fiel mir noch ein. »Oder die fragen: *Seit wann dürfen Teenager Taxi fahren*?«

»Es ist auch nicht normal, dass du so jung aussiehst«, sagte Rüdiger. »Wenn jemand auffallend jünger aussieht, als es seinem Alter entspricht, dann ist meistens auch die geistige Reife verzögert.«

Ich verstand selber nicht, wieso ich immer noch wie achtzehn aussah. Vermutlich lag es daran, dass Dietrich auf Achtzehnjährige stand. Ich machte ja immer alles so, wie er es wollte. Oder vielleicht brauchte man auch nicht zu altern, wenn man nicht lebte.

»Das ist aber sowieso bald vorbei mit dem jünger aussehen«, fuhr Rüdiger fort. »Frauen altern nämlich wesentlich schneller als Männer. Das ist die Strafe dafür, dass sie so bösartig sind.«

»Völlig falsch«, sagte ich, »das kommt einem bloß so vor. In Wirklichkeit altern Männer schneller. Das kannst du bei Transsexuellen sehen. Männer, die sich in Frauen umoperieren lassen, wirken danach deutlich älter, während Frauen, die sich in Männer operieren lassen, hinterher für zehn bis fünfzehn Jahre jünger durchgehen.«

»Du kennst dich aber gut aus«, sagte Rüdiger. »Ist das dein Ding, Transsexualität? Wolltest du als kleines Mädchen immer lieber ein Junge sein, ja?«

»Eigentlich ist eine Prüfungsfahrt zu wenig«, sagte Taximörder und wischte sich den Mund. »Die müssen mindestens *zehn* Taxifahrten bestehen, bevor sie eine Zulassung als Fahrgast bekommen.«

32

Morgens um elf klingelte plötzlich das Telefon. Ich erschrak mordsmäßig, weil mein Telefon ja praktisch nie klingelte. Meine Mutter konnte es nicht sein. Ich hatte ihr erst gestern die Wäsche gebracht. So schnell wurde die nicht fertig. Es war Marco. Seltsamerweise hatte ich selber auch schon daran gedacht, ihn anzurufen. Nur dass ich seine Telefonnummer nicht kannte und mich auch nicht an seinen Nachnamen erinnern konnte. Mein Gedächtnis war wirklich sehr schlecht.

»Ich würde unser Gespräch gern fortsetzen«, sagte Marco, als hätten wir uns erst gestern gesehen. Dabei war unsere Begegnung in der Buchhandlung schon drei Wochen her. Er wollte sich mit mir in einem Café treffen. Ich sagte, dass ich lieber bei ihm vorbeikommen würde.

»Heute. Zwischen acht und zehn hab ich Zeit«, sagte ich. »Da läuft das Geschäft sowieso schleppend.«

Marco nannte mir seine Adresse. Er wohnte gar nicht weit weg. In der Schanzenstraße beim Pferdemarkt.

»Wollen wir nicht doch lieber zuerst irgendwohin gehen? Sieht nicht so besonders doll aus bei mir.«

»Nein«, sagte ich, »ich weiß ja gar nicht genau, wo ich um acht Uhr mit der Taxe sein werde. Vielleicht musst du eine halbe Stunde auf mich warten.«

»Macht mir nichts aus«, sagte Marco.

»Trotzdem. Lieber bei dir. So gegen acht.«

33

An der Bushaltestelle des Gänsemarkts winkte mich eine Familie in praktischen blauen Regenjacken heran. Langsam – um sie nicht nasszuspritzen – ließ ich das Taxi in einer Pfütze ausrollen. Der Vater setzte sich neben mich und schlug seine Kapuze zurück. Er hatte Haare auf den Handrücken und in den Ohren. Hinten nahmen seine Frau, seine Tochter und die Oma Platz. Sie wollten zum Hafen, ein italienisches Segelschulschiff anschauen. Wir waren gerade die ersten paar Meter gerollt, da legte der Vater los:

»Das ist die Mönkebergstraße«, sagte er und zeigte aus dem Fenster, »Hamburgs teuerste Einkaufsstraße.«

Nein, nein, nein, dachte ich, dies ist der Jungfernstieg, und Hamburgs teuerste Einkaufsstraße ist ja wohl immer noch der Neue Wall. Jetzt zeigte er auf die Binnenalster.

»Das ist die Außenalster. Hier wird bei schönem Wetter viel gesegelt.«

So ging es die ganze Zeit weiter. Quak quak quak quak quak. Ihm zuzuhören war eine Folter für den Verstand. Aber Ehefrau und Schwiegermutter saugten seine katastrophalen Fehlinformationen begierig auf, und die Tochter sah ihn bewundernd an. Drei Frauen hatte der Blödmann hinter sich sitzen. Drei Frauen! Kaum zu fassen. In einer Orang-Utan-Horde hätte man einen solchen Versager nicht mal in die Nähe der Weibchen gelassen. Das Gesellschaftssystem der intelligenten Raubaffen sorgte sehr gut für seine unfähigen Männchen. Kein Wunder, dass sie sich mit Veränderungen in diesem System schwer taten.

Als die Familie an den Landungsbrücken ausstieg,

schob sich die Sonne noch einmal hinter den Regenwolken hervor und verschoss gelbe Lichtpfeile. Es war kurz vor acht. Also fuhr ich zum Pferdemarkt rüber und bog in die Schanzenstraße. Ich fand einen engen Parkplatz zwischen zwei Autos, die die Nummernschilder meines Taxis verdeckten. Das Funkwappen zog ich aus der Halterung und legte es flach auf die Hutablage.

Marcos Wohnung bestand aus einem engen Flur und zwei richtig großen Zimmern, die sehr modern aussahen. Vielleicht lag das aber auch bloß daran, dass sie fast leer waren. In dem einen Zimmer gab es eine große Futonmatratze auf einem niedrigen Bettgestell, eine Musikanlage, einen riesigen Fernseher und drei fußballgroße beleuchtete Glaskugeln auf dem grauen Teppichboden. Das hatten bestimmt alles seine Eltern bezahlt. In dem anderen Zimmer war ein nierenförmiger Schreibtisch mit Stuhl. Alles normal große Möbel. Die Bücher standen in einem alten Apothekenschrank aus weiß emailliertem Blech. Während Marco in der Küche Tee kochte, versuchte ich, die Tür des Apothekenschranks zu öffnen. Sie war abgeschlossen, und ein Schlüssel steckte auch nicht. Ich las die Autorennamen auf den Rücken der Bücher, die direkt hinter der Glasscheibe standen. Das meiste war von Nietzsche und Kant, außerdem Thomas von Aquin, Descartes und Schopenhauer. Sogar Weininger war dabei. Ich legte mein Gesicht seitlich an die Scheibe, um die Autorennamen und Titel jener Bücher lesen zu können, die Marco weiter außen versteckt hatte: Alfred Adler, Alfred Adler, Alfred Adler. *Lebensprobleme*, *Menschenkenntnis* und *Studie über die Minderwertigkeit der Organe*. Auch auf dem aufgeräumten Schreibtisch lag ein Buch von Adler.

Über den nervösen Charakter. Es war mit einer Zeitschrift zugedeckt, mit dem *Spiegel*. Ich ging in die Küche und sah zu, wie Marco auf einen Holzschemel stieg, um die Teetassen aus dem Schrank zu holen. Er hatte ein weißes Hemd mit aufgekrempelten Ärmeln an. Seine Arme waren wirklich sehr kurz. Erinnerten mich an Flossen. Er schleppte ein silbernes Tablett ins Fernsehzimmer hinüber, stellte es auf den Boden und wir hockten uns in einer Art Schneidersitz auf den Teppich. Marco nahm das Teenetz aus der Kanne, wrang es aus und legte es in eine Glasschale. Seine Unterarme waren ebenfalls voller Sommersprossen.

»Ganz schön viel Alfred Adler im Schrank«, sagte ich, während er uns einschenkte. Marco goss etwas Tee neben seine Tasse, fing sich wieder und sagte ruhig:

»Der Minderwertigkeitskomplex. Ich werde vielleicht einmal meine Dissertation darüber schreiben. Bietet sich doch an für einen Kleinwüchsigen – findest du nicht?«

Er legte eine Schallplatte auf, die ich nicht kannte, – David Sylvian, erklärte Marco – und wir tranken den Tee. Ich mochte die Musik, und ich mochte auch Marco. Man merkte, dass er eine Menge Bücher gelesen hatte, aber er legte es nicht darauf an, es einem ständig unter die Nase zu reiben. Im Sitzen war er fast genauso groß wie ich. Irgendwann tat mir der Rücken weh, und ich fing an, mich seitlich abzustützen. Marco ging es genauso. Jedes Mal, nachdem er aufgestanden war, um die Schallplatte umzudrehen oder eine neue aufzulegen, gerieten wir etwas mehr in Schieflage. Schließlich lagen wir einander gegenüber und stützten bloß noch unsere Köpfe auf die Handflächen. Sogar auf den Lippen hatte Marco ein paar Sommersprossen. Die letzte Schallplatte, diesmal von Connie Francis, war längst durchgelaufen.

»Hast du gestern diesen bärtigen Physiker im Fernsehen gesehen?«, fragte Marco. »Ach nein, du hast ja wahrscheinlich gearbeitet. Es war einer von denen, die früher immer behauptet haben, die Chance, dass jemals irgendein Atomkraftwerk hochgehen könnte, läge bei eins zu vierzig Millionen. Jetzt tut er so, als wäre ihm die ganze Zeit klar gewesen, dass die sowjetischen Kraftwerke eine wackelige Angelegenheit sind – eine überalterte Bauserie. Jetzt behauptet er nur noch, die westeuropäischen und amerikanischen Kraftwerke wären sicher. Eins zu vierhundert Millionen wahrscheinlich.«

»Na ja«, sagte ich, »letztlich ist auch ein Physiker ein zoologisches Phänomen. Vielleicht ist er dominant. Ein dominantes Primatenmännchen kann schwer nachgeben, geschweige denn Fehler eingestehen – völlig egal, ob es sich um einen Physiker oder einen Schimpansen handelt. Da hilft dann auch der Doktortitel nicht weiter.«

»Solche Typen lernen nicht einmal dann dazu, wenn es bereits zu spät ist«, sagte Marco. »Der wird sich immer noch rausreden, wenn wir mitten im nuklearen Winter stecken. Als ob es ihn selber nicht mit erwischen würde.«

Als ich darauf nichts erwiderte, fing Marco etwas übergangslos an, über die Psychoneurose zu reden. Die Psychoneurose war der Irrweg der Unversöhntheit und Mutlosigkeit, behauptete Marco. Es ging um irgendwelche Lebensschablonen, die zerstört und durch andere ersetzt werden mussten. Sehr wirr das Ganze. Mittendrin brach Marco plötzlich ab, sah auf meinen Mund, sah mir kurz und scheu in die Augen und schnell zur Seite. Stille. In der

Küche schmatzte eine Uhr. Marco sah mir noch einmal in die Augen, dann räusperte er sich:

»Frag mich bloß nicht, was ich gerade denke.«

»Nein, hab ich nicht vor«, sagte ich, »das interessiert mich sowieso nicht. Erzähl mir lieber, was *ich* gerade denke.«

»Du überlegst, ob du es überhaupt mit mir machen willst«, sagte Marco. »Und du bist dir unsicher«, fügte er leiser hinzu.

»Ich weiß nicht, ob das gut ist …«, sagte ich genauso leise.

»Es ist gut.«

Er rückte ein Stück zu mir heran und öffnete mit einer Hand die obersten Knöpfe meines Hemdes. Er beeilte sich nicht im Geringsten und schaute mir dabei direkt in die Augen. Keine Ahnung, woher er jetzt auf einmal den Mut dafür nahm. Ich schluckte. Meine Haut fühlte sich an, als würden mir plötzlich überall Haare wachsen. Als Marco mit den Knöpfen fertig war, legte er mir seine Hand über die Augen und drückte meinen Kopf auf den Teppich. Er beugte sich über mich. Ich hörte seinen Atem, dann glitt seine Zunge zwischen meine Lippen. Sie schmeckte ganz leicht nach Ingwer. Zuerst küsste er mich drängend und wütend, wühlte sich in meinen Mund hinein, dann wieder küsste er aufreizend langsam. Mit der einen Hand hielt er mir immer noch die Augen zu, die zweite wanderte unter mein Hemd. Seine Handflächen waren rau wie Hundepfoten.

34

Kurz vor eins stellte ich mich als viertes Taxi am Großneumarkt an. Ich war überwach und fröstelte. Vor mir warteten Taximörder, Dietrich und Rüdiger. Ich wäre gern noch ein bisschen für mich gewesen, aber es wäre aufgefallen, wenn ich mich nicht zu ihnen in die erste Taxe gesetzt hätte.

»... du musst dich doch praktisch an jeder Kreuzung neu entscheiden«, sagte Taximörder gerade, »also wenn man leer fährt, meine ich. Fahr ich jetzt zum Karl-Muck-Platz oder schau ich erst beim Gänsemarkt vorbei. Da sind doch mindestens fünfzig oder, na ja, also wenigstens zwanzig solcher Entscheidungen, die man jede Nacht treffen muss, ohne jemals zu wissen, was die richtige Entscheidung ist.«

»Na und?«, sagte Rüdiger, ohne von seinem Buch aufzusehen.

»Unter Umständen hängt die ganze Nacht von einer einzigen falschen Entscheidung ab«, erläuterte Taximörder seine neue Erkenntnis. »Fährst du zum Siemersplatz statt zur Reeperbahn – verpasst du womöglich eine Ferntour und kriegst stattdessen bloß eine Kurztour. Und die Kurztour bringt dich dann vielleicht auch noch irgendwohin, wo dir als Nächstes das Portemonnaie geklaut wird.«

»Genau«, kam ich Taximörder zu Hilfe, »einmal falsch abgebogen, und man überfährt ein Kind. Oder man wird überfallen, bloß weil man sich Eppendorfer Markt statt Winterhude hingestellt hat. Die ganze Nacht heute wäre ja völlig anders verlaufen, wenn ich zum Beispiel statt um sechs erst um sieben angefangen hätte.«

Dietrich gähnte.

»Wie kommt es dann, dass ich euch jede Nacht um eins am Großneumarkt treffe?«

»Das Leben aller Menschen ist von einer großen Anzahl voneinander unabhängiger Variablen bestimmt«, sagte Rüdiger gelangweilt. »Die Entscheidung an einer Straßenkreuzung ist nur symbolisch besonders aufgeladen.«

Er kritzelte etwas in sein Buch und sah auf.

»Wieso hast du eigentlich nasse Haare?«, wandte er sich an mich.

Ich behauptete, dass ich eine Pause gemacht hätte und bei mir zu Hause eingeschlafen wäre.

»Ich habe geduscht, sonst wäre ich überhaupt nicht wieder in die Gänge gekommen.«

»Man kann umgebracht werden, abgestochen, bloß weil man einmal falsch abgebogen ist«, sagte Taximörder, holte eine pechschwarze Banane aus seiner Jackentasche und schälte sie.

»Willst du die etwa noch essen?«, fragte ich.

»Ich hab schon wieder einen Apostroph entdeckt«, sagte Rüdiger zu Dietrich. »In Rahlstedt am Bahnhof: Mike's Imbiss! Achte mal drauf, wenn du hinkommst.«

Das war ihr gemeinsames Hobby. Restaurants und Läden zu entdecken, in deren Namensschildern fälschlicherweise ein Apostroph gesetzt war. Darüber konnten sie sich totlachen. Als wäre es das Dümmste, was es überhaupt gab.

»Da ist ganz zartes, weißes Fleisch drin«, sagte Taximörder und biss in seine matschige Banane.

»Na und«, sagte ich, »Sprache verändert sich ständig. Du redest ja auch nicht mehr Mittelhochdeutsch. Die Leute sehen amerikanische Fernsehserien, und jetzt schreiben sie ihre Ladenschilder eben anders. Wenn das ausreichend viele tun, wird der Duden geändert.«

»Schändung der Sprache ist Schändung des Volkes«, sagte Rüdiger, »aber da in Frauen selbst keine Schönheit ist, kann man natürlich auch nicht erwarten, dass sie Sinn für Sprachschönheit besitzen oder sich an einer flegelhaften Schreibweise stören.«

Ich war immer wieder beeindruckt, wie mühelos Rüdiger von jedem Thema, zu dem ich etwas sagte, auf die grundsätzliche Schlechtigkeit und Minderwertigkeit der Frauen überleiten konnte.

Aber diesmal erwiderte ich nichts, weil ich in Gedanken schon wieder halb bei Marco war. Möglicherweise lächelte ich sogar in mich hinein oder machte sonst etwas Verräterisches. Rüdiger sah mich jedenfalls misstrauisch an. Zum Glück kamen gerade sechs italienische Matrosen an den Taxistand. Dietrich und Rüdiger fuhren sie zu ihrem Schiff, und ich setzte mich zu Taximörder in den Wagen.

»Was ist eigentlich los mit dem?«, fragte ich. »Was stimmt mit dem nicht?«

»Mit wem? Mit Rüdiger? Ach, Rüdiger war schon immer so. Den darfst du nicht ernst nehmen.«

»Wieso seid ihr alle mit dem befreundet? Ist doch widerlich, was der zum Besten gibt. Auch wenn man zufällig keine Frau ist.«

Taximörder hob phlegmatisch die Schultern, schwenkte seinen überlangen Pony zur Seite und sah schräg an mir vorbei.

»Wir kennen uns eben alle schon so lange. Obwohl ...«

– er zog das Gesicht schief und rieb sich ausgiebig die weiche Wange –, »also einiges war schon echt übel.«

Er bohrte flüchtig in der Nase, um dann fortzufahren:

»Einmal hat er uns einen Kassettenrekorder vorgespielt. Den hatte er unter dem Bett versteckt, während er mit seiner damaligen Freundin schlief. Die Frau hat lauter so Sachen sagen müssen. Dass sie eine Hure ist und so. Das war schon ziemlich übel.«

»Und wieso«, fragte ich, »wieso bist du immer noch mit dem befreundet?«

»Ich bin gar nicht richtig mit dem befreundet«, sagte Taximörder, »außerdem war der schon immer so.«

Ich fuhr bis zum Ende der Schicht. Zum ersten Mal seit längerer Zeit hielt ich wieder bis morgens durch. Kurz nach Sonnenaufgang brachte ich das Taxi zur Firma zurück und radelte unter einem rostrot gefleckten Himmel nach Hause. Nur wenige Menschen begegneten mir auf dem Heimweg, schweigsame Einzelwesen, die einem Ziel zustrebten. Jedes Mal, wenn ich an einer Bäckerei vorbeikam, streiften mich warme, einladende Gerüche.

35

Am nächsten Abend war ich gegen acht zufällig wieder in der Nähe der Schanzenstraße.

»Komm rein«, sagte Marco und sah zu mir auf. Wenn wir beide standen, war er fast zwei Köpfe kleiner als ich. Das hatte ich irgendwie verdrängt. Marco ging vor mir her zu seinem Bett und setzte sich auf den Futon. Ich setzte mich daneben. Im Sitzen fühlte ich mich schon wohler.

»Möchtest du Tee?« Ich schüttelte den Kopf.

»Es wundert dich wahrscheinlich, dass ich schon wieder da bin, aber ich wollte dir sagen …«

»Wundert mich überhaupt nicht«, sagte Marco. »Es ist für mich immer ziemlich schwierig, eine Frau dazu zu bekommen, dass sie mich küsst. Danach ist es nicht mehr schwierig.«

Er stand auf und machte das Deckenlicht aus, knipste stattdessen die Glaskugeln an. Ich beobachtete ihn, wie er den Arm nach dem Lichtschalter streckte, und fragte mich, was ich hier eigentlich machte. Dann setzte Marco sich wieder auf das Bett und küsste mich, und dann fragte ich mich das nicht mehr. Ich schob meine Hände unter sein Hemd. Er hatte eine ungewöhnlich kräftige Rückenmuskulatur.

»Ich kann diesmal aber nicht so lange bleiben«, sagte ich, »nur bis zehn.«

»So, du kannst also nur bis zehn«, sagte Marco. »So lange brauche ich gar nicht. Leg dich hin.«

Er streckte sich neben mir aus, öffnete den Knopf meiner Jeans und zog den Reißverschluss herunter. Ich packte seine Hand und hielt sie fest.

»Was ist?«, fragte Marco pampig. »Ich dachte, wir haben nicht so viel Zeit?«

Ich ließ seine Hand wieder los, und er zog mir die Jeans von den Hüften und dann von den Beinen. Ich wollte mir die Unterhose abstreifen, aber Marco schob meine Hand beiseite und tat es selbst. Dann öffnete er den Reißverschluss an seiner Hose und legte sich vollständig angezogen auf mich.

»Das ist nicht dein Ernst«, sagte ich.

»Aber ja«, sagte Marco fröhlich und angelte nach den Kondomen, die er zwischen Bettgestell und Futon deponiert hatte. Zehn Minuten später war er tatsächlich fertig. Er rollte sich von mir herunter und blieb neben mir liegen. Ich drehte mich zu ihm. Marco entsorgte das Kondom und zog seinen Reißverschluss wieder hoch. Er sah mich spöttisch an, aber gleichzeitig fasste er mir sanft in die Haare und streichelte meinen Nacken.

»Wir haben noch eine Stunde – wollen wir was trinken gehen? Vielleicht rüber in'n Dschungel?«

»Auf gar keinen Fall«, sagte ich.

»Wieso nicht? Ist es dir peinlich, dich mit mir zu zeigen?«

Ich war tatsächlich nicht besonders scharf darauf, mit einem Kleinwüchsigen aufzutreten.

»Quatsch«, sagte ich. »Aber ich habe einen Freund, dem ich nicht über den Weg laufen will.«

Marcos Griff in meinen Haaren wurde fest, beinahe grob.

»Und«, fragte er, »glücklich?«

Ich zuckte die Schultern und versuchte, Marco zu küssen. Aber er hielt mich immer noch an den Haaren fest.

»Ich glaube, du musst jetzt los!«, sagte er.

36

Rüdiger und ich stritten weiter. Wir stritten uns in Kneipen, in Taxis und auf der Straße. Wir stritten uns so laut, dass die Leute den Kopf nach uns drehten. Am schlimmsten stritten wir uns, wenn Dietrich dabei war. Aber es gehörte auch zu Rüdigers Wahn, dass er zwischendurch immer mal wieder vergaß, wie minderwertig ich war und wie sehr er mich verachtete, und anfing, mir sein Herz auszuschütten. Die Frauen behandelten ihn schlecht. Kein Zweifel, sie behandelten ihn schlecht. Nicht nur Melanie aus dem Funny Club. Und Dietrich hatte früher so fantastische Briefe geschrieben und schrieb jetzt gar keine mehr. Dabei waren sie doch von klein auf die besten Freunde. Ein und aus war er bei Dietrichs Familie gegangen und hatte auch dort übernachtet.

»Dietrich hat eine ganz sanfte, mütterliche Mutter«, erzählte mir Rüdiger am Bahnhof Altona. »Sein Vater ... oha ..., aber seine Mutter ist völlig anders. Er konnte ja morgens nie aufstehen, und dann kam immer seine Mutter herein und rief ganz leise und sanft: *Dietrich, aufstehen.*«

Rüdiger bemühte sich, die Helligkeit und Zartheit des Weckrufs wiederzugeben.

»Dietrich, aufstehen«, zirpte er noch einmal, berauscht von der eigenen Fähigkeit, mütterlichen Wohlklang nachzuahmen. Mir wurde übel. Ich öffnete das Seitenfenster und spuckte meinen Kaugummi auf den Taxihalteplatz. Der Taxifahrer, der mit seinem Wagen neben mir stand, sah mich wütend an. Eigentlich wartete ich mit dem Ausspucken des Kaugummis immer, bis ich an der Kreuzung Schäferkampsallee/Rentzelstraße vorbeikam. Ich kaute rund acht Kaugummis pro Nacht, das waren an die zweihundert Kaugummis im Monat, und wenn ich die Kaugummis immer an derselben Stelle aus dem Fenster spuckte, musste man doch irgendwann mal was sehen. Aber bisher sah man nichts.

Als Rüdiger von seiner eigenen Mutter sprach, kam die nicht so gut weg.

»Da lag ich auf dem Boden«, erzählte Rüdiger, und seine Stimme zitterte vor Empörung bei dieser Erinnerung, klang aber gleichzeitig auch irgendwie stolz, »ich lag auf dem Boden und mein Vater zerschlug den Stuhl auf mir, und dann nahm er das Stuhlbein und schlug weiter auf mich ein, und ich versuchte bloß noch mein Gesicht zu schützen. Und meine Mutter, verstehst du, meine Mutter, die stand daneben und tat gar nichts. Die machte nicht mal den Versuch, mir zu helfen.«

Es erstaunte mich jedes Mal wieder, dass er – trotz allem, was er mir schon ins Gesicht geschleudert hatte – nie im Geringsten daran zweifelte, dass ich Verständnis und Mitgefühl für ihn aufbringen würde.

»Schlimm«, sagte ich, »wirklich schlimm. Aber wieso bist du bloß auf deine Mutter wütend? Ist ja nicht schön, dass sie dir nicht geholfen hat, aber wer dich geschlagen hat, das war ja wohl dein Vater. Warum bist du nicht auf deinen Vater wütend? Deine Mutter hat doch gar nichts getan.«

»Das ist es doch«, heulte Rüdiger auf, »sie hat einfach nichts getan. Sie ist meine Mutter und sie sieht einfach zu, wie ich zusammengeschlagen werde. Ich hätte es dir überhaupt nicht erzählen sollen.«

»Bahnhof Altona.«

»Zwodoppelvier.«

»Zwodoppelvier, Behringstraße 18 für Sabinski, kommt runter.«

»Behring 18 für Sabinski. Danke Zwodoppelvier.«

»Danke Zwodoppelvier.«

Ich stieg aus und ging zu dem Taxi, das vor mir stand. Am Altonaer Bahnhof warteten die Taxis in drei Reihen nebeneinander. Die seitliche Ausfahrt versperrten Parkplätze.

Ich stellte mich neben das Seitenfenster des Taxis, aber der Fahrer las in einer Bild-Zeitung und tat, als bemerkte er mich nicht. Ich klopfte. Der Fahrer sah mich an und gleich wieder in seine Zeitung. Es war einer von diesen alten Saftsäcken, die sich so benahmen, als gehörte der Taxistand Altonaer Bahnhof ihnen. Diese Typen stellten sich nur in Altona auf, sonst nirgends, höchstens vielleicht noch am Flughafen. Sie kannten sich alle untereinander, und sie versuchten, jeden anderen, der es wagte, den Altonaer Taxistand anzufahren, durch fiese Blicke, Kommentare und Schikanen zu vertreiben. Sie waren damit ziemlich erfolgreich. Ich kannte niemanden, der sich gern in Altona anstellte.

Ich öffnete die Fahrertür und beugte mich zu ihm herunter.

»Kannst du mal vorziehen und mich rauslassen«, sagte ich. »Ich habe gerade eine Funktour angenommen.«

»Tür zu«, brüllte der Taxifahrer hasserfüllt und riss mir die Fahrertür aus der Hand, dass sie knallend wieder ins Schloss fiel.

Ich ging zu meinem Wagen zurück, um die Funktour wieder abzugeben. Rüdiger war ausgestiegen und stand daneben. Ich wusste, dass ich nicht auf seine Unterstützung zu rechnen brauchte.

»So sind die«, sagte Rüdiger. »Zu mir hat mal eine von den Graupen gesagt: Alle Fünftausendernummern ins Gas. Ich habe zuerst gar nicht begriffen, was der gemeint hat. Der hat natürlich die Konzessionsnummer gemeint. Die alten Graupen, die fahren ja alle schon ewig und haben deswegen auch ganz niedrige Konzessionsnummern, teilweise bloß dreistellig. Und die Fünftausendernummern, das sind die Taxis, die erst in den letzten paar Jahren zugelassen worden sind, die Taxis, die wir fahren.«

Kurz darauf stand ich an erster Stelle in der Warteschlange und bekam einen Anläufer zur Reeperbahn. Normalerweise wäre ich jetzt zum Karl-Muck-Platz gefahren, aber diesmal drehte ich um und fuhr zurück nach Altona. Ich stellte mich wieder vor den Bahnhof und nahm einfach keine Funktouren an. Die ganze Nacht über fuhr ich ausschließlich den Altonaer Bahnhof an.

37

Ich stand als erstes Taxi am Flughafen und versuchte, durch bloße Willenskraft die elegant gekleidete Frau mit dem kleinen Koffer dazu zu bewegen, langsamer zu gehen, damit der schwitzende dicke Mann hinter ihr sie überholen konnte und er es sein würde, der bei mir einstieg. Elegante Frauen, die mit kleinen Koffern vom Flughafen kamen, fuhren mit 85%iger Wahrscheinlichkeit nach Eppendorf. Also eine Schrotttour für zwölf achtzig. Bei dem schwitzenden dicken Mann hingegen war alles möglich. Er trug eine flache schwarze Aktentasche, und als er einstieg, sah ich an seinem feisten, glatten Gesicht, dass er trotz seiner Massen sehr jung war, beinahe noch ein Kind.

»Sechzehn«, sagte er, als ich ihn fragte. Er wollte nach Rothenburgsort, eine schöne runde Fünfunddreißig-Mark-Tour.

»Wieso fliegt ein Sechzehnjähriger mitten in der Woche durch die Gegend und lässt sich dann mit dem Taxi nach Hause chauffieren? Erklär mir das«, sagte ich. »Was habe ich falsch gemacht?«

Er war Computerspezialist. Saß zu Hause rum und tüftelte an seinen Computern. Und er hatte etwas erfunden – ein Gerät oder vielleicht war es auch nur eine Technik, genau verstand ich das nicht – mit dem man von ausländischen Telefonzellen aus Ferngespräche nach Deutschland führen konnte, ohne dass einen das etwas kostete. Damit war er ins Fernsehen gekommen, und daraufhin hatte ihm eine Zeitung einen Job als Teilzeitredakteur angeboten. Also flog er nun zweimal die Woche nach Frankfurt, zu seinem Verlag, und noch am selben Abend wieder nach Hause, wo er weiter an seinen Computern herumtüftelte.

»Willst du die mal sehen?«

Wir hatten vor einem öden Klinkerbau gehalten. Er wohnte im zweiten Stock und die Treppen machten ihm zu schaffen. Ölige Schweißperlen bildeten sich auf seiner Stirn. Er schnaufte entsetzlich. Im ersten Stock stellte er die Aktentasche auf dem Boden ab und stützte sich mit beiden Händen auf die Knie.

»Gleich«, keuchte er. »Einen Augenblick nur.«

Der Junge war sechzehn und bereits ein völliges Wrack. Schließlich klemmte er sich seinen Koffer wieder unter den Arm und zog sich mit Hilfe des Treppengeländers in den zweiten Stock, wo er abermals ein bisschen verschnaufen musste. Er atmete so heftig, dass er den Schlüssel nicht gleich ins Schloss bekam.

In der Wohnung war seit mindestens zwanzig Jahren

nicht mehr tapeziert worden. Auf der Tapete waren Koggen zu sehen, abfotografierte Koggenmodelle, die auf einem muffigen bläulichen Hintergrund mit gelben Schleifen segelten.

»Hier.«

Er stieß eine Zimmertür auf. Was mir als Erstes auffiel, waren nicht die vier riesigen, bereits eingeschalteten Computermonitore, die sich über zwei Tische verteilten, sondern die gigantischen Süßigkeiten, die überall herumlagen. Das waren Süßigkeiten wie für Riesenkinder, Weingummitüten, die ein ganzes Kilo fassten, Schokoladentafeln im Din-A-4 Format, Keksdosen wie Waschmitteltonnen und eine dreieckige Toblerone-Packung – groß wie ein Stahlträger. Dazwischen lagen verschmierte Pizzaschachteln.

»Mit spätestens zwanzig werde ich mir ein Haus kaufen können. Und mit spätestens fünfundzwanzig werde ich Millionär sein.«

Ja, dachte ich, aber nur, falls dein Fettherz bis dahin durchhält.

»Das hier«, sagte er, »ist die Zukunft, und Leute wie ich werden diese Zukunft gestalten. Wir werden es sein, auf die es ankommt.«

Ich nickte ernst und stellte mir eine Zukunft voller Koggen-Tapeten und gigantischer Süßigkeitenberge vor. Auch dicke Jungs, die nicht mehr die Treppe heraufkamen und mit Pizza-Schachteln vor ihren Computern saßen, glaubten, sie wären etwas Besonderes. Alle glaubten das. Alle dachten, das Leben wäre ein Film und sie die Hauptdarsteller darin.

»Es wird eine neue Art zu denken geben, und wir werden diese Art zu denken vorgeben«, schwärmte der Dicke.

»Jemand wie ich wird in dieser Welt dann wohl überhaupt nicht mehr zurechtkommen?«, fragte ich höflich.

»Wahrscheinlich nicht«, sagte er unbarmherzig. »Bist du schon zwanzig? Dann bist du zu alt, wenn's richtig losgeht. Die alten Leute werden sich nicht mehr umstellen können.«

Ich ging wieder hinunter zu meinem Taxi und fuhr zurück zum Flughafen. Dort stand ich, bis eine elegante Frau mit kleinem Koffer bei mir einstieg.

38

Ich hatte erwartet, dass Marco mich anrufen würde. Aber das tat er nicht. Ich wartete zwei Wochen, dann fuhr ich wieder hin. Ich parkte irgendwo und machte mir auch nicht mehr die Mühe, das Funkschild aus seiner Halterung zu ziehen. Die Tür des Mietshauses stand offen. Das war die letzten beiden Male auch schon so gewesen. Auf der Treppe saß ein Junkie, der sich gerade den Arm abband. Ich dachte mir, dass er wahrscheinlich lieber im Dunkeln sitzen würde. Darum stieg ich über ihn hinweg, ohne Licht zu machen. Im ersten Stock klingelte ich an Marcos Wohnung, dann trat ich zurück auf die Treppe und blieb eine Stufe tiefer stehen. Marco öffnete. Er trug ein rosa Fiorucci-Sweatshirt mit einem Panzer darauf und hatte eine graue Jogginghose an. Sie war abgeschnitten und warf dicke Faltenringe wie eine Elefantenhaut.

»Lässt du mich herein?«, fragte ich von meiner Treppenstufe aus.

Marco blieb im Türrahmen stehen und sah in meine

Richtung. Ich war mir aber nicht sicher, ob er mich in der Dunkelheit überhaupt erkennen konnte.

»Okay«, sagte er schließlich. Er ging vor mir in seine Wohnung, ich hörte ihn mit jemandem sprechen, und dann kam er mit einem gar nicht mal so schlecht aussehenden und ziemlich großen Mann zurück, einem dunkelhaarigen Typ, der sich im Flur die Jacke anzog und mir zunickte, als fände er es das Selbstverständlichste von der Welt, dass ich seinen kurzen Freund besuchte. Ich drückte mich schnell an ihnen vorbei und ging in das Zimmer mit dem Futon. Der Fernseher lief noch, nur der Ton war runtergedreht. Ein Planwagen mit vier Maultieren davor ratterte durch eine staubige Wüste. Ich setzte mich auf das Bett, zog meine Lederjacke aus und streifte meine Stiefel an der Bettkante ab. Dann lehnte ich mich gegen den Holzbogen, der sich über das Kopfende des Bettes spannte, und stopfte mir ein Kissen in den Rücken. Der Planwagen mit den Maultieren steckte jetzt an einem Berghang fest. Marco kam ins Zimmer und setzte sich ans Bettende, mitten vor das Fernsehbild. Er zog mir die linke Socke aus und begann meinen Fuß zu kneten. Ich schloss die Augen.

»Na, machst du wieder Pause von acht bis zehn und bist vorbeigekommen, um dich zwischendurch mal schnell durchvögeln zu lassen?«, sagte Marco, während er an meinen Zehen herumschraubte.

»Äh, ja … stimmt«, antwortete ich, machte aber vorsichtshalber lieber nicht die Augen auf.

»Wofür hältst du mich? Bin ich hier der Nutterich oder was?«

Er drückte einen Punkt an der Innenseite meiner Fußsohle, und ein klar umrissener giftiger Schmerz sauste mir das Rückenmark hoch. Ich riss die Augen auf und zog zischend Luft ein.

»Weiteratmen«, befahl Marco. Er drückte noch einmal auf diese Stelle, dann ließ er meinen Fuß los und stand auf. Ich dachte schon, er wollte mich wieder hinauswerfen, aber er kam bloß zu mir ans obere Bettende und setzte sich neben mich. Er legte eine Hand in meinen Nacken und küsste mich sanft und konzentriert. Dann stützte er sich mit seinem sommersprossigen Unterarm auf meine Rippen.

»Ist das alles? Geht es dir nur um Sex?«

»Geht es nicht immer nur um Sex? Du studierst doch Psychologie. Behauptet ihr Psychologen das nicht ständig?«

»Das behaupten nicht *wir Psychologen*, das behauptet – wenn du schon so grob vereinfachen willst – bloß Freud. Alfred Adler sieht das zum Beispiel ganz anders. Nach Adler sind Geltung und Macht das Hauptziel psychischer Aktivität. Darüber hat er sich ja unter anderem mit Freud zerstritten.«

»Ein kluger Mann, dieser Alfred Adler. Wenn Freud nur mal einen einzigen Monat Taxi gefahren wäre, hätte er sofort eingesehen, dass Adler recht hat. Du glaubst nicht, mit was für Idioten ich mich herumschlagen muss. Selbst wenn die mich anmachen, merkt man, dass es ihnen vor allem darum geht, mich einzuschüchtern.«

»Wieso lässt du dir das gefallen?«, fragte Marco. »Du musst dich mit solchen Menschen ja nicht streiten. Es reicht doch, wenn du ihnen einfach nur sagst, dass du ihre Bemerkungen kränkend und unangemessen findest. Ich mach das immer so.«

»Na ja, ehrlich gesagt, hab ich da ein Problem. Ich kann mir die Straßen nicht merken. Für eine Taxifahrerin ist das eine ziemliche Katastrophe. Und wenn ich gerade jemanden gebeten habe, mir den Weg zu erklären, dann bin ich ja eh schon in der Defensive, dann kann ich ja nicht so distanziert daherkommen; dann bin ich froh, wenn derjenige sich nicht beschwert oder auf mir rumhackt. Ich kann mir einfach nichts merken. Das macht es für mich auch so ungeheuer anstrengend. Manchmal denke ich, mir fehlt da was im Kopf.«

»Glaub ich nicht«, sagte Marco. »Ein auffallend schlechtes Gedächtnis ist eher ein Zeichen für eine Depression oder eine Neurose. Ein verängstigtes Ich, das vor lauter Überforderung ständig in einer Art Schockzustand verharrt, wird sich seine Umwelt kaum besonders gut einprägen können.«

»Vielleicht gehen mir ja auch bloß meine Fahrgäste so auf die Nerven, dass ich mit meinen Gedanken immer woanders bin. Ich kann die einfach nicht aushalten, der Geruch und so ...«, sagte ich.

»Das ist natürlich auch möglich.«

Ich legte mein Gesicht auf Marcos Bauch. Ich musste ihn einfach umarmen. Er war so ungeheuer nett und klug. Ich hatte bislang gar nicht gewusst, dass das möglich war: ein interessantes Gespräch zu führen, ohne dabei die ganze Zeit beleidigt zu werden.

»Ich glaube, die meisten Taxifahrer sind ein wenig verschroben«, sagte ich in Marcos Bauch hinein. »Jedenfalls die richtigen. Auf den ersten Blick denkt man natürlich, Taxifahrer wären alle völlig verschieden und die alten Graupen hätten nichts mit den Turnschuhfahrern zu tun.

Aber was wir alle gemeinsam haben, ist, dass wir gesellschaftlich nicht integrierbar sind. Die meisten von uns könnten gar keinen anderen Beruf ausüben. Da müssten wir uns nämlich anpassen, und das können wir nicht.«

»Man könnte auch sagen, dass es euch wichtig ist, integer zu bleiben. Das ist doch ein attraktiver Charakterzug.«

»Mir ist vor allem wichtig, dass ich nicht länger als zehn oder zwanzig Minuten mit jemandem zusammen sein muss.«

»So schlimm?«

»Ja«, sagte ich, »ich kann die nicht aushalten.«

Ich wühlte meine Hände unter Marcos Sweatshirt. Er hielt sie mitsamt dem Sweatshirtstoff fest.

»Ich will, dass du erst mit mir ausgehst, bevor ich noch einmal mit dir schlafe.«

Ich zog meine Hände wieder heraus. Im Fernsehen wurde jetzt leise geschossen.

»Das geht nicht. Da draußen fahren zweitausend Taxifahrer herum, und die Hälfte davon kennt Dietrich und weiß, dass ich mit ihm zusammen bin. Warum ist es dir so wichtig? Willst du die Trophäe vorzeigen?«

»Wir könnten uns ja in einer Kneipe ganz nach hinten in eine dunkle Ecke setzen.«

»Wozu? Dann können wir ja auch gleich bei dir bleiben.«

»Also, entweder gehen wir jetzt zusammen was trinken oder wir lassen es ganz«, sagte Marco wütend.

»Okay«, sagte ich, »dann lassen wir es eben ganz. Ich kann jedenfalls nicht mit dir in eine Kneipe gehen. Außerdem will ich nicht bei den ganzen Idioten hocken, die ich sowieso jede Nacht durch die Gegend chauffieren muss.«

Ich setzte mich auf und sah mich nach meiner Socke um.

»Hör auf! Leg dich wieder hin«, sagte Marco und hatte plötzlich wieder diesen scheuen, unsicheren Blick. Er legte sich neben mich und drückte sein Gesicht an meinen Hals. Ich strich mit der Hand über seinen Rücken, fühlte seine feste, verkrampfte Muskulatur und einen kleinen Buckel in der Wirbelsäule. Natürlich würde er doch mit mir schlafen. Er nahm das, was er kriegen konnte.

39

Über Funk kam durch, dass am U-Bahnhof Langenhorn-Nord Fahrgäste standen. Die Gleisstrecke zwischen Langenhorn-Nord und Kiwittsmoor war relativ gut zugänglich. Wenn sich jemand vor die Bahn werfen wollte, konnte er es dort am einfachsten tun. Die Strecke war dann jedes Mal für ein paar Stunden gesperrt und Langenhorn-Nord wurde zum Endbahnhof. Da ich auf dem Weg zum Flughafen sowieso in diese Richtung unterwegs war, fuhr ich hin und brachte zwei genervte Fahrgäste nach Hause. Beide beteuerten grimmig, dass ihnen der Zugführer viel mehr leid täte als der Selbstmörder. In Wahrheit taten sie sich natürlich bloß selber leid. Als ich zum dritten Mal zum Bahnhof kam, warteten dort bereits vier Taxis auf die nächste U-Bahn-Fuhre. Zwei davon gehörten zu Dietrich und Taximörder, die ausgestiegen waren und sich an Dietrichs Wagen lehnten. Es war ein lauer Sommerabend. Grillwetter. Es ging mir nicht in den Kopf, wie man sich an einem solchen Abend umbringen konnte.

»Schon mitgekriegt, dass der Funny Club geschlossen worden ist?«, fragte Taximörder, als ich mich zu ihnen stellte. »... Razzia!«

»Versteh ich nicht«, sagte ich, »ist Prostitution nun erlaubt oder nicht?«

»Ich denk mal, das Problem ist, dass der Funny Club in einem Wohngebiet liegt«, sagte Taximörder und sah einem ein Meter neunzig großen Mann in Rock und Pumps nach, der seinen müden, schlappohrigen Hund Gassi führte. Der Hund hatte rosa Nagellack auf den Krallen.

»Und wieso erst jetzt?«, fragte ich. »Der Funny Club sieht aus wie ein Puff und heißt wie ein Puff. Das weiß doch jeder, dass da nicht Skat gespielt wird.«

»Vielleicht wollte die Polizei mehr Schmiergeld«, mutmaßte Taximörder.

»Die müssen vor allem erst mal beweisen können, dass da Prostitution stattfindet«, sagte Dietrich und reckte sich, um über ein Hagebuttengebüsch hinweg weiter dem Mann im Rock nachstarren zu können. »Tanja hat mir mal erklärt, wie das läuft. Da wird nicht direkt bezahlt, sondern alles über Flaschen abgerechnet. Wenn die Freier mit ›auf's Zimmer‹ wollen, dann heißt es: Gib mir erst mal 'ne Flasche Sekt aus. Und die kostet dann ein paar Hunderter. Und wenn die Freier was Spezielles wollen, dann müssen sie noch einen Piccolo nachbestellen. Oben auf dem Zimmer sagen die Mädchen dann: Ach, ich hab noch Durst. Weil die nur so Umsatz machen können. Den Sekt versuchen sie in den Blumenkübel zu kippen. Im Whirlpool können sie den natürlich noch besser verschwinden lassen.«

Der nächste Zug fuhr quietschend in den Bahnhof ein.

Die Bahnsteigdurchsage plärrte verzerrt zu uns herunter: **»... endet hier ... vorläufig ...ecke ... krxxxs.«**

»Und was hat es mit Hansafilm Wendt auf sich?«, fragte ich, wo wir schon mal dabei waren. Hansafilm Wendt war ein dubioser Kunde, bei dem nie eine Adresse angegeben wurde. Stattdessen musste man unter einer Brücke warten.

»Da geht ja immer das Gerücht, das wäre ein Club, in dem sich Frauen aus der Oberschicht hobbymäßig prostituieren«, sagte Dietrich, »aber wahrscheinlich ist das ein ganz normaler Puff, bloß dass der auch mitten in einem Wohngebiet liegt.«

»Hobbymäßig?«, fragte ich. »Kann es sein, dass ihr die angenehmen Seiten der Prostitution überschätzt?«

»Ich glaub das auch nicht, das mit der Oberschicht«, sagte Taximörder. »Kein Puff würde sich weigern, ein Mädchen einzustellen, das wie ein Model aussieht, bloß weil es kein Abitur hat.«

Die Fahrgäste strömten jetzt aus dem Bahnhof, und obwohl sie sich nicht die Blöße gaben zu rennen, sah man doch, wie sie einander zu überholen versuchten, weil nicht genug Taxis da waren. Eine Frau mit einer Gießkanne stieg bei mir ein. Sie wollte zum Hermann-Löns-Weg.

»Wo ist der noch mal? Ich fahr hier oben nicht so oft«, sagte ich.

»Erst mal die Langenhorner Chaussee hoch«, antwortete sie. Ich schaltete den Taxameter ein.

»Mir tut ja bloß der Zugführer leid«, sagte die Frau.

40

Dietrichs Tagfahrer war krank. Deswegen musste Dietrich sein Taxi in der Firma abholen. Er fuhr mit seinem Ford hin.

»Ich kann dich mitnehmen«, bot er an. Bis zum Fernsehturm lief alles ganz normal, aber dann bog er plötzlich Richtung Dammtor ab.

»Was soll das denn«, sagte ich. »Wieso fährst du nicht zur Firma?«

»Ich hab Rüdiger versprochen, ihn mitzunehmen.«

»Ich denk, der wohnt in Dulsberg? Du willst doch jetzt nicht durch den Feierabendverkehr nach Dulsberg?«

»Ach, das geht schnell«, sagte Dietrich.

Ich hätte mein Fahrrad nehmen sollen. Jetzt würde ich wieder den besten Teil des Taxigeschäfts verpassen. Ich sah aus dem Fenster. Große Mengen von Studenten strömten vom Dammtorbahnhof auf die Universitätsgebäude zu. Wahrscheinlich gab es irgendein Fest im Audimax.

»Ich frag mich, ob du das mit Absicht machst«, murrte ich. »Soll ich mir Rüdigers bescheuerte Meinungen jetzt auch noch vor der Arbeit anhören?«

»Was du immer mit Rüdiger hast«, antwortete Dietrich gereizt. »Wieso springst du da immer drauf an, wenn der was sagt? Das will der doch bloß. Lass ihn doch einfach reden.«

»Ich verstehe nicht, warum das dein Freund ist«, sagte ich. »Bloß weil er dich bewundert?«

»Ach was. Rüdiger war schon immer so, und wir kennen uns halt auch ewig. Auf der Schule war das der einzige interessante und kluge Kopf weit und breit. Rüdiger ist unheimlich belesen. Der kennt echt jedes Buch.«

»Aber der hasst Frauen.«

»Nein, Quatsch. Du darfst ihn bloß nicht ernst nehmen. Niemand nimmt Rüdiger ernst. Der war halt schon immer extrem. Ich weiß noch, wie der mal nachts mit seiner Freundin in eine Kirche eingebrochen ist, und dann hat er Fotos von ihr gemacht, wie sie mit gespreizten Beinen auf dem Altar lag. Mit dem Kruzifix zwischen den Schenkeln. Da war der gerade mal sechzehn. Der ist einfach total extrem.«

»Ich sag doch, der hasst Frauen.«

»Was hat das denn damit zu tun? Der ist halt extrem. Ich weiß nicht, warum du dich immer mit ihm streiten musst. Hör da doch einfach nicht hin.«

Es war schon nach sechs, als wir im Eulenkamp vorfuhren. Dietrich parkte ein und stieg aus. Ich stieg mit aus. Ich war neugierig, wie es bei Rüdiger aussah.

Er lebte in einer Wohngemeinschaft. Sein Zimmer war klein und dunkel. Antike Möbel aus geschwärztem Holz standen vor einer grün-auf-grüngemusterten Tapete. Über sein Bett hatte er einen dünnen orientalischen Teppich gelegt. Darüber hing in schwerem schwarzem Rahmen das Bild von einem Löwen, der gerade einen Büffel riss. An einer anderen Wand hing, ebenfalls schwarz gerahmt, die Toteninsel von Böcklin. Auf dem schwarzen Beistelltisch darunter stand ein silberner Teller, auf dem ein orientalischer Dolch und eine Pistole lagen. Rüdiger kam uns mit einem Kunstkatalog in den Händen entgegen.

»Hier«, sagte er zu Dietrich und schlug eine Seite auf,

in die er zuvor seinen Zeigefinger als Lesezeichen gesteckt hatte, »kuck dir das an. Jetzt kassiert Keith Haring das große Geld. Wenn du mit deinen Sachen früher rausgekommen wärst, wärst du für alle Zeiten saniert. Aber nein, ich durfte ja keine Ausstellung für dich machen.«

Ich schaute Dietrich über die Schulter. Rüdiger hielt den Katalog absichtlich so, dass ich nichts sehen sollte, aber ein Bild entdeckte ich doch.

»Mensch, genau wie bei dir«, sagte ich. »Alles so kleine Kritzelmännchen.«

»Du könntest jetzt die Nummer Eins in Deutschland sein«, klagte Rüdiger.

»Wollen wir langsam mal los?«, sagte Dietrich ungerührt. »Alex hat behauptet, sie hat es eilig.«

Wir gingen zum Ford. Dietrich schloss die Zentralverriegelung auf und stieg ein. Ich öffnete die Beifahrertür. In diesem Moment schoss Rüdiger von hinten heran, stieß mich in den Rücken und versuchte, sich hinter mir auf den Beifahrersitz zu drängeln. Ich drehte mich um und hielt ihn am Arm fest.

»Bist du nicht ganz dicht?«

»Ich sitz vorne«, schrie Rüdiger und warf sich auf den Sitz. Ich packte ihn am Kragen, aber im selben Moment wurde mir bewusst, wie kindisch wir uns aufführten. Beschämt ließ ich los und trat zur Seite. Rüdiger setzte sich triumphierend neben Dietrich zurecht. Ich blieb draußen stehen. Dietrich sah betreten vor sich hin.

»Steig bitte ein«, sagte er.

»Nein danke«, sagte ich. »Ich nehme den Bus.«

»Lass sie doch, da vorne ist gleich ein S-Bahnhof«, sagte Rüdiger.

»Bitte«, sagte Dietrich so gequält, als würde das alles ihm angetan. »Bitte steig ein!«

Im Grunde war ich froh, dass er Rüdiger nicht rausgeschmissen hatte. Das war's jetzt. Ich würde Dietrich endlich verlassen. Eigentlich war ich schon weg. Ich machte mich auf den Weg zur S-Bahn.

41

Jedes Mal, wenn ich Marco besuchte, hatte er irgendetwas an mir auszusetzen. Dass ich nicht mit ihm ausging. Dass ich immer noch nicht mit Dietrich Schluss gemacht hatte. Dass ich ihn vorher nie anrief.

»Versetz dich doch einmal in meine Lage. Ich mag doch kaum noch weggehen, weil ich immer Angst habe, dass ich dich dann verpassen könnte«, sagte er.

»Wieso«, antwortete ich, »ist doch mein Problem, wenn ich dann vor verschlossener Tür stehe. Ich erwarte doch überhaupt nicht, dass du ständig da bist.«

»Aber vielleicht ist es mir ja wichtig, da zu sein, wenn du kommst. Vielleicht bin ich ja gern mit dir zusammen. Ist das so schwer zu begreifen?«

Ich zuckte mit den Schultern.

»Ich weiß aber doch nie, wo die Taxitouren hingehen. Und ich will nicht, dass du irgendetwas von mir erwartest. Also entweder machen wir so weiter wie bisher oder wir müssen es eben lassen.«

Das fehlte mir gerade noch, dass auf einmal zwei Männer Erwartungen an mich hatten.

»Ich fass es nicht«, sagte Marco. »Du müsstest dich mal

hören. Was ist eigentlich los mit dir? Bist du emotional völlig verroht oder war dein Gefühlsleben von Anfang an bloß rudimentär vorhanden?«

Seine überhebliche Art wirkte noch immer sehr überzeugend, aber er konnte mir nichts mehr vormachen. Letztlich würde alles so laufen, wie ich es wollte. Marco hatte viel zu viel Angst, dass ich ihn verlassen könnte. Jemanden wie mich würde er nie wieder bekommen.

»Dann lass es doch, wenn ich so schrecklich bin. Such dir doch eine nette, vorurteilsfreie Psychologiestudentin mit dicken Socken. Wo dir innere Werte so wichtig sind ...«

»Vorsichtig. Ganz vorsichtig. Treib es nicht zu weit«, sagte Marco.

Und dann gingen wir ins Bett.

42

Als ich mit meinem Fahrrad bei der Firma eintraf, stand Dietrich im Büro. Durch die Glasfront sah ich, wie Mergolan auf ihn einredete, aber Dietrich sah die ganze Zeit woandershin und schüttelte immer bloß den Kopf. Ich trat ein. Im selben Moment kam von der anderen Seite Mustafa aus der Werkstatt.

»Wir haben den Fünfnullacht ausgesaugt und auf Hochglanz poliert«, sagte Mustafa. »Den kannst du so mitnehmen.«

Dietrich schüttelte wieder den Kopf.

»Ich geh da nicht hin.«

Er kniff die Lippen zusammen.

»Das ist doch gleich bei dir um die Ecke. Du musst denen einfach bloß zeigen, dass das Taxi jetzt sauber ist, und zu allem, was die sagen, nicken«, sagte Mergolan.

»Nee, ich kriech vor denen nicht rum.«

»Was ist denn los?«, fragte ich.

Mergolan seufzte und drehte an einem seiner Bartenden.

»Gestern hat sich jemand beschwert, weil Dietrichs Taxi so dreckig war, und jetzt muss er es bei der Wirtschaftsbehörde vorführen.«

»Tu ich nicht«, sagte Dietrich.

Mustafa wischte sich die Hände am Blaumann ab.

»Das sah da drin aber auch aus. Warum sammelt ihr nicht wenigstens den Müll aus dem Fußraum oder leert mal die Aschenbecher aus?«

Er zeigte auf mich.

»Du bist auch so'n Schwein. Neulich wollte ich beim Zwodoppelvier eine Sicherung austauschen. Da hab ich erst gemerkt, dass du das ganze Armaturenbrett mit Kaugummis vollgeklebt hast. Die durfte ich dann alle abkratzen. Denkst du, das macht mir Spaß?«

»Tut mir leid«, sagte ich, »kommt nicht wieder vor.«

»Ich fahr da jedenfalls nicht hin.«

Dietrich verschränkte die Arme.

»Mußt du aber«, sagte Mergolan, »sonst verlierst du deinen Taxischein.«

»Ist mir egal. Ich mach das nicht«, sagte Dietrich und sah mich an.

»Das ist doch wohl nicht dein Ernst«, sagte Mergolan, aber ich kannte Dietrich inzwischen gut genug, um zu wissen, dass er lieber seine Existenzgrundlage verlor, bevor er sich von jemandem maßregeln ließ.

»Ich kann das Taxi hinbringen«, sagte ich. »Oder wissen die, wer gestern gefahren ist?«

Mergolan griff erleichtert in den Pistazientopf auf seinem Schreibtisch.

»Ah, würdest du das machen? Sehr gut. Ich kann's schlecht selbst machen.«

»Du brauchst da nicht hinzugehen«, sagte Dietrich, sah aber ebenfalls erleichtert aus.

»Macht mir nichts aus«, sagte ich.

»Du brauchst da nicht für mich hinzugehen«, wiederholte Dietrich trotzig. »Ich geh da jedenfalls nicht hin.«

»Ich fahr dir den Fünfnullacht aus der Werkstatt«, sagte Mustafa.

43

Marco beugte sich über die Bettkante und zog zwei Stücke gelber Wäscheleine unter seinem Bett hervor. Ich war schon dabei, mich anzuziehen.

»Ich möchte, dass du noch ein bisschen bleibst«, sagte Marco und band das eine Stück um mein linkes Handgelenk und befestigte es an dem Holzbogen über dem Kopfende seines Bettes. Auffordernd streckte er seinen kurzen Arm nach meiner rechten Hand aus. Nach kurzem Zögern hielt ich sie ihm hin. Er schlang das andere Leinenstück um mein rechtes Handgelenk, wartete, dass ich mich wieder auf den Rücken legte, und befestigte es ebenfalls am Kopfende.

»Ich muss aber los«, fiel mir in diesem Moment ein, »ich hab die Miete noch nicht zusammen. Eigentlich hätte ich heute überhaupt nicht kommen dürfen. Das Geschäft ist im Moment total schlecht.«

Marco legte den Finger auf meinen Mund.

»Dafür ist es jetzt zu spät«, sagte er und ließ seinen Finger über mein Kinn den Hals hinunterrutschen.

»Nein«, sagte ich, »mach den Quatsch wieder ab. In zehn Minuten ist die Staatsoper zu Ende. Ich kann es mir nicht leisten, hier rumzuliegen. Außerdem finde ich das sowieso peinlich.«

Statt einer Antwort setzte Marco sich auf mich. Mein Hemd war immer noch aufgeknöpft. Er schob die beiden Hälften langsam zur Seite.

»Ich muss echt los. Außerdem sitzt du genau auf meinen Hüftknochen. Du tust mir weh.«

»Du musst gar nicht los«, sagte Marco. »Du hast alle Zeit der Welt. Entspann dich.«

Er sah auf mich herunter und strich über meine Rippen.

»So, jetzt ist Schluss«, sagte ich. »Mach mich los. Ich finde das nicht mehr witzig. Ich will, dass du mich losbindest. Und zwar jetzt. Ich mein das ernst.«

»Merkst du nicht selber, wie übel das ist, wenn du immer schon nach zwei Stunden wieder abhaust. Du kommst hier angetanzt, wann du willst. Du rufst mich nicht einmal vorher an. Du gehst, wann es dir passt. Und ich darf zu allem ja und amen sagen. Ich darf dich nicht einmal mehr anrufen, weil ja dein Freund ans Telefon gehen könnte. Ich darf überhaupt nichts.«

»Das hast du vorher gewusst«, sagte ich und versuchte, meine Hände aus den Schlingen der Wäscheleine zu winden. »So oder gar nicht. Du kannst ja jederzeit Schluss machen, wenn es dir nicht mehr passt.«

»Warum machst *du* nicht endlich mit deinem Freund Schluss. Du hast mir immer noch nicht erklärt, wieso du nicht mit ihm Schluss machen kannst. Du schläfst doch gar nicht mehr mit ihm.«

»Was weißt du denn davon? Du weißt doch überhaupt nichts von Dietrich«, sagte ich. Ich konnte es Marco nicht erklären, weil ich es selbst nicht verstand. Ich war wie eine Gefangene, ich kam da einfach nicht raus.

»Jetzt mach die verdammte Leine weg«, sagte ich, »die schnürt mir das ganze Blut ab. Und geh endlich von mir runter. Du bist total schwer.«

»Ich weiß, dass du zweimal die Woche herkommst, um mit mir zu schlafen. Also kann das ja wohl nicht so doll sein mit deinem Freund. Mach endlich Schluss. Ich will richtig mit dir zusammen sein. Ich will, dass du die ganze Nacht bei mir bleibst und mit mir zusammen aufwachst.«

Er saß immer noch auf mir drauf und machte keine Anstalten, mich loszubinden. Meine Hände waren schon ganz taub. Ich war kurz davor zu heulen.

»Warum sollte ich das tun«, schrie ich ihn an. »Du hast von Anfang an gewusst, dass ich mit jemandem zusammen bin. Du hast gar kein Recht, irgendwas von mir zu verlangen. Ich hab dir überhaupt nichts versprochen. Immer soll ich irgendetwas tun. Immer will jemand, dass ich irgendetwas tue. Warum könnt ihr mich nicht alle zufrieden lassen?«

»Wieso hab ich kein Recht, etwas von dir zu verlangen?«, sagte Marco. Sein Gesicht war auf einmal sehr bleich. Die Sommersprossen zeichneten sich deutlich ab.

»Bind mich los«, schrie ich. »Meine Hände sterben ab. Mach mich sofort los. Ich hasse dich.«

»Warum hab ich kein Recht, irgendetwas von dir zu verlangen?«

»Mach mich los, mach mich los. Es tut so weh.«

Ich wollte nicht heulen, aber plötzlich liefen mir Tränen übers Gesicht. Ich versuchte, wenigstens den Kopf wegzudrehen. Marco hielt mich am Kinn fest.

»Warum hab ich kein Recht? Sag es!«

»Weil du hässlich bist«, schrie ich ihn an, »weil du scheiße aussiehst. Mach mich endlich los.«

Der erste Schlag traf mich auf den Rippen, dann schlug er mir zweimal in den Bauch. Mir blieb die Luft weg. Aber schlimmer war, dass ich instinktiv versucht hatte, die Arme herunterzureißen. Jetzt schnitt die Wäscheleine tief in meine Handgelenke. Meine Finger fühlten sich an, als würden sie gleich platzen. Marco stieg endlich von mir herunter. Er blieb auf der Bettkante sitzen und hielt die Hände vors Gesicht. Seine Schultern zuckten.

»Bitte«, jaulte ich, »bind mich los. Es tut so furchtbar weh. Bitte, bitte, bitte.«

Marco drehte sich mit verzerrtem Gesicht zu mir um.

»Wir müssen darüber reden«, sagte er. »Ich wollte das nicht. Ich habe so etwas noch nie gemacht. Du darfst nicht weglaufen, wenn ich dich losbinde. Versprich, dass du nicht gleich wegläufst. Versprich, dass du erst mit mir redest.«

»Ja«, sagte ich, »ja, ja, ja. Ich lauf nicht weg. Bitte, mach mich los. Bitte, bitte, schnell.«

Marco sah jetzt zum ersten Mal auf meine Hände, die inzwischen dunkelblau angelaufen waren. Er sprang auf, rannte in die Küche und kam mit einer Schere und einem scharfen Fleischermesser zurück. Mit dem Messer gelang es ihm, die Leinen durchzusägen. Im ersten Moment, als mir das Blut zurück in die Hände schoss, tat es noch mehr weh. Ich rannte hin und her und hielt die Arme über den Kopf.

»Geht es wieder?«, fragte Marco. »Ich hab das nicht mitgekriegt, dass deine Hände so aussehen. Soll ich mit dir ins Krankenhaus fahren? Es tut mir so leid. Ich kann dir gar nicht sagen, wie leid mir das tut.«

Ich wartete, bis der Schmerz so weit nachgelassen hatte, dass ich nicht mehr von einer Ecke in die andere rennen musste. Dann suchte ich meine Sachen zusammen, schlüpfte in meine Stiefel und stopfte mein Hemd in die Hose. Knöpfe schließen ging noch nicht.

»Geh bitte nicht«, flehte Marco. »Ich weiß nicht, was in mich gefahren ist. Lass uns darüber reden. Wenn du jetzt gehst, kommst du nicht wieder. Ich weiß, dass du dann nicht wiederkommst.«

Ich nahm mit steifen Fingern meine Jacke. Marco stellte sich vor die Wohnungstür und versperrte mir den Weg.

»Bitte«, sagte er, sah zu mir hoch und fasste nach meinem Arm. Ich wich einen Schritt zurück.

»Du hast doch nicht etwa Angst vor mir?«

Bestürzt trat er zur Seite, und ich machte, dass ich aus der Wohnung kam.

44

Ich steckte das Taxifahren nicht mehr so einfach weg wie am Anfang. Zweihundert Kilometer jede Nacht. Dunkelheit und Regen, beschlagene Scheiben, abgenutzte Wischerblätter und unbeleuchtete Hausnummern. Auf den Verkehr achten und dabei auch noch auf den Funk hören und den Weg kennen oder wenigstens so tun, als wüsste man Bescheid, und heimlich den Stadtplan neben das Bein legen, und wenn man an einer roten Ampel wartete, unauffällig einen Blick hineinwerfen und gleichzeitig auch noch die passenden Antworten auf das bösartige oder auch einfach nur verrückte Geschwätz der Fahrgäste parat haben. Manchmal fühlte ich mich wie unter Wasser. Die Geräusche drangen nur noch gedämpft zu mir, und ich schwebte durch eine stille Welt voller Schatten, Ampeln, Fahrbahnmarkierungen und rot glühender Bremslichter. Hin und wieder huschte eine Chromschnauze vorbei und leuchtete mir anmaßend ins Gesicht. Wenn es ganz hart kam, kriegte ich Halluzinationen. Ein Anläufer winkte am Straßenrand, ich sah ihn deutlich, er hatte eine Aktentasche dabei und trug einen gelb-blau gestreiften Schlips. Doch wenn ich neben ihm hielt, war dort nur noch eine Parkuhr. Oder ein zwei mal zwei Meter großer Quader stand plötzlich mitten auf der Straße. Ein massiver, schwarzer Klotz, der etwas einschüchternd Religiöses an sich hatte. Aber als ich zehn Zentimeter vor ihm mit quietschenden Reifen zum Stehen kam, war der Klotz plötzlich nur noch zweidimensional, war nur noch ein dunkler Teerflicken auf der Straße. Zeit, die Firma anzusteuern und Feierabend zu machen. Die einfachsten Subtraktionen auf dem Tourenblock führten mich an die Grenzen meiner Konzentrationsfähigkeit. Wenn ich alle Zahlen übertragen hatte, war die Versuchung groß, noch einen Augenblick im Taxi sitzen zu bleiben und kurz die Augen zu schließen. Ich musste mich zwingen, sofort auszusteigen und mit dem Rad nach

Hause zu fahren. Denn wenn ich das nicht tat, schlief ich unweigerlich ein. Und erwachte erst wieder, wenn der Tagfahrer ans Fenster klopfte.

45

Der Funny Club war wieder geöffnet worden. Also stand ich gegen drei Uhr morgens mit dem Taxi wieder am Siemersplatz. Der Wind peitschte Regen und aufgeweichtes Laub gegen die Fenster. Neben mir im Wagen saß Udo-Zwonullfünf und schaffte es, gleichzeitig in seinem Suhrkamp-Band zu lesen und von seiner Freundin zu erzählen. Udo-Zwonullfünf hatte das eherne Gebot, alle Fahrgäste mit Verachtung zu strafen, gebrochen und etwas mit einer jungen Frau namens Ellen angefangen, die mit ihm vom Hauptbahnhof nach Rothenburgsort fahren wollte. Er hatte sie für ein Model gehalten. Models waren ja die einzigen Fahrgäste, die nicht verachtet wurden. In Wirklichkeit war seine Freundin aber Friseurin, wie Udo-Zwonullfünf mir jetzt erzählte. Friseurin – da war ich doch erstaunt. Wie hielt ein handwerklich und praktisch veranlagter Mensch es nur mit Udo-Zwonullfünf aus. Immer diese Suhrkamp-Bücher, selbst beim Essen.

»Ich weiß, dass andere Paare schnell in so einen Trott geraten«, sagte Udo-Zwonullfünf, ohne den Blick von der Buchseite zu nehmen, »bei uns ist das anders. Wir sind zwar schon vier Wochen zusammen, aber praktisch immer noch in der Werbungsphase. Und wir wissen, dass wir gut füreinander sind.«

Die hintere Tür ging auf, und Rüdiger setzte sich zu uns.

»Ah, du trägst ein neues Sweatshirt«, sagte er zu mir. Das stimmte. Auf dem Sweatshirt war ein Emblem mit einem Eisbärkopf und darüber stand etwas, das den Eindruck erwecken sollte, dass das Shirt 1956 in Aspen gekauft worden wäre.

»Ich ziehe ja grundsätzlich keine Kleidungsstücke an, auf denen irgendetwas gedruckt steht«, fuhr Rüdiger fort. »Ich lauf d-doch nicht mit der schwachsinnigen Meinung von jemand anderem herum. Ich trage noch nicht mal T-Shirts, auf die ein Bild gedruckt ist, womöglich noch ein witziges – igitt.«

»Ich würde nicht mal ein Buch lesen, auf das v-vorne ein Bild gedruckt ist«, sagte Udo-Zwonullfünf. In letzter Zeit hatte er das leichte Stottern von Rüdiger übernommen.

»Das ist doch Unfug, das ist doch kein Kriterium«, sagte ich. »Sogar deine Suhrkamp-Bücher haben manchmal ein Bild.«

»Nein, haben sie nicht«, erwiderte Udo-Zwonullfünf gereizt, »das ist eine völlig andere Suhrkamp-Reihe, die du meinst. Und diese Sorte von Büchern lese ich eben nicht. Ich lese keine Romane. Du wirst mich nie mit einem Buch antreffen, das auf dem Umschlag ein Bild hat.«

»Die Unterhaltungsfunktion von Büchern ist ja auch längst überholt«, sagte Rüdiger. »Wer sich unterhalten lassen will, k-kann das viel besser tun, indem er den Fernseher anstellt. Die Funktion von Büchern kann heute nur noch in der geistigen Erfrischung bestehen. Übrigens hat mich Dietrich damit überrascht, dass du selber an einem Buch schreibst. Stimmt das? Ein Buch über das Verhältnis der Geschlechter? Aus der Sicht einer jungen Frau, nehme ich doch an?«

Ich war stocksauer. Wie hatte Dietrich das nur ausplaudern können. Und dann noch vor Rüdiger.

»Völlig falsch«, sagte ich. »Es ist kein Buch, sondern bloß eine Kurzgeschichte. Und es geht um das Stockholm-Syndrom. Dass das eben nicht nur bei Entführungsopfern auftritt, sondern auch bei Hausfrauen …«

»Na, da bin ich aber gespannt«, rief Rüdiger und lächelte hinterhältig. »Jetzt orientierst du dich also an Simone de Beauvoir und Alice Schwarzer. Na, der Mensch bleibt eben nicht stehen in seiner Entwicklung. Jedenfalls sollte er es nicht.«

»Also, das Stockholm-Syndrom funktioniert doch so«, sagte ich trotzig, »dass jemand, den du entführst und in einen dunklen Keller sperrst, sich freut, wenn du zwei Tage später mal nach ihm siehst. Der kann gar nicht anders, als sich freuen, dass da endlich jemand kommt. Auch wenn es der ist, der ihm das alles eingebrockt hat. Und das gilt eben nicht nur für Entführungsopfer, das gilt genauso gut für Haustiere oder Hausfrauen.«

»Haustiere und Hausfrauen, soso«, sagte Rüdiger. Er und Udo sahen sich an und zogen belustigt die Augenbrauen hoch.

»Ja, Hunde zum Beispiel. Egal, was für ein mieser Mensch du bist, dein Hund wird dich lieben. Weil er keine andere Wahl hat. Und so funktioniert das eben auch mit Hausfrauen. Man isoliert sie von jedem auch nur halbwegs interessanten Kontakt, und dann lechzen sie natürlich danach, dass der Ehemann nach Hause kommt und ein bisschen von der großen weiten Welt erzählt. Deswegen macht man das ja auch. Damit der Ehemann – der den ganzen Tag im Büro faul in der Nase gebohrt hat – sagen kann:

Du Schatz, ich hatte heute einen anstrengenden Tag, lass mich doch erst mal zur Ruhe kommen. Und seine Frau verschwindet dann brav in der Küche, um dem Mistkerl das Abendbrot zu bereiten. Weil sie es sich nicht leisten kann, ihn zu hassen. Sie muss ihn lieben und bewundern, egal, wie ekelhaft er ist. Denn sonst ist da keiner. Sonst ist da gar nichts. Verstehst du?«

»Du hast also herausgefunden, dass die Beziehung zwischen Mann und Frau wesentlich von Manipulation, Hass und Ekel bestimmt wird«, sagte Rüdiger sinnend. »Das ist radikal. Eine völlig neue Erkenntnis und Einsicht. Bravo! Aber du musst damit rechnen, dass deine Mitmenschen erst einmal schockiert sein werden. Dietrich zum Beispiel. Gilt das denn auch für ihn, was du da sagst?«

»Wie soll das denn für Dietrich gelten? Ich bin doch keine Hausfrau.«

Dauernd versuchte Rüdiger, mich über Dietrich auszuquetschen. Ich ging nicht darauf ein, aber natürlich war mir klar, dass Rüdiger gar nicht so daneben lag. Wenn hier einer mit dem Stockholm-Syndrom zu kämpfen hatte, dann war ich das vermutlich selber. Warum erzählte ich denn ausgerechnet diesem Frauen hassenden Wichtigtuer von meiner Kurzgeschichte? Weil ich niemanden sonst hatte, mit dem ich darüber reden konnte. Dietrich interessierten nur die eigenen Ansichten, die er längst und unumstößlich über alles hatte. Meine Familie hielt mich für einen unfähigen Trottel, der ihnen irgendwann auf der Tasche liegen würde, und Fahrgäste kamen ja wohl nicht in Frage. Marco auch nicht mehr. Der wäre vielleicht der Einzige gewesen, dem ich gern davon erzählt hätte. Blieben noch Taximörder, die beiden Udos und Rüdiger. Ich war wie ein einzelner Orang-Utan, den ein geiziger Zoo aus Raummangel mit im Schimpansengehege hielt, wo ihn die Schimpansen zwangen, ein Schimpansenleben zu führen, und ihm gleichzeitig ständig vorhielten, dass er niemals etwas so Tolles wie ein Schimpanse sein würde.

»Beim Stockholm-Syndrom geht es überhaupt nicht um Entführungen, das ist etwas völlig anderes«, sagte Udo-Zwonullfünf. »Beim Stockholm-Syndrom geht es um Geiselnahme. Die Geiseln f-fangen irgendwann an, sich mit den Zielen der Geiselnehmer zu identifizieren.«

»Ist doch egal, wie das heißt«, sagte ich. »Dann eben Hausfrauensyndrom. Das geht doch nicht um den Namen, sondern um die Wahrheit. Dass das Hausfrauendasein erfunden worden ist, um Frauen in emotionaler Abhängigkeit zu halten. Damit auch dumme oder unfähige Männer eine Frau beherrschen können. Damit noch der letzte Blödmann eine Frau abbekommt.«

»Oho, unsere kleine Feministin hat die Wahrheit über das Verhältnis der Geschlechter herausgefunden«, rief Rüdiger. »Respekt, das ist mir freilich noch nicht gelungen, obwohl ich schon seit mehreren Jahren über das Thema nachdenke. Was für eine Art von Wahrheit meinst du eigentlich, den voraristotelischen Wahrheitsbegriff v-von Heidegger oder gar den prädikativen?«

»Wobei man b-beim p-prädikativen Wahrheitsbegriff natürlich noch wissen müsste, ob du ihn a-attributiv oder substantivisch verwendet wissen willst«, ergänzte Udo-Zwonullfünf.

»Die Wahrheit eben«, sagte ich, »so wie es ist, obwohl man es gern anders hätte.«

Rüdiger lächelte fein.

»Na, dann ist es natürlich ein überaus notwendiges, menschheitsgeschichtliches Buch. Dann verdient es, ein Bestseller zu werden, und gehört in jedes Haus, als Pflichtlektüre für alle, die endlich Bescheid wissen wollen.«

»Kein Buch«, sagte ich, »eine Kurzgeschichte.«

»Ein Werk in aufrichtig protestantischem Geist«, fuhr Rüdiger unbeirrt fort, »in guter christlich-abendländischer Tradition, von protestantischer Strenge und Konsequenz.«

»Vierdreiacht?«

Beinahe hätten wir das Funkgerät überhört.

»Ja, Vierdreiacht im protestantischen Taxi von Zwodoppelvier.«

»Sehr interessant, Vierdreiacht. Wären Sie trotzdem bereit, Melanie im Funny Club abzuholen?«

»Funny Club für Melanie, danke Vierdreiacht.«

»Danke Vierdreiacht.«

»Darf ich dir mal was sagen?«, fragte Udo-Zwonullfünf, als Rüdiger ausgestiegen war.

»Was?«

»Du hältst dich wahrscheinlich für intellektuell, weil du irgend so ein Buch schreibst ...«

»... Kurzgeschichte ...!«

»... aber ich glaube, im Grunde versuchst du bloß, uns nachzumachen. Du willst so sein wie wir.«

»Was? Wie bitte?«

»Siemersplatz?«

»Zwodoppelvier«

»Zwodoppelvier. Lockstedter Steindamm der Funny Club für Natascha.«

»Funny Club für Natascha. Danke Zwodoppelvier.«

»Danke Zwodoppelvier.« Udo-Zwonullfünf stieg aus.

Natascha, das war immer eine Supertour, weil sie in Pinneberg wohnte. Eine Zwanzig-Kilometer-Strecke, und der größte Teil davon war Autobahn.

46

Ich fuhr nach Poppenbüttel, eine alte Frau wollte zu einem Altersheim am Ende der Alten Landstraße. Es war am frühen Abend, und die Sonne schien vom Oktoberhimmel herunter und tauchte alles in ein goldenes Licht. Die Frau hatte weiße Haare, sie war sehr schlank und groß, trug eine Hornbrille und hatte einen hellbraunen Mantel an. Alte Frauen aus der Mittelschicht fuhr ich am liebsten. Diese gutartigen, von ihrer eigenen Unwichtigkeit zutiefst überzeugten Kleinbürgerinnen beschwerten sich nie. Weder Weltkriege noch Inflationen hatten ihr Vertrauen in die Welt erschüttern können. Ohne die geringsten Bedenken lieferten sie sich Ärzten, Handwerkern, Altenheimen, Bus- und Taxifahrern aus. Mit ihnen konnte man mit hundert Sachen durch den Stadtverkehr flitzen, ohne dass sie auch nur mit der Wimper zuckten.

Im Radio lief dieses schwermütige Lied aus *Cats*.

»Dieses Lied bringt mich zum Weinen«, sagte die alte Frau. »Immer wenn ich es höre, muss ich weinen.«

Sie weinte aber überhaupt nicht, jedenfalls waren ihre Augen trocken.

»Ich bin jetzt achtundachtzig Jahre«, sagte sie, »und ich weiß ja, dass das alt ist und dass ich jeden Tag damit rechnen muss, tot umzufallen – aber ich kann es mir einfach nicht vorstellen. Ich kann mir das einfach nicht vorstellen, dass ich jetzt sterben werde.«

Ich nickte. Es kam nicht oft vor, dass eine alte Frau etwas Interessantes oder auch nur Persönliches sagte, deswegen war ich nicht vorbereitet. Ich wollte etwas Tröstliches antworten, aber mir fiel nichts Tröstliches ein, was nicht vollkommen verlogen gewesen wäre.

»Achtundachtzig Jahre, das ist ja auch viel zu kurz«, sagte ich schließlich. »Fünfhundert oder wenigstens dreihundert Jahre, damit könnte man etwas anfangen. Man hätte Zeit, sein Leben auf die Reihe zu kriegen, und man könnte vielleicht jemanden finden, der einem wirklich etwas bedeutet. Fünfzig Jahre braucht man doch allein schon, um herauszubekommen, was man eigentlich will. Und siebzig Jahre, um die wichtigsten Bücher zu lesen. Und dann will man ja vielleicht auch noch ein paar alberne Hobbys haben, und dann geht ja noch so wahnsinnig viel Zeit mit solchen Sachen wie Schuhbandzumachen oder Staubwischen drauf.«

»Ich kann es mir nicht vorstellen«, wiederholte die alte Frau. »Eben ist man noch da, und eine Sekunde später plötzlich nicht mehr. Einfach tot.«

»Ist noch für keinen eine Ausnahme gemacht worden«, sagte ich. »Ich fürchte mich auch. Das mit dem Alter und der Sterblichkeit ist wirklich eine Sauerei.«

Sie hielt mir betrübt ihre Hände hin.

»Wissen Sie, wie das heißt?«, fragte sie und zeigte auf die braunen Flecken auf ihrer linken Hand. »Friedhofsblumen. Das sind Friedhofsblumen.«

»Ich habe neulich einen jungen Mann gefahren«, sagte ich, »der in London in einem Sterbehospiz arbeitet. Das

Erschreckende, hat der zu mir gesagt, das Erschreckende ist, dass die Leute vor ihrem Tod alle so voller Wut und Reue sind. Sie sind wütend, dass sie es so lange in einem miesen Beruf ausgehalten haben, oder dass sie immer noch mit ihrem Ehepartner zusammen sind, obwohl sie ihn längst nicht mehr lieben. Einige wollen nicht einmal, dass ihre Ehemänner oder Ehefrauen sie noch besuchen.«

»Ich bin nicht wütend«, sagte die alte Frau. »Ich will bloß nicht sterben.«

Ich ließ sie auf dem Gelände der schicken, modernen Altenwohnanlage heraus. Die Büsche und Bäume leuchteten in allen erdenklichen Rottönen. Überall standen nette kleine Bänke herum. Sogar ein Gartenschach gab es. Die alte Frau schlurfte langsam, aber sehr aufrecht davon.

Ich legte den Rückwärtsgang ein und machte mich wieder auf den Weg zurück in die Innenstadt. Die letzten Nachzügler des Feierabendverkehrs kamen mir entgegen. Mit verbiesterten Gesichtern saßen sie in ihren angezahlten Golfs und Kadetts und BMWs und hatten es eilig, vor den Fernseher zu kommen. Die würden auch alle sterben. Genau wie ich. Wenn ein Krieg ausbrach oder ein Atomkraftwerk in der Nähe hochging, würden wir sterben, und wenn kein Krieg ausbrach und kein Atomkraftwerk hochging, würden wir auch sterben. Das war das eigentliche Problem. Auch wenn ich keine Milch trank und keine Pilze aß und keinen Autounfall hatte und mir jeden Abend die Zähne putzte – in ein paar Jahren würde ich tot sein. Und falls ich mir vorher die Zeit nahm, über mein Leben nachzudenken, würde ich wahrscheinlich sehr wütend werden.

2. TEIL

September 1989 – Juni 1990

1

Und dann waren fünf Jahre um, und ich fuhr immer noch Taxi. Zur Reeperbahn. Zum Flughafen. Zum Mittelweg. Die Fahrgäste wurden immer hässlicher, dreckiger und boshafter, und sie stellten immer noch die gleichen Fragen. »Haben Sie keine Angst? Ja, sagen Sie mal, haben Sie denn überhaupt keine Angst?« Ich antwortete, ohne zu wissen, was ich sagte, schaltete, ohne zu wissen, wo ich gerade lang fuhr. Am Ende einer Nacht konnte ich mich nicht einmal mehr erinnern, in welchen Stadtteilen ich gewesen war. Die Touren verschmolzen zu einem Brei aus Lichtern, Straßen, Zigarettenrauch und ewig gleichem Gerede. Und dann das Warten. Immer nur warten. Am Posten Karl-Muck, am Siemersplatz, am Großneumarkt. Und wenn man dann endlich eine Tour vermittelt bekommen hatte, musste man wieder warten, vor dem Springer Verlag, vor dem Funny Club, vor dem Chesa, unter der Brücke für Hansafilm Wendt, vor irgendeiner zerschrammten Haustür. Ich wartete vor Ampeln, ich wartete darauf, dass die Fahrgäste endlich ausstiegen. Natürlich gab es noch viel Schlimmeres, als Taxifahrerin zu sein, mir fiel bloß nichts ein. Außerdem gab es sowieso keinen Ausweg. Was hätte ich machen sollen? Wenn ich mich entschieden hätte, ein Studium anzufangen, hätte ich wahrscheinlich fünf Jahre auf einen Studienplatz warten müssen. Wieder warten.

Dabei war ich jetzt schon zu alt. Langsam begriff ich, warum die alten Taxifahrer die jungen so hassten. Es war diese noch ungebrochene Kraft, mit der die jungen Fahrer eine Tour nach der anderen rissen, die Leichtigkeit und der Spaß, mit der sie eine Arbeit erledigten, die mir das Mark aus den Knochen saugte. Wenn ich nur nicht immer so schrecklich müde gewesen wäre. Die ganze Nacht hielt ich schon lange nicht mehr durch. Spätestens gegen drei Uhr morgens machte ich schlapp. Manchmal brach ich die Schicht auch schon um Mitternacht ab und kam mit fünfzig oder sechzig Mark nach Hause. Oder ich fuhr tagelang gar nicht, lag im Bett und sah fern. Mit mir war es vorbei. Ich hatte einfach keinen Biss mehr. Jede Bewegung kam mir ungeheuer anstrengend vor. Und sinnlos. Essen, trinken, aufstehen, sich die Zähne putzen – wozu eigentlich? Je länger ich im Bett lag, desto schwieriger erschien es mir, je wieder aufzustehen. Im August bekam ich nicht einmal mehr das Geld für die Miete zusammen und musste mir den Rest von Dietrich leihen. Von Nacht zu Nacht wurde ich müder und hörte eher auf. Ich musste das ausgleichen, indem ich früher anfing. Wenn in der Firma ein Taxi frei war, fuhr ich schon am Nachmittag los. All die hässlichen Menschen bei voller Beleuchtung. Das siffige Armaturenbrett und die überquellenden Aschenbecher. Stinkender, klebriger, widerlicher Dreck von stinkenden, klebrigen, widerlichen Menschen. Ich betete immer, dass es möglichst schnell dunkel werden sollte.

2

Es war Sonntag. Nachmittags. Seit zwei geschlagenen Stunden wartete ich am Glockengießerwall vor dem Hauptbahnhof. Zuerst hatte ich in dem stickigen Kabuff meines Taxis vor mich hin geschmort, dann hatte ich mich in die sengende Sonne gestellt. Nächste Woche fing offiziell der Herbst an, aber es war heiß wie im Juli. Nicht weit von mir standen drei alte Taxifahrer und unterhielten sich. Das hieß, einer von ihnen redete, erzählte von seiner letzten Tour, wo er gewesen war, was sein Fahrgast gesagt hatte und was er darauf geantwortet hatte. Die anderen beiden hörten nicht richtig zu, warteten ungeduldig darauf, dass er fertig wurde. Dann fing der nächste an. Sie wechselten sich ab, ertrugen gegenseitig ihre unglaublich langweiligen Geschichten und erwarben damit das Recht, die eigenen loszuwerden. Endlich kamen ein paar Reisende aus dem Hauptbahnhof. Bei mir stieg eine Frau ein. Sie war etwa vierzig Jahre alt, trug ein elegantes graues Kostüm und hatte nur eine kleine Tasche dabei – ein schlechtes Zeichen.

»Zum Atlantik-Hotel.«

Ich fuhr los, bog in die Ernst-Merck-Straße. Ein Schweißtropfen bahnte sich seine Spur durch den Nikotinfilm auf meiner Stirn. Wahrscheinlich wusste die Frau einfach nicht, dass das Hotel gleich um die Ecke lag.

»Ich hoffe, es macht Ihnen nichts, dass es nur eine Kurztour ist«, sagte sie spitz. Sie wusste also ganz genau, was sie mir da gerade antat. Aber es genügte nicht, dass ich sie anstandslos hinchauffierte, nein, ich sollte auch noch so tun, als ob es mir nichts ausmachte.

»Kommt halt mal vor«, sagte ich friedlich.

Sie sagte nichts mehr, dafür war ja auch keine Zeit, weil wir bereits beim Atlantik vorfuhren. Aber das Schicksal meinte es nicht nur schlecht mit mir – am Hoteleingang warteten bereits zwei Männer in dunkelblauen Anzügen und mit blockartigen schwarzen Koffern. Eine Flughafentour, jede Wette. Und am Posten Atlantik stand kein Taxi. Der Portier in seiner Fantasia-Uniform hielt der Frau die Tür auf.

»Dreizwanzig bitte«, sagte ich.

Da brach es aus ihr heraus:

»Sie sind die unhöflichste Taxifahrerin, die mir je begegnet ist. Ich finde Ihr Benehmen unmöglich. Übrigens sind Sie verpflichtet, Kurztouren anzunehmen.«

»Ja, stimmt.«

Ich wollte ihr auf keinen Fall irgendeinen Ansatzpunkt für eine längere Diskussion geben. Die Alte sollte aussteigen, und zwar schnell, bevor ein anderes Taxi kam und mir die Flughafen-Fahrgäste wegschnappte. Sie suchte ein Fünfmarkstück aus ihrem Portemonnaie.

»Normalerweise gebe ich den Taxifahrern immer zehn Mark. Aber Sie waren einfach zu unverschämt. Eigentlich sollte ich Ihnen gar kein Trinkgeld geben. Aber da es wirklich eine sehr kurze Tour war, dürfen Sie den Rest trotzdem behalten.«

Herrje, immer diese Erziehungsversuche durch Trinkgeldentzug. Normalerweise hätte ich ihr die Groschen vor die Füße geworfen, aber im Rückspiegel sah ich, dass sich ein Taxi näherte. Noch war es weit genug entfernt. Wenn das Weib mir jetzt endlich das Fünfmarkstück in die Hand drückte und ihren Hintern aus meiner Taxe hob, hatte ich vielleicht noch eine Chance.

»Schreiben Sie mir eine Quittung.«

Der Portier eilte nach vorn, um den beiden Business-Class-Fliegern den Schlag des gerade vorfahrenden Taxis aufzuhalten. Da ging sie hin, die Tour, die mir den Funken Lebensmut gegeben hätte, den ich so dringend brauchte, um die nächsten Stunden durchzuhalten. Ich schrieb die Rechnung und gab sie der Pissnelke.

»Da steht ja: zweiunddreißig Mark. Wieso geben Sie mir eine Quittung über zweiunddreißig Mark?«

Sie sah mich böse und misstrauisch an, aber dann kam ein gieriges Glitzern in ihre Augen, und sie steckte die Quittung in ihr Portemonnaie und stieg endlich aus. Am Posten Atlantik standen jetzt schon wieder drei Taxis.

3

Als ich zum Glockengießerwalll zurückkam, reichte die Taxi-Warteschlange bis auf die Straße hinaus. Ich bog in die Mönkebergstraße ein. In den Schaufenstern nichts als warme Mäntel, Schals und Mützen. Und hier draußen diese Hitze. Vor Karstadt stand nur ein einziger Wagen. Sein Funkschild war ein Regenbogen in Plexiglas mit der Funknummer darunter. Der Fahrer, ein dünner, käseweißer Junge mit roten Haaren saß auf der Kühlerhaube und blinzelte in die Sonne. Die Luft waberte über dem heißen Asphalt. Einzelne Fußgänger schleppten sich von Schatten zu Schatten. Als ich hinter seinem Taxi hielt, kam der Rothaarige zu mir herüber.

»Ist das ’ne Mergolan-Kutsche?«, fragte er. »Sag bloß,

das ist 'ne Mergolan-Kutsche. Wieso fährst du denn so 'ne Schrottkiste?«

Ich stieg ebenfalls aus. Er ging mit prüfendem Blick um meinen Mercedes herum und sah sich die Funknummer an.

»Ach, du bist die legendäre Zwodoppelvier? Na endlich. Dich wollte ich schon immer mal kennenlernen.«

Taxifahrer haben keine Zeit für lange Einleitungen und subtile Annäherungen. Jeden Moment kann ja ein Fahrgast auftauchen und das Gespräch abrupt beenden. Und bis dahin muss alles gesagt sein.

Er hieß Tossi und studierte Philosophie.

»Wieso fährst du denn beim Regenbogenfunk«, fragte ich, »da musst du doch immer diese Nicaragua-Schichten fahren. Machst du da etwa mit? Gibst du da echt deine ganzen Einnahmen ab?«

»Ja, klar«, sagte Tossi. »Manchmal fahr ich auch eine Solidaritätsschicht für Nicaragua.«

Ich schüttelte ungläubig den Kopf.

»Und wenn du in so einer Nacht eine Fernfahrt nach – sagen wir mal nach – Kassel bekämst? Würdest du da auch das ganze Geld abgeben?«

»Weiß nicht. Vielleicht. Vielleicht würde ich auch einen Teil einfach einstecken. Schwer zu sagen.«

Dann zeigte Tossi auf seine Fahrertür und machte ein gequältes Gesicht.

»Wie findest du das?«

Auf der Tür klebte das Bild eines riesigen, fetten Comic-Bären, der ein gelbes T-Shirt trug und für einen Freizeitpark Reklame machte. Auf dem T-Shirt des Bären stand WUMBO.

»Damit fahr ich nicht, hab ich zu meinem Chef gesagt. Und weißt du, was der darauf geantwortet hat? … *Das ist doch lustig*. Das ist doch lustig. Ist das zu fassen?«

»Kuck dir meine Taxe an«, ich wies mit dem Kinn hinter mich. Auf meiner Fahrertür stand JAWOLL MEINE HERR'N, SO HABEN SIE ES GERN. SAUNACLUB RELAX.

»Ja, aber WUMBO ist doch viel schlimmer«, rief Tossi und hielt gleichzeitig einer Frau die hintere Tür auf. Er winkte mir zu. Dann stand ich ganz allein vor Karstadt, die Sonne kachelte auf mich herunter. Weit und breit war kein Mensch zu sehen. Ein leerer Bus fuhr langsam die Mönkebergstraße hoch.

4

Ich parkte mein Fahrrad im dunklen Hinterhof. Der Vorderreifen war platt. Das letzte Stück hatte ich schieben müssen. Es war abends um elf. Seit es kälter geworden war, verdiente ich wieder besser. Außerdem lief gerade die Bootsmesse, und gestern war das internationale Schiffsmaklertreffen gewesen. Die ganze Stadt war voller Reeder und Schiffsmakler, und vor den Zimmern des Funny Clubs wurde immer noch Schlange gestanden. Das Mädchen, das ich nach Hause gefahren hatte, war fix und fertig gewesen, hatte aber beste Laune gehabt und mir zwanzig Mark Trinkgeld gegeben.

Ich beugte mich über den platten Reifen. Plötzlich stand Jens Majewski neben mir. Der Nachbar mit den vielen Freundinnen. Diesmal war er allein.

»He«, sagte Majewski, »du trägst ja eine Brille. Ich wusste gar nicht, dass du eine hast. Steht dir klasse.«

Bestürzt grabschte ich nach meiner Brille, die sowieso schon voller fettiger Fingerabdrücke war. Kontaktlinsen konnte ich ja kaum noch tragen. Auf Grund meiner fortschreitenden Depressionen hatte sich mein Lidschlag auf einmal pro fünf Minuten reduziert, so dass Kontaktlinsen regelmäßig an meiner Hornhaut festtrockneten und ich sie schließlich wie Heftpflaster herunterreißen musste.

»Sieht echt wahnsinnig gut aus«, setzte Majewski nach.

Ich strich mir die fettigen Haare aus der Stirn und klammerte mich an meiner Taxi-Tasche fest. War der blind? Nicht nur die schmierige Brille – ich sah überhaupt verwahrlost aus. In letzter Zeit ließ ich mich ziemlich gehen. Wechselte kaum noch meine Kleider und wusch mich nur noch selten. Manchmal drei Tage lang nicht. Haare sowieso nicht. Sich zu waschen war eine Tätigkeit, die mich allzu schmerzlich in einen Zustand bewusster Wachheit katapultierte.

»Echt, steht dir gut.«

Er hörte einfach nicht auf.

»Ich muss dann mal …«, sagte ich.

»Ich auch. Ciao, man sieht sich.«

Ich baute das Vorderrad aus und nahm es mit. In meinem Briefkasten lag ein Umschlag. Das konnte ich durch das kleine Fenster sehen. Kaum zu fassen. Ich angelte ihn mit den Fingern heraus. Den Briefkastenschlüssel hatte ich längst verloren. Normalerweise bekam ich ja keine Post, nicht einmal Werbebriefe. Ich dachte sofort an Marco. Aber bevor ich auf den Absender schauen konnte, kam Dietrich die Treppe herunter, und ich steckte den Brief schnell in die Tasche. Dietrich trug seine braune Wildlederjacke, also hatte er wohl gerade Pause gemacht und ging jetzt zu seinem Taxi zurück.

»Hier«, sagte ich und griff nach meinem Portemonnaie, »ich kann dir schon mal einen Fünfziger wiedergeben.«

Ich hatte inzwischen über tausend Mark Schulden bei ihm.

»Lass man«, sagte Dietrich, »behalt es einfach. Ich kann dir auch noch mehr geben.«

Geld war immer noch meine schwache Seite. Ich nahm es, wenn man es mir gab. Und wenn man mir mehr gab, nahm ich auch noch mehr. Rüdiger behauptete, dass ich Dietrich ausnutzen würde. Vielleicht stimmte das sogar. Ich konnte es einfach nicht fassen, dass ich jetzt schon fünf Jahre mit ihm zusammen war. Auch wenn das natürlich nicht seine Schuld war. Man konnte von niemandem erwarten, dass er sagte: Okay, wenn du nicht mehr mit mir zusammen sein willst, dann finde ich auch, dass du gehen solltest. Menschen waren anders. Menschen litten, wenn man sie verlassen wollte. Sie sagten: Nein, nein, bleib hier. Das war normal. Und normal war auch, dass man dann trotzdem ging. Und wenn man dazu nicht in der Lage war, stimmte eben mit einem selbst etwas nicht. Warum verschwand ich eigentlich nicht einfach, ohne etwas zu sagen? Die Möglichkeit gab es ja schließlich auch noch. Aber wohin? Und wie sollte ich meine Wohnung kündigen? Und wie sollte ich eine neue Wohnung anmieten? Nein, das ging nicht. Mir wurde schon schlecht, wenn ich nur daran dachte. Am besten, ich brachte mich um. Das war das Unkomplizierteste. Andererseits: vielleicht entwickelte ich mich ja irgendwann doch noch zu einem normalen Menschen. Das gab es, dass Leute plötzlich einen großen Entwicklungssprung machten. Ich wurde ja immer älter und älter, und eines Tages war ich vielleicht sogar in der Lage, ganz allein eine Wohnung anzumieten. Vielleicht zehn Jahre noch. So schnell wollte ich die Flinte nicht ins Korn werfen.

Ich schloss die Wohnungstür hinter mir. Endlich. Wie schön dunkel es hier war. Die Gardinen zog ich überhaupt nicht mehr auf. Das blendete bloß beim Fernsehen. Ich packte mich aufs Bett und drückte auf die Fernbedienung. Es gab einen alten Tierfilm mit einer Würgeschlange in der Hauptrolle. Ah, so konnte man es aushalten. Die Anakonda glitt zwischen Seerosenblättern über einen grünen See. Ich überlegte, dass ich es mir mit dem Fünfziger von Dietrich eigentlich leisten könnte, den nächsten Tag blau zu machen und vierundzwanzig Stunden im Bett zu bleiben. Eine herrliche Vorstellung. Aber ich wusste auch, dass es danach noch schwieriger sein würde, wieder ins Taxi zu steigen. Ich durfte nicht aus dem alten Trott herauskommen, sonst schaffte ich es nicht. Sonst hielt ich das hier nicht durch. Bald würde ich nicht mehr in der Lage sein, überhaupt noch zu arbeiten. Und dann konnte ich noch nicht einmal ein Sozialfall werden, weil ich ja nicht wusste, wie man Sozialhilfe beantragte. Faszinierend, wie schnell es plötzlich abwärts ging. Ruckzuck und man lag in der Gosse. Hatten meine Eltern also doch recht gehabt.

Die Riesenschlange war jetzt dabei, ein junges Wasserschwein zu verschlingen. Nur noch das Hinterteil schaute heraus. Vielleicht lebte es noch. Vielleicht erstickte es gerade langsam im stinkenden Rachen der Anakonda und hatte schreckliche Angst und fürchterliche Schmerzen, während die Tierfilmer sich gegenseitig in die Seite knufften und »super Szene« zuflüsterten. In den Siebzigern hatte man es noch für nötig gehalten, sich für solche Filmstellen zu rechtfertigen.

»Leider konnten wir dem Opfer nicht helfen«, sagte deswegen jetzt der Sprecher, »nein, wir durften ihm sogar nicht helfen, denn das hätte bedeutet, in den Lauf der Natur einzugreifen.«

Na und? Der tat gerade so, als würde der Himmel einstürzen, wenn man einer Würgeschlange die Beute wegnahm. Als wäre er nicht scharf drauf gewesen, genau diese Szene in den Kasten zu bekommen. Vielleicht hatte er sogar ein ganz klein bisschen nachgeholfen. Naturfilme, das waren immer auch Snuff-Filme für den Raubaffen Mensch. Diese aggressive Primatenart sah es nun einmal sehr gern, wenn eine Robbe von einem Hai zerrissen wurde oder ein Gepard einer Antilope das Genick brach oder wie jemand bei lebendigem Leib langsam hinuntergewürgt wurde.

Mir fiel der Brief wieder ein, den ich immer noch in der Tasche hatte. Ich nahm ihn heraus. Er war nicht von Marco, sondern sah eher wie ein Werbebrief aus. Ich öffnete ihn.

»Sehr geehrte Frau Herwig,
tagein tagaus im Job hart arbeiten? So kommen leider die wenigsten an ein echtes Vermögen. Millionäre wissen, wie es geht: Es kommt darauf an, seine Chancen wahrzunehmen. Und hier ist Ihre Chance, liebe Frau Herwig:

Kaum zu fassen, aber dieses Schreiben kann Ihnen 10.000.000 Deutsche Mark (in Worten: zehn Millionen) einbringen. Denn das Zufallslos hat ausgerechnet Sie, Frau Herwig, als eine von einhundertdreizehn auswahlberechtigten Personen in Hamburg-Neustadt ausgewählt und Ihnen eines der begehrten Lose unserer 113. Ausspielung reserviert. Die Gesamt-Gewinnsumme beträgt übrigens über 400 Millionen DM. Diese enormen Geldmengen machen es nötig, dass der Zugang zur Lotterie geregelt wird.«

Dann wurde der Brief kompliziert. Ich sollte meine Berechtigungsmarke freirubbeln und überprüfen, ob mein Berechtigungs-Code mit einem der Berechtigungs-Codes auf dem beiliegenden Gewinnchancen-Zertifikat übereinstimmte, denn dann würde ich sogar mit 99,76%iger Wahrscheinlichkeit gewinnen.

»Kleben Sie Ihre Berechtigungsmarke in das dafür vorgesehene Feld, und vergessen Sie nicht, Ihre Berechtigungs-Urkunde zu unterschreiben. Nur so wird sie gültig. Stellen Sie sich doch bloß einmal vor, Frau Herwig, was Sie mit 10 Millionen alles machen können. Mit so viel Geld ändert sich Ihr ganzes Leben. Rechnen Sie es sich ruhig aus:

Gewinn:	10.000.000,00 DM
Traumhaus:	1.500.000,00 DM
Luxuslimousine	100.000,00 DM
Kreuzfahrt in der Karibik	20.000,00 DM
Bleiben Ihnen immer noch:	8.380.000,00 DM

Wenn Sie die restlichen 8.380.000 DM zu 3,5 % Zinsen anlegen, haben Sie ein monatliches Zusatzeinkommen von über 24.000 DM. Na, wie würde Ihnen das gefallen?«

5

Ich wollte mein Taxi in der Firma abholen, aber der Chef, Mergolan selbst, war nirgends zu sehen. Auf seinem Sessel saß stattdessen die hagere Gestalt von Udo-Dreidoppelsieben.

»Was machst du denn da?«, fragte ich. »Hast du hier jetzt einen Bürojob?«

»Nicht ganz«, sagte Udo und wischte sich mit dem Handrücken über den Schnauzbart. »Oder doch. Um es genau zu sagen, ... ich meine, ich bin jetzt der Chef.«

»Du bist jetzt der Chef?«

»Ja, ich habe die Firma gekauft.«

»Du hast die Firma gekauft?«

»Ja, nun wiederhol doch nicht ständig, was ich sage. Ich hab die Firma gekauft.«

»Firma Mergolan? Den ganzen Betrieb? Taxen, Werkstatt, Büroräume ...?«

Udo nickte stolz.

»Wo hattest du denn das Geld her?«

»Ich hab einen Kredit aufgenommen. Nusske hat für mich gebürgt.«

Er drehte den Kopf und brüllte »Nusske«. Aus der Werkstatt kam ein Mann mit schütteren Haaren, aber sonst beeindruckend gutaussehend. Er trug einen braunen Ledermantel. Er sah so gut aus, dass er Schauspieler hätte sein können.

»Das ist Nusske. Mein bester Freund«, strahlte Udo.

»Ich heiß eigentlich Matthias«, sagte Nusske. »Der Name kommt, weil ich früher mal einen Nussstand auf einem Wochenmarkt hatte.«

Sogar seine Augen waren nussbraun.

»Jetzt hat er 'ne Autowerkstatt«, erklärte Udo-Dreidoppelsieben.

»Wie praktisch«, sagte ich.

»Nee, nee, ich hab mit dem Laden hier nichts zu tun«, sagte Nusske.

»Nusske hat bloß für den Kredit gebürgt«, erklärte Udo.

»Ich hoffe, ihr wisst, was ihr da getan habt«, sagte ich.

»Ja, ja.«

Nusske kratzte sich an seinem hübschen schütteren Hinterkopf.

»Ich hab das total lange überlegt«, sagte Udo-Dreidoppelsieben, »aber sogar mein Therapeut hat gesagt, ich soll es tun.«

»Du hast einen Therapeuten?«

Udo-Dreidoppelsieben war so ziemlich der Letzte, dem ich einen Therapeuten zugetraut hätte.

»Ja, schon ewig, aber erzähl das bloß nicht weiter. Besonders nicht, weil ich ja jetzt hier der Chef bin.«

»Versteht denn dein Therapeut etwas von Taxibetrieben?«

»Genau das habe ich auch gefragt«, sagte Nusske.

»Mein Therapeut hat gesagt, ich soll endlich mal was wagen«, erklärte Udo, stieß sich mit dem Fuß vom Schreibtisch ab und rollte auf seinem Chefsessel rückwärts gegen die Wand.

»Na, dann ... Wie heißt denn der Laden jetzt?«

»Erst mal bleibt es bei Mergolan – bis ich die Quittungsblöcke aufgebraucht habe.«

Ich sah zu Nusske. Nusske wirkte besorgt.

»Ist Zwodoppelvier frei?«, fragte ich.

Da ich mich immer erst im letzten Moment entschied, ob ich überhaupt arbeiten wollte, hatte ich auch meinen Anspruch auf einen festen Wagen verloren. Meist bekam ich die Schrottkisten, die sonst keiner wollte.

»Nein, aber du kannst den Zwonullsechs haben. Ist 'n ganz neues Auto. Kannst sofort loslegen«, sagte Udo, schwang auf seinem Drehstuhl halb herum und angelte nach dem Schlüsselbrett hinter seinem Rücken.

6

Der Zwonullsechs war noch nicht mal ein Mercedes, sondern ein VW Jetta. Immerhin war die Puffreklame wieder von allen Taxis abgekratzt worden. Der Funny Club hatte sich beschwert, und mit dem Funny Club wollte es sich niemand verscherzen. Gleich die erste Fahrt wurde unangenehm. Osterstraße. Zwei Trenchcoats zum Großneumarkt. Sie rochen intensiv nach After Shave. Old Spice, vermutete ich.

»Oh, 'n Mädchen, was für'n Glück! Lass dich mal ansehen«, sagte der, der hinten saß, und beugte sich zwischen den Sitzlehnen nach vorn. Er starrte mich aufdringlich an. Sein Gesicht schwebte zehn Zentimeter neben meinem. Nach Schnaps roch er auch. Sofort wurde ich wieder wahnsinnig müde.

»Oh, jetzt ist sie sauer. Bist du sauer?«

Er ließ sich auf die Hinterbank zurückfallen.

»Sie redet nicht mit mir. Ich glaub, sie ist sauer.«

Ich atmete flach ein und wieder aus und fuhr los.

»Hör auf, sie bläst schon«, sagte der neben mir. Dann

merkte er, dass er ein zweideutiges Wort benutzt hatte, und verstummte verlegen.

»Kann sie das denn? Kann sie ordentlich blasen?«, brüllte der von hinten, und sein Freund lachte erleichtert. Ich sah stur aus dem Fenster, konzentrierte mich auf das, was außerhalb des Taxis geschah. Bei VW Köster brannte noch Licht. Eine nagelneue Batterie wurde in einen Trabi versenkt. Ein Punker, die Kapuze tief in das Gesicht gezogen, die Hände fest in den Hosentaschen, brüllte auf seine drei riesigen Hunde ein. Am Fernsehturm stand ein Einkaufswagen von Penny. Ein Lastwagenfahrer suchte mit seinem Zwanzigtonner die Einfahrt zum Messegelände. Die Gerichtsgebäude. Die Musikhalle. Die engen Einbahnstraßen der Neustadt. Noch ein Trabant. Ein hellblauer. Ein junges Pärchen machte sich kichernd an dem Scheibenwischer zu schaffen. Erst dachte ich, sie wären dabei, den Scheibenwischer abzubrechen, aber im Vorbeifahren sah ich, dass sie bloß einen Snickers darunter klemmten. Ich hielt am Großneumarkt.

»Und, na, was meinst du dazu?«, fragte der Trenchcoat von der Rückbank. Ich zuckte die Schultern. Ich hatte nicht einmal eine Ahnung davon, was sie die ganze Zeit geredet hatten.

»Gib ihr 'n gutes Trinkgeld«, sagte er zum vorne sitzenden Trenchcoat. »Ich glaub, sie ist sauer. Du bist sauer, stimmt's?«

Ich war so müde, dass ich mir ohne Gegenwehr eine Mark und achtzig Pfennige schenken ließ. Dann kreiste ich rund um den Gänsemarkt und den Karl-Muck-Platz, bis es neben mir zweimal laut hupte. Ich schaute hinüber. Vier fette orientalische Bengel saßen in einem schwarzen

Mercedes, zeigten mit dem Finger auf mich, lachten und riefen etwas. Ich wendete und brachte den Jetta zur Firma zurück. Dann fuhr ich mit dem Fahrrad nach Hause. Nach zwei Kilometern musste ich schieben. Der Vorderreifen war schon wieder platt. Es kam mir gemein und sinnlos vor. Ich hatte den Reifen sehr sorgfältig geflickt und den Reifenmantel zweimal abgetastet, ob noch irgendwo ein Dorn steckte. Vielleicht lag es an der Felge. Ich biss die Zähne zusammen und schob das Rad nach Hause. Am Fernsehturm begegnete ich dem Punker mit den drei Hunden. Die Hunde verstellten mir den Weg, und der Punker fragte, ob ich eine Mark hätte. Ich gab sie ihm.

7

Das Telefon klingelte. Ich lag im Bett und schlief noch halb. Ich hatte keine Ahnung, wie spät es war. Inzwischen waren meine Augen so schlecht, dass ich ohne Brille nicht einmal die Wanduhr ablesen konnte. Das Telefon klingelte zum zweiten Mal. Meine Mutter wusste genau, dass ich nachts arbeitete. Trotzdem rief sie immer am Vormittag an, wenn ich garantiert noch schlief. Da sie mich bloß anrief, um mir mitzuteilen, dass meine Wäsche fertig war, konnte ich natürlich nichts sagen. Ich stand auf und ging barfuß dem Geräusch nach. Ich fröstelte. Aus Kostengründen heizte ich grundsätzlich nie vor Dezember. Mit dem vierten Klingeln fand ich das Telefon und hob den Hörer ab.

»Ja?«

»Hallo. Ich bin's. Marco. Leg bitte nicht gleich wieder auf.«

Jetzt war ich wach. Ich trug das Telefon zum Bett und kroch wieder unter die Decke.

»Hallo? Bist du noch dran?«

»Hmmm.«

»Ich würde mich gern mit dir treffen. Ich weiß, es ist lange her, aber mir macht das immer noch zu schaffen. Und ich will nicht, dass du mich für alle Zeiten für ein Schwein hältst. Ich möchte dir gern erklären, warum das damals passiert ist.«

»Selbstverständlich halte ich dich für ein Schwein«, sagte ich. »Und ich finde es gut, dass es dir immer noch zu schaffen macht. So soll es sein. Und ich glaube auch nicht, dass es da viel zu erklären gibt. Ich weiß schon, warum du es getan hast.«

»Nein, weißt du nicht. Gib mir bloß eine Stunde. Wir brauchen uns ja nicht bei mir zu treffen. Wir können in irgendein Café oder eine Kneipe gehen – falls du Angst davor hast, mit mir allein zu sein.«

»Ich habe keine Angst vor dir«, sagte ich, »davon träumst du doch. Meinetwegen können wir uns bei dir treffen.«

»Gut. Wann passt es? Morgen?«

»Meinetwegen morgen.«

»Okay. Also morgen Abend, ja? Die Adresse ist die alte geblieben. Bist du eigentlich immer noch mit diesem Dietrich zusammen?«

»Was geht das dich an?«

»Also dann bis morgen Abend. Gegen acht, ja?«

»Ja«, sagte ich, und dann duschte ich erst mal.

8

Kurz vor acht kam ich in der Schanzenstraße an, konnte aber keinen Parkplatz finden und musste den Jetta schließlich in der Sternstraße abstellen. Es regnete. Schwarzes, glitschiges Laub lag auf der Straße. Ich hätte andere Stiefel anziehen sollen, mit den glatten Sohlen kam ich ins Rutschen. Außerdem hätte ich die Kontaktlinsen nicht einsetzen sollen, sie scheuerten wie Schmirgelpapier. Die Tür des Mietshauses war wieder nur angelehnt. Im Treppenhaus roch es feucht und muffig. Kaum hatte ich an Marcos Tür geklingelt, öffnete er schon. Er trug sein weißes Hemd mit den aufgekrempelten Ärmeln. Auch sein verwirbelter Haarschnitt hatte sich nicht verändert. Es kam mir vor, als hätte ich ihn erst letzte Woche besucht. Ich musste mir Mühe geben, abweisend auszusehen.

»Danke, dass du gekommen bist.«

Wie klein er war. Allerdings hatte ich auch die Stiefel mit den höchsten Absätzen angezogen. Ich folgte ihm in sein halbdunkles Wohnzimmer. Auf dem Boden leuchteten die drei Kugeln. Die einzige Neuerung war ein lackierter Baumstumpf neben dem Bett. Darauf standen eine Flasche und Gläser.

»Ich habe einen sehr guten spanischen Rotwein. Magst du?«

»Nein. Seit ich Taxi fahre, kann ich keinen Rotwein mehr sehen. Die Penner trinken das immer. Du kannst mir den besten und teuersten Rotwein vorsetzen – für mich ist das der Geruch von Obdachlosigkeit und Erbrochenem.«

»In der Küche hab ich noch Weißen«, sagte Marco und ging hinaus.

Ich setzte mich nicht. Ich hatte vor, mir Marcos Entschuldigung im Stehen anzuhören. Ich behielt auch meine Lederjacke an. Marco kam zurück, schenkte ein Weinglas voll und reichte es mir. Die Flasche stellte er zu der anderen auf den Baumstumpf. Ich trank einen Schluck.

»Hast du inzwischen schon deinen Doktortitel?«

»Noch nicht. Nächstes Jahr, wenn's klappt.«

Schweigen. Marco kratzte mit dem Daumennagel am spanischen Flaschenetikett, dann kam er zu mir herüber und baute sich dicht vor mir auf.

»Na, dann leg mal los«, sagte ich.

Marco sah zu mir hoch.

»Ich finde es schrecklich, dass ich dich geschlagen habe, und ich will nicht, dass das noch länger zwischen uns steht. Es tut mir wahnsinnig leid. Es hätte nicht passieren dürfen, gar keine Frage. Aber ich denke, du weißt auch nicht, was das mit mir gemacht hat, wenn du erst dreimal die Woche vor der Tür gestanden hast und dann wieder zehn Tage gar nicht.«

Um mich anzusehen, musste er die ganze Zeit den Kopf in den Nacken legen. Seine Augen waren leicht zusammengekniffen, aber davon abgesehen, schien ihm unser Größenunterschied viel weniger zu schaffen zu machen als mir. Ich bereute schon, dass ich mich nicht gesetzt hatte.

»Weißt du, was *ich* denke«, sagte ich und rührte mit dem kleinen Finger im Weinglas, »ich denke, du hast mich bloß hierher bestellt, weil du wieder mit mir ins Bett willst. Warum erst jetzt?«

»Nein«, sagte Marco ernst, »ich habe dich hergebeten,

um dich um Entschuldigung zu bitten. Aber es stimmt, dass ich dich immer noch gern habe. Ich musste immer wieder an dich denken, aber ich habe nicht gewagt, dich anzurufen. Ich dachte, dass ich kein Recht mehr dazu hätte.«

»Hast du auch nicht. Oder glaubst du, ich fang noch einmal etwas mit jemandem an, der mich geschlagen hat? Zuerst diese blöde Nummer mit der Wäscheleine, und dann drischt du plötzlich wie ein Bescheuerter auf mich ein.«

Marco sah zur Seite und zog die Lippen ein.

»Es macht mir selber Angst, dass ich derartig die Kontrolle verloren habe. Ich hätte nie gedacht, dass ich so etwas tun würde. Und es ist seitdem auch nie wieder vorgekommen.«

»Wahrscheinlich fehlte es an Gelegenheit«, sagte ich. »Oder gab es nach mir noch andere Frauen?«

Dadurch, dass er mich geschlagen hatte, hatte er mir praktisch einen Freibrief ausgestellt, so gemein zu sein, wie ich nur wollte.

»Ja, denk mal an. Aber es war keine dabei, die mich so wütend gemacht hätte wie du. Inzwischen ist mir ja klar, wie du drauf bist, aber als du damals gesagt hast, dass jemand wie ich keine Ansprüche stellen darf, bin ich einfach ausgerastet.«

»Das habe ich gesagt? Das habe ich überhaupt nicht gesagt. Das war nur, weil meine Hände so wehtaten. Das war wie in einem chilenischen Folterlager. Das wurde immer schlimmer mit meinen Händen. Und ich wusste ja, was du hören wolltest. Und dann habe ich es schließlich gesagt. Damit das aufhört, habe ich es schließlich gesagt. Dabei hatte ich was ganz anderes gemeint.«

Marco kämmte sich mit gespreizten Fingern durch die Haare.

»Ich finde es selber ja auch nicht wirklich toll, dass ich kleinwüchsig bin.«

Ich sah auf ihn hinunter. Es machte mich verlegen, in diesem Moment auf ihn hinunterzusehen, aber wegsehen war auch nicht die Lösung.

»Das sollte jetzt auch keine Rechtfertigung sein«, sagte Marco. »Ich weiß, dass es für mein Verhalten keine Rechtfertigung gibt. Wie ist es – nimmst du meine Entschuldigung trotzdem an?«

»Naja«, antwortete ich, »es war ja auch nicht besonders schlau von mir, dich zu beschimpfen, während ich noch an dein Bett gefesselt war.«

Wir schwiegen beide. Ich betrachtete meine Stiefelspitzen, spürte aber, dass Marco mich musterte. Nach einer Weile konnte ich es nicht mehr aushalten.

»War's das?«, fragte ich. »Dann kann ich ja jetzt wieder gehen.«

Ich stellte mein Glas auf den Baumstumpf und bewegte mich langsam Richtung Flur.

»Komm«, sagte Marco, »trink wenigstens noch ein Glas Wein mit mir.«

Ich blieb stehen.

»Wie wäre es, wenn du deine Lederjacke ausziehst?«

Ich zog meine Lederjacke aus und legte sie aufs Bett.

»Und jetzt tu mir einen Gefallen und setz dich hin.«

Ich setzte mich auf die Bettkante.

»Na endlich«, sagte Marco. »Ich hatte schon befürchtet, ich müsste mir den Schemel aus der Küche holen.«

Er setzte sich neben mich und legte sorgfältig eine Haarsträhne hinter mein Ohr.

»Wie geht es dir?«, fragte er. »Du siehst müde aus. Fährst du immer noch Taxi?«

»Es tut mir leid«, sagte ich, »ich wollte dich nicht kränken.«

»Aber das hast du getan. Die ganze Zeit. Du hast mich gedemütigt.«

»Ich kann nicht richtig mit dir zusammen sein«, sagte ich, »aber das hat nicht nur damit zu tun, wie groß du bist. Ich kann mit niemandem zusammen sein. Ich halte das nicht aus. Aber ich habe immer gern mit dir geschlafen.«

»Vielleicht sollten wir uns einfach auf unsere Kernkompetenzen beschränken«, sagte Marco, beugte sich zu meinen Füßen hinunter und zog mir einen Stiefel aus. Ich fasste unter sein Hemd. Die Rückenmuskeln fühlten sich gut an, stark und vertraut. Ich merkte, dass ich Marco vermisst hatte. Sogar seinen seltsamen Körper hatte ich vermisst.

9

Als ich mit dem Fahrrad bei Mergolan eintraf, sah ich hinter der beschlagenen Glasscheibe des Büros Dietrich und Taximörder mit verschränkten Armen vor dem Schreibtisch stehen, während Udo-Dreidoppelsieben von seinem Chefsessel aufgesprungen war und hin und her lief. Ich trat ein und wickelte meinen Schal ab. Dietrich blickte kurz auf und starrte dann wieder finster auf den Boden. Taximörder, der noch immer die Popperfrisur seiner Jugendjahre trug, pustete sich wütend die Haare aus dem Gesicht.

»Was wollt ihr eigentlich«, schimpfte Udo, »euch passt ja alles nicht. Da kann ich ja machen, was ich will. Ich meine, ihr wollt mir doch bloß das Leben schwermachen. Oder könnt ihr mir einen vernünftigen Grund nennen, warum ihr keinen Jetta fahren wollt?«

»Weil Jetta scheiße ist«, sagte Dietrich. Dann wandte er sich an mich. »Der hat doch tatsächlich vier neue Jettas gekauft, und jetzt wundert er sich, dass die keiner fahren will.«

Udo setzte sich wieder in seinen Chefsessel.

»Das sind gute Autos. Die fahren viel besser als die alten Mercedesse. Freu dich doch, dass du ’nen Neuwagen fahren darfst.«

»Ich find die gar nicht so schlecht«, sagte ich, weil Udo mir irgendwie leidtat. »Die fahren ohne weiteres 180 km/h. Habe ich ausprobiert. Und die beschleunigen auch gut.«

»Und die sehen scheiße aus«, sagte Dietrich.

»Ja, und wir fahren die nicht«, sagte Taximörder. »Und Taxis mit so ’nem Kreditkartenschild drin fahr ich auch nicht.«

»Okay«, sagte Udo-Dreidoppelsieben und zwang sich zur Ruhe, »alles klar. Fahrt ihr nicht, braucht ihr auch nicht. Hier kriegt jeder seinen Wunsch erfüllt.«

Er nahm drei Taxischlüssel vom Haken und gab Taximörder einen davon. »Hier, der Einszwovier. Ist ein Mercedes und ist noch nicht mit Kreditkartenannahme ausgerüstet.«

Dietrich bekam den Viervierdrei, und als Letztes gab Udo mir meinen Schlüssel: »Hier, der Zwonullsechs.«

»Okay«, sagte ich und ging zu dem Jetta. An den hinteren Seitenfenstern des VWs steckten Plexiglasschilder mit den Firmenlogos von American Express, Visa und Mastercard. Ich ging wieder zurück ins Büro:

»He«, sagte ich, »was soll das denn? Seit wann hat der Zwonullsechs ein Kreditkartenschild hinten drin?«

»Ich lass jetzt alle Taxis mit Kreditkartenannahme ausrüsten«, sagte Udo-Dreidoppelsieben.

»Ich fahr aber kein Kreditkarten-Taxi.«

»Ist doch ganz einfach«, sagte Udo. »Ich erkläre dir, wie das geht. Ist überhaupt nicht schwer zu begreifen.«

In diesem Augenblick kam auch Dietrich wieder.

»Gib mir ein anderes Taxi oder mach das Visa-Schild weg.«

»Ein Taxiunternehmen ist ein Serviceunternehmen«, sagte Udo. »Ich meine, wir leben davon, dass wir guten Service bieten.«

»Ich fahr keine Arschlöcher, die mit Visa Card bezahlen«, sagte Dietrich.

»Ah ja, und wenn das Arschloch dann an deinem Taxi vorbeigeht und lieber bei einem Taxi einsteigt, dass auch Kreditkarten nimmt?«

»Ist mir egal. Auf solche Typen lege ich überhaupt keinen Wert. Für fünf Mark achtzig um die Ecke fahren und dann die goldene American Express herausholen. Die wollen sich doch nur wichtig machen.«

»Ich fahr die auch nicht«, sagte ich. »Die sollen mit Bargeld zahlen. Was ist gegen Bargeld einzuwenden?«

»So ein Quatsch«, fuhr Udo auf. »Wie kann man bloß so unflexibel sein. Alle anderen Fahrer haben die Geräte anstandslos übernommen. Das war für die völlig normal.«

»Glaub ich nicht«, sagte Dietrich.

»Doch. Ihr seid die Einzigen, die sich so anstellen.«

»Jedenfalls ... ich fahr so nicht«, sagte Dietrich.

»Okay«, sagte Udo. »Nusske!«

Nusske erschien. Er trug einen blauen Mechaniker-Overall, der ihm sehr gut stand.

»Wieso bist du denn hier?«, fragte ich. »Ich dachte, du hast deine eigene Werkstatt.«

»Ich helfe bloß aus«, sagte Nusske.

»Kannst du das Kreditkartenschild vom Viervierdrei wieder ausbauen?«, fragte Udo.

»Is' gut«, sagte Nusske. Er ging mit Dietrich zu dem Mercedes.

»Und was ist mit meiner Kiste?«, fragte ich.

»Du fährst den Jetta so, wie er ist«, sagte Udo. »Du fährst so unregelmäßig, an dir verdien ich eh nichts. Du hast hier keine Ansprüche zu stellen!«

»Na gut«, sagte ich, »dann geh ich jetzt wieder nach Hause.«

»Dann tu das doch! Auf solche Scheißfahrer wie dich kann ich sowieso verzichten.«

Ich ging hinaus und schloss mein Fahrrad auf. Als ich wegfahren wollte, steckte Udo den Kopf aus der Tür.

»Komm zurück. Wir nehmen die Schilder wieder raus.«

10

»Wieso hast du dich nicht geweigert, den Jetta zu fahren?«, fragte Dietrich am nächsten Tag. Er kam gerade vom Imbiss zurück, hatte Hähnchen und Pommes Frites gekauft. Ich kniete auf dem Boden und reparierte mal wieder mein

Fahrrad. Diesmal flickte ich nicht, sondern legte gleich einen neuen Schlauch ein, um auf Nummer sicher zu gehen.

»So schlecht war der gar nicht«, sagte ich, »der hat jedenfalls viel besser gezogen als die Mercedesse, die ich sonst fahre.«

»Du darfst dir auch nicht immer die letzten alten Schrottkisten andrehen lassen. Sag Udo, dass er dir endlich einen besseren Wagen geben soll, und zwar einen mit Automatik.«

»Wozu?«, fragte ich. »Ich will überhaupt keinen Automatikwagen. Ich bin doch nicht armamputiert.«

»Doch. Automatik ist viel besser. Sag Udo, dass er dir endlich einen Mercedes mit Automatik geben soll, sonst wechselst du die Firma.«

Er stellte die Tüte mit dem Essen auf den Tisch. Ich pumpte den Reifen auf, wischte mir die Finger an der Hose ab und langte in die Tüte.

»Jetzt noch nicht«, sagte Dietrich. »Ich hab vorhin gejoggt. Ich möchte noch duschen, bevor wir essen.«

»Ich muss aber gleich los«, sagte ich. »Ich kann nicht warten. Sonst krieg ich am Ende überhaupt kein Taxi mehr ab.«

»Kannst du nicht einmal fünf Minuten warten, um mit mir zusammen zu essen? Ich würde jetzt gern erst mal duschen. Ist das zu viel verlangt, dass du mal eben wartest, damit wir gemeinsam essen?«

Er hatte wieder diesen Blick.

»Okay«, sagte ich, »schon gut, schon gut.«

Dietrich ging mit seiner Imbisstüte nach oben in seine Wohnung. Ich hörte das Wasser rauschen. Er duschte lange und ausgiebig.

Ich baute das Vorderrad ein und stellte mir vor, wie ich Dietrich sein dämliches Hähnchen vor die Füße warf und einfach Schluss machte. Dann könnte ich wieder essen, wann ich wollte. Und was ich wollte. Ich würde nie wieder mit jemandem fest zusammen sein. Nie wieder. Stattdessen würde ich wieder jede Nacht Taxi fahren, ohne tagsüber irgendwelche verdammten Ausfahrten machen zu müssen, bei denen jemand Hunderte von Fotos von mir knipste.

Endlich kam Dietrich mit nassen, nach hinten gekämmten Haaren wieder herunter. Auf zwei Porzellantellern balancierte er die kalten halben Hähnchen und die zusammengepappten Pommes Frites. Unter den Arm hatte er eine Flasche Cola und eine Flasche Hela-Ketchup geklemmt.

»Majewski war gerade bei mir. Der Journalist von oben, weißt du? Er hat mich gefragt, ob ich Lust hätte, mit ihm zu paddeln. Er will zum Wildwasserfahren.«

»Wieso will der mit dir Wildwasser fahren«, sagte ich neidisch. »Kennst du den etwa? Du kennst den doch gar nicht.«

Ich – ich paddelte gern. Ich war früher oft mit dem Boot auf der Alster gewesen. Aber mich fragte natürlich keiner. Immer schmissen sich die Leute bloß an Dietrich ran. Besonders die Männer. Dabei machte sich Dietrich überhaupt nichts aus Booten.

»Keinen Schimmer, warum der ausgerechnet mich gefragt hat. Das ist wohl irgendwie so ein einsamer Hund. Ich habe ihm auch gleich gesagt, dass das nichts für mich ist und dass er dich mal fragen soll. Wenn du Lust hast, sollst du morgen mal bei ihm klingeln.«

Ich nahm einen der Teller entgegen.

»Echt?«

»Ja. Ich fahr gleich zu Mergolan. Soll ich dich mitnehmen?«

»Nee«, sagte ich, »ich will mein Fahrrad ausprobieren, ob der Schlauch endlich hält.«

11

Majewskis Wohnung lag zwei Stockwerke über Dietrichs. Es war sehr hell darin. Alle Gardinen waren aufgezogen.

»Oh ja, du bist es, komm rein.«

Im Flur stapelten sich Pappkartons, auch das angrenzende Zimmer stand voll. Pappkartons bis zur Decke, als wenn er gerade erst eingezogen wäre. Den übrigen Platz nahmen ein großes Bett und ein Fernseher ein. Auf dem Fußboden lagen überall Zeitschriften. Man konnte sich nicht bewegen, ohne auf eine zu treten. Ich betrachtete Majewski genauer. Er war etwas kleiner als ich und sah nicht besonders gut aus. Dünne, wattige blonde Haare und ein schiefes Gesicht mit einer großen Nase. Sein graues Hemd und die dunkelgrüne Hose schienen aus einem ungewöhnlich weichen Material zu bestehen. Sie hingen faltig und formlos an ihm herunter. Aber er hatte einen sehr schönen Mund, mit einer dicken rissigen Unterlippe, und in seinen blaßblauen, etwas vorstehenden Augen lag ein Ausdruck, wie man ihn nur bei Menschen fand, denen noch nie etwas missglückt war.

»Hat Dietrich dir gesagt, um was es geht?«

Ich nickte und stellte mir vor, wie es wäre, Majewski zu küssen.

»Wir wollen kurz vor Weihnachten auf der Oker paddeln, im Harz«, sagte Majewski. »Dietrich hat mir erzählt, du bist schon mal gefahren. Ist aber trotzdem besser, wenn du weißt, was auf dich zukommt. Wenn du willst, zeig ich dir ein Video, das meine Freundin im Sommer aufgenommen hat.«

Ah, wunderbar, er hatte sogar eine feste Freundin. Ich würde mit ihm ins Bett gehen, und er würde weiter nichts von mir wollen. Im Gegenteil. Er würde sehr schnell auf die Idee kommen, dass er mich wieder loswerden musste. Ich würde überhaupt nichts dazu tun müssen.

»Setz dich einfach dahin.«

Ich setzte mich auf das Bett und sackte einen halben Meter tief ein.

»Das ist ein Wasserbett. Brauch ich wegen meinem Rücken«, sagte Majewski, grinste in sich hinein und schaltete den Videorecorder an. Ich kletterte zurück auf die Bettkante. Fünf kleine runde Boote mit Menschen darin glitten über den Fernsehschirm, stürzten Stromschnellen herunter und schrammten an Felsen vorbei. Die Menschen trugen gelbe Helme.

»Topolinos«, erklärte Majewski. Er meinte die Boote. »Die gibt es erst seit ein paar Jahren. Vorher war die Oker als unbefahrbar eingestuft, weil es kein Material gab, das standgehalten hätte. Kannst du eigentlich eine Eskimorolle oder wenigstens 'ne Handrolle?«

Ich schüttelte den Kopf. Ich war überhaupt noch nie Wildwasser gefahren. Bloß ein bisschen auf der Alster gepaddelt.

»Macht nichts. Wenn du umkippst, musst du eben aussteigen. Ich kann die Handrolle auch nicht so gut. Einmal bin ich die halbe Oker kopfüber runtergefahren, und die ganze Zeit knallte mein Helm gegen die Steine, aber ich wollte nicht aussteigen, ich habe immer wieder versucht, mich umzudrehen. Und Sabine – das ist das eine Mädchen, das da mitfährt, die hat unheimlich geschimpft, weil ich nicht gleich am Anfang raus bin. Die Oker ist nicht besonders tief. Ohne Helm kannst du das gar nicht machen. Siehst du die Stelle ...« – er hielt das Video an und spulte zurück – »hier ... jetzt!«, er hielt das Bild an. »Hier musst du aufpassen, das ist die Hexe. Du musst entweder rechts oder links an diesen beiden Steinen vorbei, auf gar keinen Fall darfst du dazwischen durch. Wenn du umkippst und Pech hast, kannst du vom Wasser unter den Felsen gedrückt werden und kommst nicht wieder hoch.«

»... und was mache ich dann?«

»Nerven behalten, aussteigen, Schwimmweste ausziehen und unter dem Wirbel durchtauchen. Aber das schaffst du schon: daran vorbeizufahren.«

Es rührte mich irgendwie, dass er davon ausging, ich könnte das alles.

12

Ich stand an zweiter Stelle am Gänsemarkt. Ein Mann mit runder Brille und einem feuchten, verquollenen Gesicht öffnete die rechte Hintertür:

»Fährst du auch Besoffene?«

»Natürlich«, sagte ich, »Besoffene sichern meinen Lebensunterhalt.« »Der da vorn will keinen Besoffenen fahren – sein Pech«, sagte der Mann und ließ sich auf den

Rücksitz fallen. Die Schultern seines schwarzen Anzugs waren naßgeregnet, in seinem wirren grauen Haar hingen Regentropfen. Falls es nicht Schweiß war. Der Mund sah grauenhaft aus – die Oberlippe eine fleischige, sich ringelnde Molluske, die Unterlippe wie bei den Flundern verschoben. Von der anderen Seite stieg nun eine viel zu junge, viel zu hübsche Frau mit langen schwarzen Haaren ein. Jetzt erst fiel mir auf, dass der Betrunkene einen teuren Anzug trug. Den dünnen schwarzen Schlips hatte er so weit gelockert, dass er ihm wie eine Henkersschlinge um den Hals hing.

»Wie viel verdienst du pro Nacht?«, fragte er und griff in sein Jackett.

»Dreihundert.«

Das war natürlich maßlos übertrieben. Er nahm drei Hundert-Mark-Scheine aus dem Portemonnaie und reichte sie mir.

»Nach Blankenese.«

Dreihundert Mark. Ich war gerettet, ich war saniert. Mochte auch überall sonst auf der Welt gerade gelitten, gehungert und elend verreckt werden – dass ich jetzt dreihundert Mark bekam, bewies die Existenz eines liebenden Gottes. Der Taxifahrer, der keine Besoffenen hatte fahren wollen, zog seinen Wagen vor und ließ mich ausparken. Ich hatte gerade erst den Scheibenwischer eingeschaltet und war nicht weiter als bis zur Caffamacherreihe gekommen, da hieß es plötzlich:

»Halt mal hier irgendwo an und hol mir 'ne Schachtel Zigaretten.«

»Was für welche?«

»Egal. Weiße Verpackung.«

Am Fitnesscenter gab es einen Zigarettenautomaten. Ich fuhr an den Straßenrand und sprang aus dem Taxi. Eine Schachtel Zigaretten. Die sollte er haben, der gute Mensch.

Ich brachte sie ihm. Er begann zu qualmen. Sein Mund war ein weiches, nasses Loch, in das er die Zigarette steckte.

»Wie kommt es, dass ein hübsches Mädchen wie du Taxi fährt?«

»Ist ein guter Job«, sagte ich vorsichtig. Der Grenzstreifen zwischen Umgänglichkeit und Unterwürfigkeit war schmal und glitschig.

»Ein anständiger Beruf. Keiner über mir, keiner unter mir. Außerdem fahre ich gern Auto.«

»Hört sich an wie ein Scheißjob.«

Er aschte neben den Aschenbecher.

»Hast du einen Freund? Du hast doch bestimmt einen Freund.« Seine Stimme klang, als hätte er viel kalten Speichel im Mund.

»Ja«, sagte ich. »Ja, hab ich.«

»Und? Wie ist es so mit deinem Freund im Bett?«

Wir waren erst Höhe Teufelsbrück, als er das fragte. Bis Blankenese war noch ein langer Weg. Ich schämte mich, dass ich mich so über das Geld gefreut hatte. Den ganzen Wagen hatte ich vollgekleckert mit meiner Dankbarkeit. Ich trat das Gaspedal durch und raste die Elbchaussee entlang.

»Willst du nicht mehr reden? Was ist? Willst du mir nicht erzählen, wie es mit deinem Freund im Bett ist? Auch gut. Ist wahrscheinlich eh nicht so doll.«

Ich warf einen Blick in den Rückspiegel. Der Mann hatte sich zurückgelehnt und verteilte die Zigarettenasche auf dem Rücksitz.

Die hübsche Frau fing meinen Blick, lächelte und nickte mir aufmunternd zu. Die dumme Pute. Wenn ich mehr Charakter gehabt hätte, hätte ich die beiden rausschmeißen und ihnen das Geld vor die Füße werfen können. Andererseits kam es auf die paar Kilometer nun auch nicht mehr an.

Als sie ausstiegen, bedankte sich die Frau routiniert überhöflich, während ihr Begleiter irgendetwas in sich hineinknurrte. Ich war froh, dass sie weg waren. Ich war auch erleichtert, dass ich das Geld hatte, aber ich freute mich nicht mehr darüber. Man durfte nie den Fehler machen, sich zu freuen.

13

»Wieso? Horst Janssen hab ich auch schon mal gefahren«, sagte Udo-Zwonullfünf. »Da hab ich bloß fünfzig Mark gekriegt. Dreihundert Mark ist doch super.«

Wir saßen mit Dietrich und Rüdiger im Schweinske und tranken Cola.

»Aber ich hab dem Zigaretten geholt«, jammerte ich. »Ich hab nicht gemerkt, dass der mich nur springen lassen wollte. Mir wird ganz schlecht, wenn ich daran denke, wie ich dem Zigaretten geholt habe.«

»Der macht ziemlich gute Bilder«, sagte Udo-Zwonullfünf. »Zeichnungen. Und Radierungen.«

»So schlecht sind die tatsächlich nicht«, warf Dietrich ein. »Ist ja nicht gerade Avantgarde, aber das spricht ja auch irgendwie für ihn, dass er da gar keinen Wert darauf legt, da mitzumischen. Ich könnte mir durchaus vorstellen, mir ein Bild von dem hinzuhängen.«

»Niemals«, sagte ich. »Sich ein Bild von Horst Janssen in die Wohnung zu hängen, ist noch schlimmer, als für ihn Zigaretten zu holen. Nicht für Geld dazu würde ich mir das stinkende Zeug in die Wohnung hängen. Man kann ein Kunstwerk nicht vom miesen Charakter des Künstlers trennen.«

»*Du* kannst das nicht«, sagte Rüdiger. »Frauen sind nun einmal nicht zur Reflexion künstlerischer Darstellung disponiert. Der Zugang zum Genie wird dir für alle Zeiten verschlossen bleiben, weil du kein originelles, sondern bloß ein vom Mann verliehenes Bewusstsein besitzt.«

»Frauen sind ja das Unbewusste an sich«, pflichtete Udo bei. »Sie bilden sich vielleicht ein, selbsttätig schöpferisch zu sein, aber es bleibt immer nur dreistes Nachahmen.«

Ich betrachtete ihn verblüfft.

»Fängst du jetzt auch so an? Hoffentlich ist das nicht ansteckend.«

Dietrich sah angestrengt vor seine Füße. Ich tat ihm den Gefallen und sagte nichts mehr. Ich stritt mich überhaupt immer seltener mit Rüdiger. Ich war einfach schon zu zermürbt.

14

Marco besaß ein großes, weiß gekacheltes Badezimmer mit einer Wanne und einer separaten Dusche. Das Wasser kam fast sofort heiß aus der Leitung. Wenn ich geduscht hatte, wickelte ich mich in eines von Marcos flauschigen weißen Handtüchern und schlüpfte noch mal zu ihm ins Bett, und wir unterhielten uns noch ein bisschen. Einmal erzählte ich ihm von den Hochhäusern, die es beim Posten Stellinger Weg gab. Erst kamen die roten Balkons, dann kamen die blauen Balkons, dann kamen die grünen Balkons und dann die gelben. Die grauweißen Hochhäuser mit ihren waagerechten und senkrechten Linien und den bunten Balkonstrichen und den vielen Fenstern sahen für mich immer wie das Schaubild einer Statistik aus. Ein Schaubild, an dem sich das Elend der Menschheit verdeutlichen ließ. Wenn man zum Beispiel davon ausging, dass jede dritte Frau geschlagen wurde und in drei Viertel aller Wohnungen auch mindestens eine Frau wohnte, dann bedeutete das – natürlich bloß rein statistisch –, dass hinter sämtlichen gelben Balkons Frauen geschlagen wurden. Und angenommen, dass in etwa der Hälfte aller Wohnungen Kinder lebten, und vorausgesetzt, dass jedes fünfte Kind sexuell missbraucht wurde, so fand hinter dreien von den acht roten Balkons sexueller Missbrauch statt. Hinter den anderen fünf wurden die Kinder bloß verprügelt. Ich hatte beschlossen, dass die Menschen hinter den beiden oberen blauen Balkons Krebs hatten. Und hinter dem untersten blauen Balkon quälte jemand seine Katze, indem er sie absichtlich in die Waschmaschine stopfte und den Schleudergang einstellte. Das Hochhaus war bis oben hin mit Leid und Bosheit vollgestopft, und dabei hatte ich noch nicht einmal all die Menschen eingerechnet, die bloß ihren Ehepartner mit dessen bestem Freund oder der Freundin betrogen oder die ihren Kindern sagten, dass sie sowieso Versager seien, oder die aus Schusseligkeit vergaßen, ihrem Wellensittich Wasser zu geben, bis ein vertrockneter kleiner Körper im Käfig lag. Die wohnten wahrscheinlich alle hinter den grünen Balkons.

»Interessiert dich eigentlich noch etwas anderes außer deiner miesen Laune und der Schlechtigkeit der Welt?«, fragte Marco. Ich sah ihn erstaunt an.

»Ich habe bereits die konservativsten Schätzungen zugrunde gelegt«, sagte ich. »In Wirklichkeit wird wahrscheinlich hinter sämtlichen Balkons jemand gequält. Aber du denkst natürlich, das Leben ist schön, bloß weil du selber gerade keinen Krebs hast und zufällig nicht in einem Krisengebiet lebst?«

»Ich habe immerhin einen Schwerbehinderten-Ausweis«, sagte Marco. »Ich wohne auch hinter einem blauen Balkon.«

»Hast du auch so'n Parkplatz-Aufkleber fürs Auto?«

»Nein. Und wenn, würde ich ihn dir nicht geben. Also meinetwegen: die Welt ist böse und ungerecht. Aber gibt es noch irgendetwas anderes, was dich interessiert? Was ist mit der Maueröffnung? Geht das völlig an dir vorbei, was gerade in Deutschland passiert? Der Untergang der DDR interessiert dich überhaupt nicht, stimmt's? Das ist wirklich bemerkenswert.«

Ich pellte mich aus dem Handtuch und begann, mich anzuziehen.

»Das konnte ja gar nicht klappen mit der DDR«, sagte ich. »Die vorrangigen Primaten-Interessen heißen nun einmal nicht Gleichheit und Brüderlichkeit, sondern Macht und Geltung. Und letztlich werden diese Interessen in sämtlichen Staatsformen der Erde verfolgt. Mit unterschiedlichen Mitteln vielleicht, aber es sind immer dieselben Interessen.«

»Ach ja, richtig – für Affen interessierst du dich ja auch noch. Aber du kannst nicht immer alles mit Affen erklären. Die sind nicht für alles zuständig, deine Affen. Wann sehe ich dich wieder?«

»Ich weiß noch nicht. Diese Woche wahrscheinlich nicht mehr. Ich komme vielleicht am Montag zu dir. Oder Dienstag.«

15

Einen Tag vor Weihnachten polterte Majewski morgens um sechs mit einem kleinen blauen Kunststoffboot vor meiner Tür.

»Das ist für dich. Es ist etwas größer und nicht so wendig wie meins, aber dafür kippst du darin nicht so schnell um.«

Auf der Unterseite des Bootes stand in kürbisgroßen roten Buchstaben: DEMOLITION MAN. Ich rollte den Neoprenanzug auf, den Majewski mir mitgebracht hatte. Währenddessen schleppte er das blaue Boot zu seinem Auto. Dann hörte ich ihn die Treppen wieder hochrennen, er nahm immer drei Stufen auf einmal – das reinste Energiebündel, und das morgens um sechs. Er kam mit einem noch kleineren grünen Boot wieder herunter. An seinen Schultern hingen zwei Sporttaschen. Draußen war es immer noch so dunkel wie in tiefster Nacht. Majewskis BMW parkte im Halteverbot. Das Auto war weiß, mit schwarzen Türen und Kotflügeln. Und schwarzen Spoilern. Ich hatte überhaupt nichts gesagt, aber Majewski fing gleich an, sich zu rechtfertigen:

»Alle fragen mich, warum ich so ein Auto fahre. Und alle denken, ich will damit angeben. Aber ich brauche das. Ich brauche das wirklich. Ich sitze manchmal tagelang im Auto. Ich muss so viel fahren, ich muss einfach schnell sein. Die Spoiler brauch ich wegen der Straßenlage. Ich will ihn ja noch weiter tunen lassen, damit er es auf dreihundert bringt.«

Er rüttelte an den Booten, ob sie auch fest auf dem Dachgepäckträger saßen.

»Stell dir vor, einmal wollte eine Anhalterin deswegen nicht bei mir einsteigen. Ich halte ganz freundlich an, und sie sagt: *Nääh, in so ein Auto steig ich nicht.*«

Majewski fuhr wie ein Geisteskranker. Mit hundertzwanzig durch die Stadt und mit zweihundertvierzig über die Autobahn. Ich hatte ein bisschen Angst, fühlte mich aber schlagartig wach und ungewohnt lebendig. Allmählich wurde es hell. Ein grauer Himmel ohne Sonne. Wir zogen an den anderen Autos vorbei, als würden sie stehen. Zum Glück waren noch nicht viele unterwegs. Keiner von diesen Rentnern auf dem Weg zum Weihnachtsfest bei den Enkelkindern war in der Lage, Geschwindigkeiten über hundertfünfzig Stundenkilometer einzuschätzen. Falls einer auf die Idee kam, plötzlich auszuscheren, waren wir fällig. Einer scherte aus. Majewski riss seinen BMW nach links auf den Grasstreifen neben der Leitplanke. Der Wagen bockte und schleuderte. Majewski lenkte konzentriert gegen. Sein Gesicht sah dabei völlig entspannt aus. Den Mund hielt er sogar leicht geöffnet. An einer Stelle klebte die Haut seiner Unterlippe noch an der Oberlippe und zog sich wie ein Kaugummi. Er lenkte wieder auf die Überholspur.

»Hast du dich erschreckt? Du klebst ja geradezu im Sitz.«

Er sah mir frech in die Augen.

»Kuck du mal lieber nach vorne« sagte ich, tastete nach dem Gurt und schnallte mich demonstrativ an. Aber in Wirklichkeit hatte ich gar keine Angst, sondern bewunderte Majewski maßlos. Wer Auto fuhr wie er – kein Zweifel, der lebte.

Auf einer engen kurvigen Bergstraße hielt Majewski schließlich an, und wir stiegen aus. Es war immer noch grausig früh. Ein kalter und trüber Tag. Auf einer Wiese lagen noch Schneereste. Rechts der Straße fiel ein Hang steil ab, und etwa zwanzig Meter unter uns tobte der Fluss vorbei.

»Etwas mehr Wasser als sonst«, sagte Majewski. »Das liegt wahrscheinlich an dem ganzen Schnee, der jetzt weggetaut ist.«

Ich schaute in die Tiefe. Der Fluss hatte keine Ähnlichkeit mit dem, den mir Majewski in dem Video gezeigt hatte. Weiß, das Wasser war weiß und spritzte meterhoch Gischt, die als Nebel in der Luft hängen blieb. Majewski zeigte da und dort hin, erklärte, wo ich aufpassen musste. Ich hörte überhaupt nicht zu. Anzunehmen, dass ich in diesem brodelnden Höllenkessel imstande sein könnte, ein Boot zu steuern, war lächerlich. Das würde ich nie schaffen. Ich würde umkippen, unter einen Felsen gedrückt werden und ertrinken. Wahrscheinlich die beste Lösung. Wir stiegen wieder in den BMW und fuhren zu einem Parkplatz, auf dem bereits die anderen Paddler in zwei VW-Bussen eingetroffen waren. Außer Majewski und mir fuhren noch fünf mit – vier Jungen und eine Frau.

Sie waren allesamt groß und dünn und trugen bereits ihre schwarzen Neoprenanzüge. Majewski und ich zwängten uns in unsere. Ich kroch in das blaue Boot. Majewski überprüfte, ob der Halt für meine Füße richtig eingestellt war, und steckte die Spritzdecke fest, wobei er mich viel und immer etwas zu lange berührte. An dieser Stelle sah die Oker noch still und dunkel wie ein Waldsee aus. Um vom Parkplatz hineinzugelangen, musste man eine gepflasterte Rampe hinunterrutschen, vielleicht zwei Meter tief, und dann kam noch ein kleines Stück freier Fall.

»Du bist schon einmal gefahren?«, fragte einer der Paddler. Für die Jahreszeit war er ungewöhnlich braun. Die sonnengebleichten Haare fielen in sein Gesicht, als er sich zu mir herunterbeugte.

»Ich … äh … nein.«

Er wandte sich an Majewski.

»Sag mal, findest du das normal, eine völlige Anfängerin die Oker runterzuschicken? Und dann noch bei der Wassermenge?«

»Klar«, sagte Majewski, »sie schafft das schon.«

Er zurrte alle Decken und Riemen an mir fest und stülpte mir einen Motorradhelm über den Kopf. Es war die letzte Gelegenheit, wieder auszusteigen.

»Bereit?«, fragte Majewski. Ich nickte. Ich brachte es einfach nicht fertig, sein großes Vertrauen in meine Fähigkeiten zu enttäuschen. Er schob mich auf die Rampe. Ich rutschte, flog ein Stück durch die Luft, landete im Wasser und konnte das Boot mit einem Paddelschlag stabilisieren. Majewskis grünes Boot landete klatschend neben mir.

»Du fährst als Erste los. Du brauchst keine Angst zu haben. Ich bleibe dicht hinter dir und helfe, wenn irgendetwas passiert. Hinter der ersten Kurve kommt eine Brücke, da ist die erste Schnelle, nichts Großes, das Wasser fließt bloß ein bisschen rascher, gleich dahinter sind links und rechts zwei kleine Buchten, in eine von beiden musst du hineinsteuern und dabei das Boot gleichzeitig wenden, dass du gegen die Strömung stehst – okay?«

Ich paddelte los, spürte die sanfte und unerbittliche Macht der Strömung, spürte die Muskulatur meines Verdauungstraktes. Näher immer näher hörte ich das hohle Brausen. Mein Herz schlug wie mit Fäusten gegen meine Rippen. Aber die erste Schnelle war tatsächlich klein, nur ein paar Wellen, die gegen das Boot klatschten, und ich erwischte die linke Bucht. Majewski hatte in der gegenüberliegenden Kehre gehalten und winkte mir, zu ihm herüberzufahren. Was sollte das denn? Gerade fing ich an, Gefallen an der Sache zu finden. Ich wollte keine Pausen, in denen ich Zeit hätte, wieder Angst zu bekommen. Ich wollte zur nächsten Schnelle und dann zur übernächsten.

»Komm schon«, brüllte er.

Ich stieß mich ab, paddelte schräg nach vorn, dachte daran, dass das Topolino nicht quer zur Strömung liegen durfte, kam trotzdem quer und kippte um. Das Wasser war an dieser Stelle nicht tief. Ich konnte mit der Hand den Grund berühren, musste aber trotzdem aussteigen. Während ich das Boot ans Ufer zerrte, hob Majewski plötzlich witternd den Kopf und rief:

»Oh nein, nicht das jetzt!«

Dann merkte ich es auch: Der Wasserpegel sank – so schnell, dass man zusehen konnte. Die anderen fünf kamen unter der Brücke hindurchgesaust, einer schrie: »Sie machen die Schleuse zu!«

Die Strömung riss sie vorbei.

»Zieh dein Boot an Land und warte auf mich«, rief Majewski und folgte ihnen mit großen Paddelschlägen. Ich hörte sie in der Ferne schreien und lachen. Dann wurde es still. Der Fluss war einfach verschwunden. Ein schmales Rinnsal bahnte sich seinen Weg durchs Geröll. Mittendrin steckte ein Metallpfosten mit einem Blechschild. *Nicht ins Flussbett treten – Lebensgefahr*, stand darauf. Ich kippte das Wasser aus dem Boot.

16

Das Taxameter zeigte sieben Mark vierzig.

»Mach acht«, sagte der Mann in dem grobgestrickten Pullover und reichte mir einen Fünfzig-Mark-Schein.

»Kleiner haben Sie es nicht?«

»He, du bist verpflichtet bis fünfzig Mark wechseln zu können.«

»Jaja, schon gut«, sagte ich. »Das war eine höfliche Frage. Hätte ja sein können, dass du noch einen kleineren Schein hast.«

»Krieg ich jetzt bald mal mein Wechselgeld?«

Immer noch lagen die Reste zerfetzter Chinaböller, Knallfrösche und Piepmanscher-Matten in den Rinnsteinen. Beim Anblick der aufgeweichten und überfrorenen, an billiges Toilettenpapier erinnernden Feuerwerksreste hatte ich schon wieder die Nase voll vom neuen Jahr.

Als Nächstes fuhr ich ein neunzigjähriges Muttchen von einem Altenstift in der Max-Brauer-Allee zur Katholischen Akademie. Mit zittrigen Fingern zog sie einen Hundert-

Mark-Schein aus der Knips und reichte ihn nach vorn. Ihre Knöchel schimmerten durch die Haut. Außerdem hörte sie schlecht und war halbblind. Ich wagte nicht, sie nach einem kleineren Schein zu fragen, und gab ihr achtundachtzig Mark heraus, davon achtundzwanzig in Münzen.

Ich befand mich jetzt ganz in der Nähe meiner Wohnung, aber es hatte keinen Zweck hochzugehen. Alles, was ich noch an Geld hatte, war das in meinem Kellnerportemonnaie. Ich fuhr zum Hauptbahnhof.

»Sieht das hier aus wie 'ne Wechselstube?«, sagte der Kioskverkäufer. »Du musst schon was kaufen.«

Ich kaufte ein Mars und eine Dose Cola und zahlte mit dem Hunderter.

»Kannst du mir statt des Fünfzigers kleine Scheine geben?«

»Sieht das hier aus wie 'ne Wechselstube?«

Ich stellte mich beim Glockengießerwall vor den Bahnhof. Der nächste Fahrgast hatte das Geld erfreulicherweise passend. Aber dann stiegen zwei junge Männer in Rollkragenpullovern bei mir ein und wollten zum Luxor, an den Alsterarkaden vorbei, damit sie einen Blick auf das abgebrannte vegetarische Restaurant werfen konnten. Sie hatten beide kinnlange Haare, die in der Mitte gescheitelt waren. Richtige Mädchenfrisuren. Sie flüsterten und kicherten auch wie Mädchen miteinander. Dann fragte einer:

»Na, wie ist es – haben wir zwei Aspiranten irgendwelche Aussichten bei dir?«

»Nee«, sagte ich, »nee, habt ihr nicht.«

Ich wusste schon, wie es kommen würde. Lässig reichte mir der eine den Fünfzig-Mark-Schein nach vorn.

»Kann ich nur mit Not wechseln. Hast du's nicht passender?«

»Wechsel halt mit Not«, sagte der Zwanzigjährige.

Ich gab ihm vierzig Mark raus.

Am Karl-Muck-Platz entdeckte ich Udo-Zwonullfünf. Er sah deprimiert aus dem Seitenfenster seines Taxis. Kurz vor Weihnachten war seine Freundin verschwunden. Von einem Tag auf den anderen war ihr Telefon abgemeldet gewesen. Und als Udo zu ihrer Wohnung gefahren war, hatte er vor leeren Zimmern gestanden. Auf dem Klingelschild fehlte bereits der Name. Niemand konnte oder wollte ihm sagen, wohin sie gezogen war.

Ich stellte mich ans Ende der Taxischlange, ging zu Udo und erzählte ihm eine Zusammenfassung meiner letzten vier Touren.

»Das Widerlichste«, sagte Udo, während er mir einen Fünfziger wechselte, »das Widerlichste und Niederträchtigste sind diese fetten, b-bebrillten Feuilletonredakteure, die sich in lustigen Artikeln darüber mokieren, wenn Taxifahrer n-nicht wechseln können.«

Ich stimmte ihm zu. In letzter Zeit hatten die Zeitschriften das Thema ›Service-Wüste Deutschland‹ entdeckt. In Amerika war das alles viel besser, da spurten die Dienstleistenden noch richtig. Aber hier: nichts als Taxifahrer, die keine Fünfzig-Mark-Scheine wechseln wollten.

»Die können sich da nicht reindenken«, sagte ich. »So ein dicker, bebrillter Feuilletonredakteur mit dem Portemonnaie voller Fünfzig-Mark-Scheine, der denkt natürlich: Warum nehmen die Taxifahrer nicht jede Nacht fünfhundert Mark Wechselgeld mit, damit die auch ganz bestimmt wechseln können, falls ich vorbeikomme? Die können sich das gar nicht vorstellen, dass es sich jemand nicht leisten kann, mal eben so fünfhundert Mark kaltzustellen.«

»Und wieso soll eigentlich derjenige, der bezahlt wird, für d-den reibungslosen Ablauf des Geschäfts verantwortlich sein? Wieso nicht der, der zahlt? Steht das irgendwo geschrieben?«, sagte Udo-Zwonull-fünf.

»Alles Dreckhecken«, sagte ich.

17

Es war früher Nachmittag, und ich lag noch im Bett, als meine Wohnungstür aufging. Majewski kam in großen Schritten quer durch den Raum auf mich zu. Er trug ein lila Jackett zu einem zerknitterten schwarzen Hemd und einer sackartigen hellen Hose. Unterwegs griff er sich den Stuhl vom Schreibtisch und stellte ihn – die Lehne voran – vor mein Bett. Er setzte sich rittlings darauf. Die Ellbogen hängte er über die Lehne.

»Ich habe die ganze Nacht nicht geschlafen. Ich musste immer nur an dich denken. Seit Tagen kann ich nicht schlafen, weil ich immer an dich denken muss. Konntest du schlafen?«

»Ja, hervorragend.«

Das war gelogen. Eines der Nebengebäude wurde gerade abgerissen, und ich bekam tagsüber kaum noch ein Auge zu. Ich ging aber davon aus, dass Majewski ebenfalls gelogen hatte.

»Ich muss mal eben zur Polizei. Hast du Lust mitzukommen?«

»Was willst du denn bei der Polizei?«

»Ich hab wieder eine Anzeige wegen Nötigung im Straßenverkehr bekommen. Da soll ich jetzt zu Stellung nehmen.«

Draußen hatte es knapp über null Grad. Die Luft war so kühl und klar, dass eigentlich nur noch Schnee fehlte. Einzelne kleine Wolken verteilten sich über den blendenden Himmel. Kaum waren wir auf der Straße, als wir auch schon in eine Gruppe von Jungen in sommerlich leichten Jogginghosen gerieten. Sie hatten sich vor dem Hoftor versammelt. Der Größte probierte verschiedene Kick-Box-Tritte am Zweitgrößten aus. Die anderen – es waren noch vier – sahen zu. Ich hatte keine Ahnung vom Kick-Boxen, aber ich fand es erschreckend, wie präzise dieser Zwölfjährige bereits seine Tritte platzierte. Ohne selbst aus dem Gleichgewicht zu kommen, traf er den anderen jedes Mal mit seinem Turnschuh am Kopf. Der Junge, dessen Kopf dann ein Stück nach hinten oder zur Seite federte, hatte jede Gegenwehr aufgegeben. Er kämpfte bloß noch mit den Tränen.

Majewski packte den kleinen Kick-Boxer am Kragen.

»Bist du bescheuert? Hör sofort auf!«

Der Zwölfjährige versuchte, mit dem Oberkörper abzutauchen und gleichzeitig sein Bein hochzubringen, Richtung Majewskis Schläfe. Majewski riss ihn einfach am Kragen von den Füßen. Das kleine Miststück fiel auf den Rücken und schlug mit dem Hinterkopf auf eine Gehwegplatte. Ich sah es schon vor mir, wie sich gleich die ganze Bande auf Majewski stürzen und auf ihn eintreten würde. Aber Majewski schob die Ärmel seines lappigen Jacketts über seinen muskulösen Unterarmen hoch, sah einmal in die Runde und sagte bloß:

»Und ihr haltet euch da raus!«

Sie blieben tatsächlich stehen. Majewski ignorierte den kleinen Kick-Boxer, der sich gerade wieder aufrappelte, und ging zu dem getretenen Jungen. Er nahm seinen Kopf vorsichtig in die Hände und besah sich eine Schürfwunde.

»Geht's?«, fragte er, und der getretene Junge nickte unter Tränen, wischte sich die Nase mit dem Handrücken und lief dann davon. Majewski drehte sich zu den anderen um.

»Mensch, ihr seid doch alle nicht ganz dicht. Haut bloß ab!«

Zu meiner Überraschung trollten sie sich tatsächlich. Dabei terrorisierten die hier sonst die ganze Gegend.

Majewski steckte die Hände in die Hosentaschen und schlenderte mit mir zur Polizeiwache hinüber. Er überlegte laut und völlig sorglos, welcher Autofahrer ihn diesmal angezeigt haben könnte. Den Kick-Boxer hatte er schon wieder vergessen. Auch auf der Wache behielt Majewski die Hände in den Taschen. Er lehnte sich mit dem Bauch gegen den Tresen, beugte sich zutraulich vor und log so offensichtlich, dass es mir die Schamröte ins Gesicht trieb.

»Hören Sie auf, Herr Majewski«, sagte einer der beiden Polizisten schließlich entnervt. »Das sind die dümmsten Ausreden, die ich je gehört habe. Wir wissen beide, dass Sie es waren. Und es ist nicht die erste Anzeige dieser Art. Sie machen es nur noch schlimmer, wenn Sie es nicht zugeben.«

Majewski legte den Kopf schief und lächelte den Polizisten an. Er schien die Situation zu genießen.

»Aber wenn ich Ihnen doch sage, dass ich gar nicht gefahren bin. Es gibt viele Leute, die Zugang zu meiner Wohnung haben und sich den Autoschlüssel jederzeit nehmen können. Sie zum Beispiel«, er zeigte auf mich, »sie fährt auch manchmal damit.«

Zu meiner Erleichterung gingen die Polizisten nicht weiter darauf ein. Sie drohten Majewski nur, dass er demnächst ein Fahrtenbuch führen müsste.

»Ach, damit kommen die jede Woche«, sagte Majewski laut, während wir die Polizeiwache verließen.

18

Eine dicke Frau mit fettigen Haaren und Pickeln im Gesicht stieg am Steindamm ein. Sie hatte einen widerlichen Körpergeruch. Ranzig. Sie setzte sich breitbeinig auf die Rückbank, hob ihren langen schwarzen Rock an und fächelte mit dem Saum. Der Gestank wurde überwältigend. Ich kurbelte mit angehaltenem Atem das Seitenfenster halb herunter und lehnte den Kopf gegen den Türrahmen. Kalte Luft strömte an meinem Gesicht vorbei.

»Nach Barmbek. Nu' fahr los, hast eh schon zu viel auf der Uhr.«

Ihr fehlte der rechte Eckzahn. Den Zahn dahinter gab es auch nicht mehr. Ich setzte den Blinker und reihte mich wieder in den Verkehr ein. Hinter der Außenalster endete der Tag in wässrigem Rosa.

»Wo denn in Barmbek? Soll ich die Fuhlsbüttler hoch?«

»Fahr bloß nicht die Fuhle. Ich weiß schon, wie ich nach Barmbek komm. Ich fahr da jeden Tag hin.«

Im Rückspiegel sah ich, wie sie sich ihre Handtasche auf den Schoß stellte und darin herumwühlte, bis sie eine Packung Zigaretten fand. Sie steckte sich eine zwischen die dicken gespitzten Lippen. Ich hasste es, wenn die Fahrgäste rauchten. Da fast alle Fahrgäste rauchten, machte das mein Leben nicht gerade leichter. Die dicke Frau saugte gierig am Filter, füllte ihre ruß- und schleimverkleisterten Lungen. Dann ließ sie den Qualm genießerisch durch ihre großen schwarzen Nasenlöcher wieder ausströmen. Er schwebte zu mir herüber. Unendlich langsam bewegte er sich auf den Fensterspalt zu. Ich hielt wieder den Atem an. Ich wollte das nicht in mir haben, was eben noch in dieser Frau gewesen war. Aber als der Qualm genau an meinem Gesicht vorbeikam und in meinen Augen kratzte, konnte ich es nicht länger aushalten, schnappte nach Luft, und er schlüpfte wie ein Flaschengeist in meinen Mund. Wenigstens nahm ich jetzt den Gestank nicht mehr so deutlich wahr.

»Fahr ja keinen Umweg. Ich fahr jeden Tag nach Barmbek. Ich bin nämlich Stammkunde bei euch.«

Sie hatte mir immer noch nicht gesagt, wo sie eigentlich genau hin wollte, also fuhr ich erst mal die Bramfelder hoch. Als wir an dem Versicherungsgebäude der Techniker Krankenkasse vorbeikamen, plärrte sie los.

»Wo fährst du denn jetzt hin? Hier rechts rum, Mensch, hier rechts!«

»Vielleicht sagen Sie endlich mal, in welche Straße Sie wollen.«

»Dohlenweg. Dohlenweg einundzwanzig«, schrie sie mich aus vollem Hals an.

»Aber der Dohlenweg liegt nicht in Barmbek – der Dohlenweg liegt in Dulsberg«, schrie ich zurück.

»Ich weiß, wo ich wohne. Ich bin seit acht Jahren Stammkunde beim Autoruf.«

»Na und«, sagte ich, »das hier ist ein Taxi vom Wandsbeker Funk.«

Das stopfte ihr vorläufig den Mund. Während ich wendete, gelang es mir, unauffällig den Stadtplan herauszuziehen. Inzwischen war es schon so dunkel, dass ich die Straßennamen kaum noch lesen konnte. Ich wusste aber so ungefähr, wo der Dohlenweg war. Fünf Minuten später hielt ich vor einem Wohnblock aus dunklem Backstein. Ein vergitterter Torbogen führte in einen Hinterhof.

»Warte mal. Ich muss erst das Portemonnaie aus der Wohnung holen.«

»Können Sie mir etwas zur Sicherheit dalassen«, sagte ich, »vielleicht die Handtasche?«

»Wieso das denn«, keifte sie sofort los. »Ich bin Stammkundin. Ich fahr seit acht Jahren mit dem Autoruf. Ich hab noch nie eine Sicherheit dalassen müssen.«

Schließlich gab sie mir die Tasche, aber nicht, ohne sich vorher die Zigaretten herauszunehmen. Die Handtasche war zerschlissen und unglaublich dreckig. Ich öffnete sie, während die dicke Frau die Tür im Torgitter aufschloss. Selbst die Tasche stank. Sie war bis oben hin mit zerknüllten Papiertaschentüchern gefüllt. Außerdem waren noch eine Packung Streichhölzer, ein Flaschenöffner und zwei Hände voll Sand darin. Mir war klar, dass sie deswegen nicht zurückkommen würde. Ich stieg aus und schloss das Taxi ab. Die dicke Frau ging schneller und verschwand in der Dunkelheit des Hinterhofs. Ich lief hinterher. Das Gitter stand immer noch offen. Als ich den Hof erreichte, sah ich erst wie riesig er war. Groß wie ein Fußballfeld. Eine Grünanlage mit Rasenflächen, Büschen und hohen Bäumen, rundherum von Häuserwänden eingefasst. Es war stockduster. Von der dicken Frau war nichts zu sehen. Wenn ich Pech hatte, war sie bereits in einem der beleuchteten Hauseingänge verschwunden.

»Hallo«, rief ich. Dann drehte ich mich um und ging mit lauten Schritten wieder Richtung Taxi. Ich knallte die Stiefelsohlen richtig aufs Pflaster. Als ich aus dem Torbogen heraus war, kehrte ich um und schlich eng an die Mauer gepresst wieder zurück. Ich wartete eine Weile, dann sah ich, wie die dicke Frau sich aus einem Gestrüpp herausarbeitete. Als sie auf einen Hauseingang zusteuerte, stieß ich mich von der Mauer ab und holte sie ein. Sie sah mich gereizt an. Ihre Haare und ihr Wollpullover waren voller Tannennadeln und Rinde.

»Ich dachte mir, ich komm schnell mit«, sagte ich und hielt ihr die Handtasche entgegen. »Dann brauchen Sie nicht den ganzen Weg wieder zurückzulaufen.«

Sie nahm ihre Tasche nicht, sondern watschelte bloß wütend vor mir her. Ich folgte ihr ins Treppenhaus und dann in den zweiten Stock. Nachdem sie aufgeschlossen hatte, versuchte sie, mir die Tür vor der Nase zuzuziehen. Sie war aber zu langsam, und ich schob mich mit hinein und sah mich um, ob es etwas gab, das ich pfänden könnte. Der Flur war leer. Nur ein Spiegel mit rotem Kunststoffrahmen hing an der Wand. Ich stellte die Tasche auf dem Fußboden ab.

»Das ist der Taschenservice des Autorufs«, sagte ich munter, »exklusiv für Stammkunden.«

Die dicke Frau verschwand vor sich hinschimpfend hinter einer Zimmertür. Ich wollte gerade hinterher, da ging die Tür wieder auf und ein großer Mann kam heraus. Er trug eine Jeans, aus der oben eine lila Satinunterhose herausschaute. Sein Oberkörper und die Füße waren nackt. Der Oberkörper war vom Rand der Unterhose bis über den Hals und bis zu den Handgelenken flächendeckend tätowiert. Durch die offene Tür sah ich, wie sich die dicke Frau auf eine ähnlich wild gemusterte Couch fallen ließ. In einem Fernseher wurde gelacht.

»Was gibt's denn?«

Die Stimme des tätowierten Mannes war beinahe freundlich. Auf dem Bizeps seines rechten Armes zuckte ein Goldfisch mit den Flossen.

»Ich bin das Taxi«, sagte ich. »Ihre Frau hatte kein Geld dabei. Ich krieg noch zwanzig Mark.«

Ich wusste natürlich nicht, ob sie seine Frau war. Vielleicht war sie auch seine Mutter.

»Okay«, sagte er, ging wieder ins Wohnzimmer zurück und zog die Tür hinter sich zu. Ich wartete drei Minuten, dann öffnete ich vorsichtig selbst. Der tätowierte Mann und die dicke Frau saßen jetzt zusammen auf der Couch, blau angestrahlt vom Fernsehbild. Vor ihnen auf einem Tisch stand ein Aschenbecher. Der Rauch zweier Zigaretten stieg kerzengerade in die Luft. Der tätowierte Mann und die dicke Frau drehten langsam die Köpfe und schauten mich an, als hätten sie mich noch nie gesehen.

»Ich krieg noch zwanzig Mark«, sagte ich.

Der Mann stand auf, griff in seine Hosentaschen – vorne rechts, hinten links, hinten rechts – ging hinüber zu einem Schrank, griff in eine Schale und zog eine Schublade auf. In der Wohnzimmerbeleuchtung sahen seine Tätowierungen wie ein hautenger Rollkragenpullover aus. Mit drei Fünf-Mark-Scheinen kam er auf mich zu. Das war mehr, als ich zu hoffen gewagt hatte.

19

Marco war am Telefon. Ich hatte schon befürchtet, dass er irgendwann anrufen würde.

»Was ist los? Ich habe dich ziemlich lange nicht gesehen.«

»Tut mit leid«, sagte ich, »ich hatte total viel zu tun. Winter ist nun mal die Zeit, in der ein Taxifahrer am meisten verdient. Ich hab doch so viele Schulden. Da kann ich nicht ständig freimachen. Ich hätte dich aber schon noch angerufen.«

»In drei Wochen, oder wann?«

»Ich wollte mich längst melden, aber ich war krank, ich hatte ganz hohes Fieber – dauernd war was.«

»Das ist mir zu doof. Hast du mich über? War's das jetzt? Sag mir einfach, wie es mit uns weitergeht!«

Ich sah Marcos gequälten kleinen Körper vor mir, die kurzen, etwas krummen Beine, seine flossenartigen Arme, die Packung Schmerztabletten, die das letzte Mal neben seinem Bett gelegen hatte. Ich dachte an Majewski, an seine muskulösen Unterarme, seine strotzende Gesundheit, daran, wie er das Paddel über den Kopf gehalten hatte, als er sich die Stromschnellen herunterstürzte.

»Für die nächste Zeit kann ich jetzt noch nichts abmachen. Ich habe gerade wahnsinnig viel an den Hacken.«

»Okay, ich hab verstanden. Dann komm aber bitte auch dann nicht, wenn's dir mal wieder passt.«

»Tut mir leid«, sagte ich, »im Moment ist es mir einfach gerade alles zu viel. Vielleicht hast du recht und wir lassen es besser ganz.«

»Lass dich ja nicht wieder blicken«, sagte Marco und legte auf.

20

Auf dem Weg zur Firma verlor das Fahrrad schon wieder Luft. Ich musste unterwegs zweimal aufpumpen. Als ich bei Mergolan ankam, waren alle Taxen bereits vergeben.

»Aber der Zwovierfünf ist noch in der Werkstatt. Frag mal Nusske, wann der fertig ist«, sagte Udo-Dreidoppelsieben.

In der Werkstatt roch es angenehm nach verglühten Metallspänen und den Ölflecken auf dem Boden. Der Zwovierfünf schwebte auf einer Hebebühne. Nusske stand darunter, hatte den linken Arm um den linken Vorderreifen gelegt und popelte mit einem Schraubenzieher im Gestänge herum. Er trug wieder den Blaumann, der ihm so gut stand.

»Na, hilfst du mal wieder aus?«, fragte ich.

»Ja, scheint so«, brummte Nusske hinter seinem Reifen hervor.

Ich setzte mich auf eine rote Tonne. Neben der Tonne lag ein Motorblock, in den ein verschmiertes Feinrippunterhemd hineingestopft war. Da stellte ich meine Füße drauf.

»Udo meint, du wärst gleich mit dem Zwovierfünf fertig. Sonst ist nämlich kein Wagen mehr da.«

»Willst du darauf warten? Das dauert mindestens noch eine Stunde. Vielleicht auch zwei.«

»Sonst muss ich mein plattes Fahrrad nach Hause schieben. Das dauert genauso lange.«

»Hol dein Fahrrad doch rein. Das reparieren wir gleich mit«, sagte Nusske. Er hatte erstaunlich lange Wimpern. Wenn er nach unten schaute, um sich einen neuen Schraubenzieher vom Rollwagen zu nehmen, lagen die Wimpern beinahe auf seinen Wangenknochen auf.

Ich ging mein Fahrrad holen und stellte es neben dem Werkstatttisch auf Lenker und Sattel. Udo-Dreidoppelsieben schloss gerade das Büro ab.

»Tschüss, ich geh jetzt«, rief er zu uns hinein.

»Wieso ist eigentlich Mustafa nicht da«, fragte ich Nusske. »Hat der Urlaub? Ich hab den schon ewig nicht mehr gesehen.«

»Den hab ich entlassen«, sagte Nusske. »Können wir uns nicht mehr leisten.«

»Und wer macht jetzt die Werkstatt?«

»Na wer wohl?«

»Ich dachte, du hast eine eigene Werkstatt?«

»Da arbeite ich tagsüber. Tagsüber in meiner Werkstatt und hinterher hier.«

Nusske hatte einen schwarzen Schmierstreifen quer über dem Gesicht. Das machte mich ganz schwach.

»Und wann schläfst du?«

»Gar nicht«, sagte Nusske, »das kann ich mir nicht leisten. Ich hab alles durchgerechnet und die Kosten auf ein Minimum runtergefahren. Wenn nichts dazwischenkommt, sind wir in vier Jahren die Kredite los, aber auch nur, wenn ich mir kein Gehalt auszahle.«

»Ich dachte, der Laden gehört Udo?«

»Tut er auch. Aber Udo kriegt ja nichts gebacken. Der wollte ja nicht mal die Putzfrau entlassen.«

»Versteh ich nicht«, sagte ich. »Der Betrieb ist doch bisher immer bestens gelaufen. Wieso trägt der sich plötzlich nicht mehr. So viel kann Udo in den paar Wochen doch gar nicht falsch gemacht haben.«

»Ich hab mir mal die Bücher angeschaut. Und dann hab ich auch mit Mustafa gesprochen. So wie es aussieht, konnte Mergolan bloß deswegen existieren, weil die alle paar Wochen ein Taxi zu Schrott gefahren haben. Dann haben sie die Versicherungsprämie kassiert und den Wagen irgendwie wieder zusammengeflickt. Dadurch hatten die praktisch keine Anschaffungskosten.«

Ich baute das Vorderrad aus und suchte nach einem stumpfen Schraubenzieher, um den Mantel des Reifens von der Felge zu heben. Ein Teil der Werkzeuge hing an einer Blechwand. Die Maulschlüssel glänzten silbern und waren nach Größe sortiert wie die sorgfältig präparierten Rippen eines Dinosaurierfundes. Auf dem Tisch darunter standen mehrere Ramschkisten. Die Hämmer, Schraubenzieher und Zangen darin waren allesamt mit einer schwarzen fettigen Schicht überzogen. Ich fand, was ich brauchte, und zog den Schlauch aus dem Fahrradreifen. Nusske klopfte währenddessen mit einem Hammer auf der Achse des Zwovierfünf herum.

»Na, irgendwann habt ihr auch den ersten Totalschaden«, sagte ich.

»Ich brauch den nicht irgendwann; ich brauch den jeden Monat«, sagte Nusske. »Ihr fahrt zwar alle wie die Henker und macht alles Mögliche kaputt, aber so ein richtig schöner Totalschaden war bisher einfach nicht dabei.«

Er hieb noch dreimal wütend auf das Gestänge ein, dann ließ er den Hammer sinken.

»Das wird heute nichts mehr. Ich muss erst irgendwo ’ne andere Achse ausbauen.«

Er kam zu mir und nahm mir den Fahrradschlauch aus der Hand.

»Gib mal her. Das kann ich ja nicht mit ansehen.«

Er wühlte in einem der Ramschkästen herum und machte sich dann ans Flicken, während ich den Wandkalender mit den nackten Mädchen auf Motorhauben durchblätterte. Fünf Minuten später baute Nusske den aufgepumpten Vorderreifen wieder ein.

»Das hätte ich auch selber hingekriegt«, sagte ich.

»Ja, aber dann hätten wir hier morgen noch gesessen. Und ich bin sowieso spät dran, weil vorhin noch Udo-Zwonullfünf eine Stunde auf mich eingeredet hat. Der quatscht einem ständig die Ohren voll, wegen seiner verschwundenen Freundin. Auch so’n Pflegefall. Ihr Taxifahrer seid doch alle irgendwie Pflegefälle.«

»Aber dir geht es gut, ja?«

»Ja. Wenn ich erst meine Schulden abgearbeitet habe, geht es mir gut.«

21

Majewski raste mit hundertachtzig Stundenkilometern zurück nach Hamburg. Das gelbe Boot auf dem Dachgepäckträger gab ängstliche Heulgeräusche von sich. Majewski war in einem außerhalb liegenden Schwimmbad gewesen, in dem nach Kassenschluss noch zwei Stunden lang die Sportbootfahrer ins Becken durften, um ihre Eskimorollen zu üben. Vorher hatte er mich mit meinem Wäschesack zu meiner Mutter gebracht. Und hinterher wieder abgeholt.

»Du schreibst doch, nicht?«, fragte Majewski. »Hast du schon einmal daran gedacht, für eine Zeitung zu schreiben?«

»Na ja«, sagte ich. »Ich hatte mir mal überlegt, einen Bericht über Mensa zu machen. Dieser Verein, wo du erst einen Intelligenztest bestehen musst, um aufgenommen zu werden. Ich stell mir das als eine völlig verklemmte Bande vor, Physiker und so. Diese Jungs, die in der Schule früher immer in der Pause mit Coladosen zwischen den Garderobenständern Fußball gespielt haben und nie eine Freundin hatten und meinen, Intelligenz wäre die Sache überhaupt. Man müsste sich da natürlich einschmuggeln, nicht so ein blödes Interview oder so etwas.«

»Glaubst du denn, dass du den Test bestehen würdest?«

»Wieso nicht?«

»Okay, ich leier das für dich an. Ich kenn da einen Redakteur beim Spiegel. Der soll dann mal Geld für dich locker machen.«

Sofort wurde mir übel.

»Nein, lass mal lieber. Ich habe ja noch nie was für 'ne Zeitung geschrieben. Ich weiß doch überhaupt nicht, wie das geht. Und außerdem hab ich noch gar nichts fertig.«

Majewski lachte.

»Du hast ja keine Ahnung, wie so was läuft. Erst müssen die das Geld raus tun. Vorher schreibt man nicht eine Zeile. Außerdem werden wir sagen, dass du schon massenhaft Artikel geschrieben hast. Wenn dem nicht passt, was du ablieferst, dann schreibt er das eben um. Der schreibt sowieso alles um. Was meinst du, wie viele Artikel bezahlt werden, die dann niemals erscheinen. Neulich hat jemand der Quick Fotos angeboten, von einer Berlin-Sache, die schon jemand anders für die fotografiert hatte. Bilder von der Mauer. Die Fotos waren besser, und der Verlag hat sie angekauft, obwohl er die von seinem Hausfotografen abdrucken wird, einfach nur, damit sie nicht woanders erscheinen. So läuft das. Ich leier das jetzt mal für dich an.«

Mir war immer noch schlecht. Ich hasste Majewski und seine Sorglosigkeit in allen Dingen. Warum konnte er mich nicht einfach in Ruhe lassen?

Vor der Filmhauskneipe fädelte Majewski seinen BMW in eine enge Parklücke. Er musste noch ein winziges Stück wieder vorziehen und beschimpfte sich selbst als Versager, weil es ihm nicht gelungen war, in einem Schwung einzuparken. Ich stieg aus. Es war so kalt, dass mein Atem in einer Wolke vor mir stand. Majewski kam um den Wagen herum, riss mich an sich und küsste mich. Mir wurden die Knie weich. Ich hatte es furchtbar nötig, geküsst zu werden.

»Normalerweise muss ich nie vorziehen. Ich versteh nicht, wie mir das passieren konnte«, nölte Majewski.

In der Filmhauskneipe gab es mehrere lange Tische. Außer vier Taxifahrern, die alle am Tresen standen, war niemand da. Wir setzten uns und bestellten Pizza. Ich erkannte Tossi unter den Taxifahrern, und einen zweiten kannte ich auch vom Posten Gänsemarkt. Ich hoffte gegen jede Wahrscheinlichkeit, dass sie mich nicht erkannt hatten. Während wir auf die Pizzen warteten, nahm Majewski mein Gesicht in beide Hände und küsste wie wild meine Stirn, meine Augenlider, mein Kinn und wieder meine Stirn. Ich erstarrte vor Peinlichkeit. Er wirbelte durch meine Haare, wickelte mein Gesicht darin ein und schob mir seine Zunge in den Mund. Er schmeckte nach Chlor.

»Endlich«, seufzte Majewski, »ich kann es gar nicht glauben.«

»Wieso, das war doch schon klar, seit wir im Harz waren.«

»Ja, aber ich bin schon seit mehr als zwei Jahren hinter dir her.«

»Unglaubhaft«, sagte ich. Ich wollte ihn in ein Gespräch verwickeln, damit er mich nicht mehr küsste. »Warum bist du dann ständig mit anderen Frauen bei uns durchs Treppenhaus gelaufen, wenn du so toll verliebt warst?«

»Ach, du meinst Britta? Oder Marion? Das ist doch schon längst vorbei. Ich wollte ja auch, dass du siehst, dass ich nicht treu bin. Damit du nicht denkst, wir könnten nicht wegen Heike.«

»Weißt du überhaupt selber noch, mit wie vielen Frauen du was hattest?«

»Im letzten Jahr? Ich weiß nicht ... Im letzten Jahr waren das ziemlich viele. Vielleicht siebzig. Vorher waren das nicht so viele. Das fing erst im letzten Jahr an.«

»Siebzig? Wird das nicht allein logistisch zum Problem? Deine Freundin habe ich noch nicht einmal eingerechnet. Merkt die das denn nicht?«

»Heike? Nö. Wie sollte sie? Heike lebt doch in Bremen.«

»Und Aids? Hast du keine Angst vor Aids?«

»Ja, das sagt meine Mutter auch immer: Du stirbst bestimmt einmal an Aids.«

»Keine Sorge – vorher fährst du dich tot.«

Die Pizzen kamen. Mit ungeheurer Geschwindigkeit schaufelte Majewski seine in sich hinein. Dann aß er noch die Hälfte von meiner, bezahlte und wir fuhren nach Hause.

Als wir in den Hinterhof kamen, machten wir kein Licht. Majewski trug das Boot mit einer Hand. In der anderen hielt er das Paddel und seine beiden Taschen. In einer besonders dunklen Ecke blieb er stehen und drehte sich zu mir um. Ich nahm sein Gesicht in meine Hände und küsste ihn. Ich küsste ihn absichtlich sehr lange. Die Arme mussten ihm abfallen vor Schmerz, aber Majewski hielt tapfer Boot und Paddel und versuchte nicht, den Kuss abzukürzen.

22

Sehr geehrte Frau Herwig,
Sie sind ein Glückspilz.

Wir haben sehr gute Nachrichten für Sie. Ihre Glücksnummer 13161244 wurde Ihnen in unserem Gewinnspiel zugeteilt und registriert. Möglicherweise haben Sie sogar unseren Exklusivpreis in Höhe von 100.000 DM gewonnen. Bitte suchen Sie sich gleich das beiliegende Antragsformular heraus. Um den gewonnenen steuerfreien Betrag zu erhalten, füllen Sie einfach dieses Formular aus und schicken es im beiliegenden Freiumschlag an uns zurück. Bitte vergessen Sie nicht, Ihre Bankverbindung anzugeben. Wir überweisen den Geldpreis, den Ihre Glücksnummer gewonnen hat, sowie das Formular bei uns eingegangen ist. Sie können den Preis sogar verdoppeln, wenn Sie das Antragsformular innerhalb von sieben Tagen an uns zurückschicken.

Liebe Frau Herwig,

BITTE SICHERN SIE SICH DEN GELDPREIS, DEN SIE ZWEIFELLOS GEWONNEN HABEN.

Beantragen Sie bei dieser Gelegenheit gleichzeitig hochwertigen Schutz. Stellen Sie sich vor, Sie überleben einen schlimmen Unfall, können aber die Beine nicht mehr bewegen. Wären da 200.000 DM nicht tröstlich? Unser einmaliges Sicherheitsnetz für unfallbedingte Invalidität bietet Ihnen umfassenden Schutz mit Extra-Schutz für besondere Risiken. Zum Beispiel erhalten Sie einen fünfzigprozentigen Aufschlag, wenn Sie durch einen Terroranschlag, in einer S-Bahn oder an einem gesetzlichen Feiertag verletzt werden. Lesen Sie sich den Vertrag in aller Ruhe durch. Er hat keine Haken. Und vergessen Sie nicht, Ihren Geldpreisantrag auszufüllen. Erstaunlicherweise gibt es immer wieder Gewinner, die ihren garantierten Geldpreis nicht anfordern. Sogar wenn Sie das Geld nicht selbst benötigen, kennen Sie doch sicherlich Freunde oder Wohltätigkeitsorganisationen, die es bitter nötig hätten.

Mit freundlichen Grüßen
Gisela Kleiber, 1. Sekretärin
des Gewinnspielleiters.

23

Gerade war ich aufgestanden, hatte mich gewaschen und angezogen, da flog die Tür auf, und Majewski stürmte herein wie ein junger Hund. Seine Lippen schnappten nach meinem Gesicht.

»Heike ist oben«, japste er. »Ich habe so getan, als hätte ich einen Stift im Auto vergessen. Ich muss gleich wieder hoch. Sie hat ganz schön geweint.«

»Hast du ihr etwa erzählt, dass etwas zwischen uns ist?«

»Nein, natürlich nicht. Aber ich habe ihr erzählt, dass ich in dich verliebt bin.«

»Warum das denn? Warum sagst du so etwas?«

»Na, weil es stimmt!«

Er gab mir einen dramatischen Filmkuss, dann rannte er wieder aus der Wohnung.

24

Vier kleine türkische Gangster stiegen ein. Sie sahen aus wie sechzehn. Vielleicht waren sie aber auch erst zwölf. Vielleicht auch noch jünger. Alle vier setzten sich nach hinten. Alle vier trugen dünne goldene Ketten um den Hals. Der Anführer nuschelte etwas zu mir nach vorn. Dass diese Jungs immer so nuscheln mussten. Da war wirklich überhaupt nichts zu verstehen.

»Was?«, fragte ich. »Wo willst du hin?«

»Halt's Maul und fahr los«, sagte er. Diesmal deutlich artikuliert.

»So, das war's dann«, sagte ich. »Jetzt steigen wir alle schön wieder aus.«

»Ey, was soll das? Fahr los, mach schon«, herrschte er mich an.

»Raus«, sagte ich. »Haut ab! Ich will euch hier nicht länger sehen.«

»Was ist los, du Fotze?«

Er schlug mit der Faust nach mir, erwischte aber nur die Kopfstütze. Ich stellte den Motor aus, zog den Zündschlüssel ab und steckte ihn tief in die Hosentasche.

»Wir können hier auch bis morgen früh stehen bleiben, aber ich werde euch ganz bestimmt nicht fahren.«

»Du dumme Fotze.«

Er sammelte geräuschvoll Schleim im Rachen und rotzte ihn mit nach vorne schnellendem Kopf auf meine Lederjacke.

»Komm«, sagte einer seiner Freunde und zog ihn mit nach draußen. Dort standen schon die anderen beiden und pöbelten Unverständliches. Der Anführer beugte sich noch einmal ins Taxi und rotzte auf den Rücksitz, dann knallte er mit aller Wucht die Tür zu. Während ein Hagel von Spucke und Schleimklumpen gegen die Heckscheibe des Taxis pladderte, drückte ich die Zentralverriegelung herunter und holte den Zündschlüssel wieder aus der Hosentasche. Ich startete den Motor, schaltete in den Rückwärtsgang, gab Gas, bis der Motor aufheulte, und ließ dann ruckartig die Kupplung los. Der Wagen machte einen Satz rückwärts, aber die Jungen hatten gute Reflexe und sprangen zur Seite. Das Gepöbel wurde nun lauter und aufgeregter, und während ich den abgesoffenen Motor startete und den ersten Gang einlegte, stürzten sie sich schon auf den armen Mercedes und traten gegen das Blech. Ich wollte zum Abschied lässig grüßen, ließ es aber, als ich merkte, dass meine Hände zitterten. Der Anführer der kleinen Gangster schlug die flache Hand gegen das Fenster der Beifahrertür.

»Mach auf«, schrie er und bemühte sich, seinem hassverzerrten Gesicht einen vertrauenerweckenden Ausdruck zu geben. »Mach auf, ich will nur reden.«

Da musste ich dann doch lachen.

25

»Letztlich war es natürlich Glück, dass ich keinen erwischt habe«, sagte ich zu Dietrich und Rüdiger im Schweinske. »Das hätte mich den Taxenschein kosten können, und dann hätte ich womöglich auch noch deren ganzen bescheuerten Familienclan am Hals gehabt.«

»Erst mal hättest du die deutsche Justiz am Hals gehabt«, sagte Dietrich. »Das ist nämlich Körperverletzung, was du da versucht hast.«

»Von wegen verletzen – die sollten sterben«, sagte ich.

»Ach? Keine Freude mehr an der Multi-Kulti-Gesellschaft?«, fragte Rüdiger.

»Keine Freude an sechzehnjährigen Jungs jeglicher Nationalität.«

»Auf die brauchst du nicht sauer zu sein«, sagte Dietrich. »Denen geht das schlimm genug. Die werden zu Hause jeden Tag von ihren Vätern verdroschen. Wenn nicht von den Vätern, dann von den großen Brüdern.«

»Ach Gott, die Armen«, sagte ich, »so ganz ohne Liebe aufgewachsen.«

»Da liegst du wahrscheinlich gar nicht mal so falsch«, sagte Dietrich.

»Na und? Wer sagt denn, dass die Liebe wollen? Vielleicht ist es ja ein viel schöneres Gefühl, andere Leute anzurotzen. Man sollte es einmal ausprobieren.«

»Nun steiger dich da nicht rein«, sagte Dietrich.

»Doch«, sagte ich. »Die sollen sterben. Das sind schlechte, bösartige Menschen. Stell dir vor, du wärst in einem Gefängnis, in dem solche Typen das Sagen haben. Die wollen keine Liebe. Die wollen was ganz anderes.«

Rüdiger stand auf und ging zur Toilette. Ich wartete, bis er außer Hörweite war.

»Oder stell dir vor, Rüdiger wäre Aufseher in einem Lager. Es ist Krieg, alles geht drunter und drüber, niemand kuckt ihm auf die Finger, und der hat da ein Gefangenenlager unter sich. Was meinst du, was der machen würde? Zuerst mit den Frauen und dann mit allen Männern, die größer sind als er. Was denkst du, was er mit mir machen würde?«

»So ein Quatsch«, sagte Dietrich. »Rüdiger redet viel, aber das heißt doch nicht, dass er das alles ernst meint.«

»Ach nein? Was meinst du denn, was passiert, wenn Rüdiger die Gelegenheit bekommt, mit mir zu machen, was er will. Straffrei! Dass er plötzlich die weiche Seite in sich entdeckt? Denkst du, der geht dann in den Widerstand, um mich zu retten?«

»Jedenfalls würde er dir nichts antun«, sagte Dietrich gereizt. Rüdiger kam zurück und sah unser betretenes Schweigen.

»Ist was?«

»Wir haben uns gerade gefragt, ob man es vorher wissen kann, wie sich jemand benehmen würde, wenn er plötzlich uneingeschränkte Macht über andere bekäme«, sagte ich schnell.

»Du meinst, ob man einem Menschen ansehen kann, wie sehr er die moralischen Maßstäbe der Zivilisation verinnerlicht hat?«

»Ja, was bleibt übrig, wenn man das bisschen Zivilisationstünche herunterkratzt? Wer reißt als Erster den Arm hoch, wenn ein Erschießungskommando zusammengestellt wird? Denk doch mal an diese ganzen verbitterten, kranken Typen, die wir Nacht für Nacht durch die Gegend karren. Denen fehlt doch bloß die Gelegenheit. Findest du nicht auch, dass man es ihnen ansieht, wie sie sich verhalten würden?«

Rüdiger drückte sich an mir vorbei, blieb dann aber vor seinem Stuhl stehen, ohne sich zu setzen. Er gab seinem großflächigen Kindergesicht eine herablassend mitleidige Miene. »Wahrscheinlich ja. Aber man muss schon ein verunsichertes kleines Mädchen mit Sexualängsten sein, um sich jedes Mal diese Frage zu stellen. Und woran willst du die guten, sanften Männer erkennen? An der Trinkgeldhöhe?«

»Die sanften sind die allerschlimmsten«, sagte ich. »Und bei den anderen muss man sich nur anschauen, was sie sich herausnehmen, solange es noch ein funktionierendes Rechtssystem gibt. Dann kann man hochrechnen, wie sie sich benehmen, wenn es das plötzlich nicht mehr gibt.«

»Das Dilemma der Triebhaftigkeit ist natürlich nicht zu lösen«, sagte Rüdiger. »Frauen wollen ja schließlich auch niedergeworfen und genommen werden. Auch wenn sie immer behaupten ...«

Taximörder und Udo-Zwonullfünf kamen herein.

»Habt ihr das schon gehört mit Mergolan und dem Blitzfunk? Udo-Dreidoppelsieben will den ganzen Betrieb auf Blitzfunk umstellen.«

»Zu den Grünen?«, rief Rüdiger. »Ich fass es nicht! Wieso denn zu den Grünen? Ist der nicht ganz dicht? Warum ist er nicht wenigstens zum Hansa gegangen?«

»Die würden ihn mit seinen Schrottkisten doch überhaupt nicht nehmen. Und beim Blitz hat er irgendwelche Sonderkonditionen gekriegt, weil er gleich mit allen zwanzig Wagen rüber ist.«

»Muss man beim Blitz nicht immer diese Nicaragua-Schichten fahren und sein ganzes Geld spenden?«, fragte Rüdiger.

»Nee«, sagte ich, »du verwechselst das mit dem Regenbogenfunk.«

»Doch. Beim Blitz ist das auch so«, sagte Taximörder.

»Okay, das war's dann«, sagte Dietrich. »Ich kündige und geh zum Hansa.«

»Ich geh auch zum Hansa«, sagte Rüdiger.

Ich hatte mich schon lange gewundert, dass Dietrich und die anderen immer noch bei Udo-Dreidoppelsieben für den Wandsbeker fuhren. Jeder wusste, dass man bei einer Firma mit Hansa-Funk-Taxis mehr verdienen konnte. Bei mir war es ja klar, warum ich mich nicht von der Stelle rührte. Jetzt erst begriff ich, dass die anderen genauso viel Angst vor Veränderung hatten. Unflexible Menschen wie wir, die lieber bei etwas Schlechtem blieben, als sich etwas Neuem auszuliefern, waren das Fundament von Schrottbetrieben wie Mergolan.

»Was ist mit dir«, fragte Dietrich, »du willst doch nicht etwa bei den Mergolan bleiben?«

»Doch«, sagte ich. »Ich lass das alles, wie es ist. Schlimm genug, wenn ich von den Wandsen zum Blitz wechseln muss. Ich will mich dann nicht auch noch an eine neue Firma gewöhnen müssen.«

»Ich bleib auch«, sagte Taximörder. »Wenn wir jetzt alle gleichzeitig abhauen, geht Udo noch schneller pleite.«

»Hat ihn ja keiner gezwungen, zum Blitz zu wechseln«, sagte Rüdiger.

26

Majewski zog sein Leinenjackett aus, das wie alle seine Kleider lappig und zerdrückt aussah, als hätte er darin geschlafen.

»Erzähl mal, wie der Test bei Mensa war«, sagte er.

Ich legte die Hand auf sein violettes Seidenhemd. Es war so warm, als wäre es ein Teil seines Körpers. Majewski knöpfte es auf.

»Schwierig«, sagte ich. »Viel schwieriger, als ich gedacht habe. Das waren immer so Aufgabengruppen. Und einige davon habe ich nicht einmal vollständig beantworten können, da hat der Prüfer schon auf die Stoppuhr gedrückt, und schon war die nächste Aufgabengruppe dran.«

»Dirk, einer von den Paddlern, hat übrigens auch gleich gewusst, dass aus uns was wird«, sagte Majewski. »Der hat mich noch am selben Abend angerufen und gefragt: Na, liegt sie jetzt neben dir im Bett? Nee, habe ich gesagt, wie kommst du denn da drauf?«

»Was ist das denn?« Majewski hatte sein Hemd ausgezogen. Auf seiner Brust war ein riesiger grünblauer Bluterguss mit blutigem Schorf darauf.

»Ach das. Da hat Heike mich gebissen, als ich ihr nicht versprechen wollte, dich nicht mehr zu sehen. Sie hat wie am Spieß geschrien und mich gebissen, und dann wollte sie weglaufen. Als ich versucht habe, sie festzuhalten, hat sie mir voll in die Eier getreten.«

Wir legten uns auf den Boden. Majewski knöpfte auch mein Hemd auf und zog es mir aus. Dann kniete er sich hinter meinen Kopf. Er küsste meine Stirn, meinen Mund, meinen Hals, meinen Busen, seine Lippen tupften über meinen Bauch, sein Körper schob sich wie ein Sargdeckel über mich.

»Schade«, sagte er in Höhe meines Bauchnabels, »aber ich muss jetzt zum Verlag.«

Ich stemmte die Hände gegen seine Rippen.

»Das geht jetzt nicht mehr«, sagte ich, »du kannst jetzt nicht weggehen.«

»Doch, doch, ich muss ganz dringend zum Verlag.«

Er kicherte, schob mir beim Aufstehen die Handkante zwischen die Beine und griff mit der anderen Hand schon nach seinem Hemd. Ich erwischte ihn an seiner Gürtelschlaufe, zog ihn wieder zu mir herunter, küsste ihn und legte meine Handfläche auf den Reißverschluss seiner Hose.

»Oh«, sagte er, »oh«, und begann, seine Hose auszuziehen.

»Siehst du«, sagte ich und schob ihn weg, »so fühlt sich das an. Jetzt geh doch zu deinem Verlag.«

Majewski stand auf, zog den Reißverschluss wieder hoch und ging lächelnd aus der Tür.

27

Die Nacht fing vielversprechend an. Es stürmte. Und gleich bei der ersten Tour stieg ein Mann in Anzug und Krawatte ein, der vom Großneumarkt zum Flughafen wollte. Eine Fünfunddreißig-Mark-Tour, das Trinkgeld eingerechnet. Nur hätte ich nicht den Weg über den Enckeplatz nehmen sollen. Dann hätten wir den Obdachlosen auch nicht gesehen. Er lag auf dem Fußweg, auf dem Bauch. Sein Mantel lag ein paar Meter neben ihm und bauschte sich, wenn eine Windböe ihn anhob. Ich wollte schnell vorbeifahren, aber mein Fahrgast hatte den Mann schon entdeckt.

»Da liegt jemand. Sie müssen einen Rettungswagen rufen.«

Ich trat auf die Bremse, ließ das Taxi aber langsam weiterrollen.

»Ich dachte, Sie wollen zum Flughafen«, sagte ich. »Der liegt hier öfter. Und wenn ich jetzt über Funk einen Rettungswagen bestelle, bin ich verpflichtet, hier zu warten, bis der Rettungswagen da ist.«

»Sie können nicht einfach weiterfahren. Das ist unterlassene Hilfeleistung. Rufen Sie sofort einen Notarzt.«

Er war richtig empört. Da war jemand in Lebensgefahr, und die Taxifahrerin dachte bloß an ihre Flughafentour. Nur gut, dass ein kultivierter, mitfühlender Mensch wie er mit im Wagen saß. Seufzend hielt ich an und legte meine Hand auf die Funkgabel.

»Zwodoppelvier.«

»Ja, Zwodoppelvier. Was gibt's denn?«

»Hilflose Person am Enckeplatz. Kurz vor der Ampel, Ecke Holstenwall.«

»Danke Zwodoppelvier. Wir sagen Bescheid.«

»Danke Zwodoppelvier.«

»Zwodoppelvier, Sie wissen, dass Sie vor Ort warten müssen, bis die Rettungskräfte eingetroffen sind?«

»Ja, weiß ich. Danke Zwodoppelvier.«

Ich parkte das Taxi am Straßenrand und stellte den Motor aus. Die Scheinwerfer ließ ich an. Ich betrachtete das Bündel Mensch, das vor mir im Licht lag. Ein Stück Zeitung flog vorbei. Mein Fahrgast stieg auch nicht aus. So weit ging sein Verantwortungsgefühl dann doch wieder nicht. Wir warteten fünf Minuten, acht, zehn. Keiner sagte etwas. Der Mantel flappte im Wind nach links und dann wieder nach rechts. Die Zeit schleppte sich endlos dahin. Inzwischen hatte ich schon neun Mark auf dem Taxameter. Ich stellte ihn aus. Ich wusste, wie es kommen würde. Mein Fahrgast räusperte sich.

»Der Mann kann doch erfrieren«, sagte er.

Ich bezweifelte das, obwohl schwer zu sagen war, wie lange er dort schon so lag. Wenn es kälter gewesen wäre, hätte man nachschauen können, ob der Raureif um ihn herum geschmolzen war. Aber es war gar nicht besonders kalt. Mindestens drei Grad plus. Vermutlich hätte der Mann auf dem Fußweg es noch ganz gemütlich drei oder vier Stunden ausgehalten, bis ein Taxifahrer vorbeigekommen wäre, der gerade keine Tour zum Flughafen gehabt hätte. Oder ein Polizeiwagen. Hier kamen oft Polizeiwagen vorbei.

Jetzt warteten wir schon eine viertel Stunde.

»Ich muss meinen Flug bekommen«, sagte der Geschäftsmann. Ich nickte und legte meine Hand auf die Funkgabel.

»Zwodoppelvier ... Bitte ein Taxi zur Fahrgastübernahme in den Enckeplatz.«

Natürlich gab er mir kein Geld. Er stieg einfach aus und setzte sich in ein anderes Taxi, und damit war die Sache für ihn erledigt. Wahrscheinlich kam er sich auch noch großartig vor, weil er jemanden vor dem Erfrieren gerettet hatte. Ich trommelte mit den Fingern auf mein Lenkrad und wartete weiter auf den Rettungswagen.

28

Gegen zwölf kam ich in meine Wohnung zurück. Dort saß Dietrich vor dem Fernseher, schaltete sich durch die Programme und aß Kartoffelsalat aus der Originalverpackung.

»Arbeitest du heute gar nicht?«, fragte ich. Seit Dietrich bei Mergolan gekündigt und den Funk gewechselt hatte, war er fast jede Nacht Taxi gefahren. Er benahm sich, als wäre er schon immer beim Hansa-Funk gewesen. Ständig fragte er mich, wann *ich* endlich wechseln würde. Ich war mir nicht sicher, ob Dietrich bereits mitgekriegt hatte, was zwischen mir und Majewski lief. Zu übersehen war es ja eigentlich nicht.

Wie ein geprügelter Bernhardiner hockte er da vor meinem Fernseher. Ich fühlte die eigene Schlechtigkeit und Nichtswürdigkeit bis in die Fingerspitzen. In letzter Zeit träumte ich ständig davon, dass ich etwas angestellt hatte und dabei erwischt wurde. Entweder erwischte mich jemand beim Stehlen im Supermarkt oder dabei, wie ich mitten in einem Kaufhaus hinter den Kleiderständern auf den Boden pinkelte.

»Ist was?«, fragte ich.

»Nichts. Wieso?«

Vielleicht war er auch einfach bloß sauer, weil diese Hälfte des Hauses immer noch nicht verkabelt war und er sich mit fünf Programmen begnügen musste. Die Nachbarn, die in der rechten Hälfte wohnten, hatten schon seit Wochen Kabel.

»Nur so«, sagte ich und fing an, Dinge aufzuheben, die auf dem Fußboden lagen, eine Unterhose, eine alte Zeitung. Ich wollte Dietrich Gelegenheit geben, aufzustehen und zu gehen. Jedes Mal, wenn der Fernseher das Programm wechselte, gab er ein kurzes, scharfes Rauschen von sich – als würde man ein Stück Papier zerreißen. Ratsch – Stimmen – ratsch – Musik – ratsch – Motorenlärm – ratsch – Applaus.

»Du siehst in letzter Zeit viel besser aus«, sagte Dietrich, ohne sich von der Stelle zu rühren. »Gut, dass du dir endlich wieder die Haare wäschst. Eine Zeit lang hast du dich ganz schön gehenlassen. Übrigens war vorhin Majewski mit seiner Freundin bei mir. Er hat sich meine Fotos angesehen. Du hättest ihn hören sollen: *Daaas ist toll! Ach, ich wünschte, ich hätte solche Fotos gemacht.*«

»Vielleicht findet er sie ja wirklich gut?«

»Äh, das ist seine Masche. Damit will er sich einschleimen. Außerdem brauche ich nicht ihn, um zu wissen, dass ich fotografieren kann.«

Hau ab, dachte ich, hau endlich ab. Aber Dietrich blieb wie angeklebt vor dem Fernseher sitzen. Kartoffelsalat und

Gabel hatte er inzwischen zur Seite gestellt. Ich räumte weiter auf.

Und dann kam Majewski herein. Natürlich wieder ohne zu klingeln. Dietrich schien es nicht aufzufallen. Jedenfalls ließ er sich nichts anmerken. Mir klopfte das Herz bis zum Hals. Majewski trug eine Mappe unter dem Arm und quatschte sofort los.

»He, ihr seid noch wach? Ich wollte euch ein paar Fotos zeigen. Würde mich interessieren, was ihr davon haltet.« Er öffnete die Mappe und legte sechs großformatige Schwarzweißbilder auf den Boden.

»Das ist Marlene. Meine große Liebe. Sie handelt mit Aktien und verdient unheimlich viel Geld. Da macht man sich gar keine Vorstellung davon, wie viel Geld die verdient. Ich bin schon seit Jahren hinter ihr her, aber sie will immer nicht.«

Die Börsenmaklerin war wirklich sehr schön. Sie hatte kurze dunkle Haare, ein trauriges Gesicht mit großen Augen und den perfekten Körper eines Fotomodells. Majewski hatte sie nackt fotografiert. Ich fand es seltsam, dass er uns diese Fotos zeigte.

»Sie hat den schönsten Busen, den ich jemals gesehen habe«, sagte Majewski. »Aber sie hat ein verspanntes Verhältnis zu ihrem Körper. Ich würde ihr gern helfen.«

Dietrich und ich betrachteten Marlenes perfekten Busen.

»Sie hat Brustkrebs«, sagte Majewski unvermittelt, und dann packte er seine Fotos wieder ein und wünschte uns eine gute Nacht.

»Der hat vielleicht ’nen Hackenschuss«, sagte Dietrich, als Majewski gegangen war, »aber richtig.«

Ich nickte. Dietrich schaltete erneut die Fernsehprogramme rauf und runter. Ratsch – Musik – ratsch – noch mal Musik – ratsch – Stimmen.

»Du musst den Fernseher jetzt ausmachen«, sagte ich. »Ich will jetzt schlafen.«

Dietrich sprang auf. Er sah mich wütend und verletzt an.

»Niemand – niemand behandelt mich so wie du. Du behandelst mich wie den letzten Dreck.«

Er ging hinaus und schlug die Tür hinter sich zu. Jetzt hätte ich endlich schlafen können, aber stattdessen setzte ich mich vor den Fernseher und schaltete selbst durch die Programme.

29

Neuerdings bekam ich nicht nur Post von Lotteriegesellschaften, sondern auch noch vom World Wildlife Fund.

»Sehr geehrte Frau Herwig,

die Flachlandgorillas im Kongo brauchen Ihre Spende!«

Urwaldrodungen, Wilderer, bürgerkriegsähnliche Zustände – es sah nicht gut aus für die Flachlandgorillas. Ich überwies ihnen zehn Mark. Wenige Wochen später erhielt ich einen zweiten Brief des WWF. Diesmal machten sie gegen das Tragen von exotischen Pelzmänteln mobil. Gleichzeitig wurde um eine Spende für bedrohte, in Mangrovensümpfen hausende Tiger gebeten. Was war das denn? Als Nächstes sollte ich womöglich noch für Leoparden spenden. War denen nicht klar, dass Leoparden sich auch gern einmal ein Gorillajunges schnappten? Wer für die Affen war, konnte doch nicht gleichzeitig auch noch für irgendwelche Großkatzen sein. Ich wollte, dass es den Gorillas besser ging. Mehr Urwald, mehr Sicherheit, bessere Gesundheit – aber ausschließlich für die Gorillas. Eine Förderung der Leopardenpopulation würde die Situation der Gorillas doch bloß noch verschlimmern. Aber der WWF schien es für eine gute Sache zu halten, wenn es möglichst viele verschiedene Tiere auf diesem Planeten gab. Ich sah das völlig anders. Eine große Artenvielfalt bedeutete doch bloß, dass sich alle gegenseitig an die Gurgel gingen. Ich fand es gut, wenn Tierarten ausstarben. Dem ausgestorbenen Bali-Tiger konnte man doch eigentlich nur gratulieren: Herzlichen Glückwunsch, lieber Bali-Tiger. Nie mehr Hunger, nie mehr Revierstreitigkeiten, nie mehr Parasiten, nie mehr sexuelle Frustrationen, nie mehr Schmerzen, nie mehr Todesangst. Und besonders viel verpasst hast du auch nicht. Für die noch existierenden Tiere war sein Aussterben ebenfalls ein Glück. Ich mochte gar nicht ausrechnen, wie viel hundert Antilopen oder Gazellen, oder was immer diese Biester fraßen, zerrissen werden müssten, um auch nur einen einzigen Bali-Tiger bis zur Geschlechtsreife zu ernähren. Von mir gab es keinen Pfennig für bedrohte Großkatzen.

30

Ich schlich auf Socken durchs dunkle Treppenhaus. Aus Dietrichs Wohnung drangen Fernsehgeräusche. Eine Tennisübertragung. Ich hob einen Fuß und ließ ihn über Zehen und Ballen langsam abrollen, schob mich an Dietrichs Tür vorbei und stieg die nächsten beiden Treppen hinauf. Bei der vorsichtigsten Gewichtsverlagerung knarrten und ächzten die alten Stufen. Es war beschämend. Lächerlich. Wie eine Szene aus einem tolldreisten Schwank. Leise klopfte ich an Majewskis Tür. Nichts. Was war los? Wir waren verabredet. Darauf musste er doch die ganze Zeit gewartet haben. Ich klopfte lauter, ich klingelte. Diese Klingel hörte man durchs ganze Haus. Er öffnete nicht. Ich horchte an seiner Tür. Absolute Stille. Also schlich ich die knarrende Treppe wieder hinunter, tastete mich an Dietrichs Wohnung vorbei. Ich rief bei Majewski an.

»Oh«, sagt er in den Telefonhörer, »ich habe dich nicht gehört. Ich habe mir Steffi Graf im Fernsehen angeschaut. Dabei muss ich dich überhört haben.«

Ich schlich wieder hinauf. Knarrende Stufen, Fernsehlärm aus Dietrichs Wohnung, noch mal knarrende Stufen. Erbärmlich war das, wie ich mich benahm, würdelos. Diesmal war die Tür zu Majewskis Wohnung nur angelehnt. Er stand dahinter.

»Wieso hörst du das nicht, wenn ich klingel? So laut kann dein Fernseher doch gar nicht gewesen sein. Ich hab jedenfalls nichts gehört, als ich vor deiner Tür ...«

Majewski stülpte seine Lippen über meinen Mund, küsste mich lange und fragte dann:

»Stört es dich, dass ich heute bei Heike war?«

»Stört's dich?«, fragte ich.

Er zog mich an den ganzen Pappkartons vorbei ins Schlafzimmer und ließ sich mit mir auf sein schwabbelndes Bett fallen. In erstaunlicher Geschwindigkeit zog er abwechselnd sich und mir sämtliche Kleidungsstücke aus.

»Stört es dich eigentlich, dass ich jünger bin als du?«

»Außerdem bist du auch noch kleiner.«

»Aber kaum. Findest du das schlimm?«

Er legte sich auf mich und griff in meine linke Kniekehle.

»He«, sagte ich, »wie wäre es mit einem Gummi?«

»Ach komm. Wir machen ein bisschen ohne.«

»Bist du verrückt? Wie viele Kinder hast du schon?«

»Wir bumsen gar nicht richtig. Komm, ich will nur kurz in dich rein.«

Er küsste mich wieder und krallte die Finger in mein Knie.

»Komm. Ist doch nur Spaß!«

Ich schaute zu, wie er über mir auf und ab schwebte. Er schob Kinn und Unterlippe vor, was seinem Gesicht einen etwas brutalen und dummen Ausdruck gab, der mir gefiel. Ich schlang meine Arme um seinen Hals, zog sein Gesicht zu mir herunter und biss in diesen dummen Mund.

»Okay«, sagte ich, »und jetzt geh raus.«

»Ach, ich pass schon auf. Nur noch ein kleines bisschen.«

»Geh raus, verdammt noch mal. Geh raus, geh raus!«

»Ist ja gut.«

Seine Lippen rutschten meinen Hals hinunter, und er ließ sich auf die Seite fallen.

»Wir blöd bist du eigentlich?«, sagte ich. »Das kann doch wohl nicht wahr sein.«

Majewski schlang seine Arme um mich, küsste in mein Haar hinein und presste meine Schultern zusammen.

»Schön«, flüsterte er, »das war so schön.«

Ich sagte mir, dass ich die Sache ja jederzeit beenden konnte, wenn ich die Nase voll hatte.

31

Ich suchte einen Parkplatz. Mein plattes Fahrrad hatte ich in der Firma stehen gelassen. Nusske hatte mir erlaubt, den Zwonullsechs mit nach Hause zu nehmen. Ich kreiste bereits das vierte Mal um die Häuserblocks. Das mit den Parkplätzen wurde von Jahr zu Jahr schlimmer. Den Leuten ging es einfach zu gut, und weil ihnen nichts Besseres einfiel, kauften sie sich Autos, Zweitautos und Drittautos, und dann fuhren sie mit ihren neuen Autos zum Großneumarkt und parkten die Straßen voll. Zuerst hatte es einfach bloß keine Parkplätze mehr gegeben, dann konnte man nicht mal mehr was im Halteverbot finden, bis schließlich auch noch in sämtlichen Einfahrten Autos mit Segeberger oder Pinneberger Kennzeichen standen. Was hatten die hier zu suchen? Das, was die suchten, das gab es hier auch nicht. Ich, ich wohnte hier. Ich wollte mich nicht volllaufen lassen oder jemanden aufreißen. Ich wollte bloß endlich in mein Bett. War das zu viel verlangt? Ich fuhr die fünfte Runde. Wenn ich schon keinen richtigen Parkplatz fand, dann wollte ich wenigstens das Taxi für zwei Minuten abstellen, damit ich schnell in meine Wohnung hochflitzen konnte, um auf die Toilette zu gehen, mir die Hände zu waschen und die Zähne zu putzen. Damit ich mich wieder wie ein Mensch fühlen und noch zwei, drei Stunden durchhalten konnte. Aber selbst die Fußwege standen voller Polos und Mitsubishis, und die Feuerwehreinfahrt des Kindergartens war doppelt zugeparkt. Die Hilfspolizisten machten ihre Runde und leckten sich die Lippen. Ich fuhr zum Gestern und Heute, um dort auf die Toilette zu gehen. Die Taxis von Dietrich, Rüdiger, Udo-Zwonullfünf und Taximörder parkten in zweiter Reihe auf der Straße. Ich stellte mich dahinter.

»Wenn die Behinderten wüssten, was für einen Imageschaden sie sich durch diese Unmengen von Behindertenparkplätzen zufügen ...«, sagte Dietrich. »Nichts fördert die Behindertenfeindlichkeit doch so sehr wie ein unbesetzter Behindertenparkplatz in einer Gegend mit Parkplatzmangel.«

»Ich versteh sowieso nicht, wieso ein Behinderter, der in der Lage ist, einen Sportwagen zu fahren, einen Parkplatz direkt vor seiner Wohnung braucht«, warf Rüdiger ein. »Wenn man den ganzen Tag durch die Gegend kutschiert, dann tut es ja vielleicht a-auch mal ganz gut, mit dem Rollstuhl ein paar hundert Meter mehr zu rollen.«

»Noch schlimmer finde ich diese Parkplätze für Mutter und Kind«, sagte Udo-Zwonullfünf. »Als wenn sich diese Mütter nicht schon genug aufspielen. Bilden sich ein, mit ihrem Privatvergnügen Kinderkriegen, einen g-gesellschaftlich relevanten Beitrag zu leisten. Als w-wenn es eine Leistung wäre, hässliche Blagen in die Welt zu setzen. Als wenn es nicht einfach so mit ihnen geschehen würde. Die denken, sie sichern die Rente. Dabei werden das alles Arbeitslose, die wir dann auch noch durchfüttern müssen.«

»Das Problem dieses Planeten ist nicht Rentensicherung, sondern Überbevölkerung«, sagte ich. »Und dann die ganze Umweltverschmutzung, die so ein Kind verursacht. Diese Tonnen von Wegwerfwindeln, die ganzen Blisterverpackungen von den Barbiehäusern und Carrerabahnen. Eigentlich müsste man die Menschen, die auf

Kinder verzichten, ehren und hofieren. Für uns sollte man extra Parkplätze einrichten.«

»Ich finde es durchaus richtig, dass man Mütter in ihrer Rolle unterstützt«, mischte Rüdiger sich ein. »Was ich wirklich schlimm finde, sind Frauenparkplätze.«

Ich versuchte, mich zu beherrschen und nicht darauf anzuspringen, aber ich kriegte es einfach nicht fertig.

»Wieso? Was stört dich daran? Frauenparkplätze in Parkhäusern liegen übrigens nicht am Ausgang, sondern in Sichtweite des Wärterhäuschens. Möchtest du gerne dort parken? Siehst du irgendeinen Vorteil darin?«

»Darum geht es nicht«, sagte Rüdiger. »Ich finde, es darf nicht gefördert werden, dass Frauen da eine Extrawurst gebraten bekommen. Es zwingt sie ja niemand, sich ohne Begleitung nachts herumzutreiben.«

»Herrgott, wo kommst du eigentlich her? Aus Arschlochhausen? Willst du nicht irgendwann damit aufhören, deinen Jahrhundertwende-Muff zu verbreiten?«

»Hoho, kleine Töpfe kochen schnell über«, lachte Rüdiger.

Dietrich warf mir einen gequälten Blick zu. Es tat mir nicht mehr leid, dass ich ihn betrog.

»Wieso sitze ich eigentlich hier und höre mir die ganze Scheiße an«, sagte ich und stand auf.

»Weil es zu spät ist, als dass du jetzt noch einen anderen Beruf erlernen könntest«, sagte Rüdiger. »Du wirst langsam alt. Du findest keinen anderen Job mehr. Du wirst noch in zehn Jahren hier sitzen.«

»Du auch«, sagte ich.

Dietrich rutschte unruhig auf seinem Stuhl hin und her, ganz Schmerzensmann. Ich hätte ihn gern geschlagen.

»Von wegen«, sagte Rüdiger wie nebenbei. »Ich ziehe in vier Wochen nach Köln und fange in einer Werbeagentur an. Abgesehen davon, habe ich gestern Bescheid bekommen, dass Suhrkamp mich drucken will.«

Udo-Zwonullfünf wurde totenbleich.

»Es werden ausschließlich Aphorismen sein, Extrakte. Das Leben, eingedampft auf seine Wesentlichkeit.«

»Ja, ja, du bist ein Maggi-Suppenwürfel, genau wie Peter Altenberg«, sagte ich mürrisch und zog meine Jacke an. Dass es Rüdigers Meinungen jetzt auch noch gedruckt geben sollte, war schwer auszuhalten.

»Aber für dich sehe ich keine Chance, wenn du dich nicht endlich auf deine mütterlichen Instinkte besinnst und ein Kind bekommst. Ich weiß übrigens, dass Dietrich sich sehr ein Kind wünscht.«

»Lasst mich da raus«, sagte Dietrich.

»Halt bloß die Fresse«, sagte ich.

»Hoho, kleine Töpfe kochen schnell über, was?«, sagte Rüdiger.

»Ich habe heute wieder ein Model gefahren«, sagte Taximörder. »Die sah aus wie Tatjana Patitz, bloß jünger. Vielleicht war sie es sogar selbst.«

32

Ich wollte gerade zur Arbeit, als Majewski hereingestürmt kam und sofort anfing, mein Hemd aufzuknöpfen. Diese ungebremste Energie. Ich beneidete ihn darum. In seiner Gegenwart fühlte ich mich selber immer gleich ein Stück lebendiger.

»Hör auf«, sagte ich, »ich habe meine Miete für März noch nicht zusammen. Ich komm nachher zu dir rauf. Jetzt kann ich nicht.«

Das stachelte ihn natürlich nur noch mehr an.

»Aber ich muss heute weg«, rief er und zerrte an meinem linken Ärmel. »Die Peru-Story. Das wird mindestens zehn Tage dauern, bis ich wieder zurück bin.«

Plötzlich ließ er von mir ab und machte ein ernstes Gesicht.

»Weißt du eigentlich, wie sehr ich dich liebe und wie es mir zu schaffen macht, dass du immer noch mit Dietrich zusammen bist? Hast du nicht selbst gemerkt, dass das mit uns mehr ist? Ich meine, etwas richtig Großes. Für mich wäre es keine abwegige Vorstellung, dich eines Tages zu heiraten.«

»Nun mal langsam«, sagte ich. Ich konnte mir nicht wirklich vorstellen, dass er das ernst meinte, war aber trotzdem besorgt.

»Ja, könntest du dir das denn nicht vorstellen? Was meinst du, was wir für großartige, hübsche Kinder bekommen würden, so blonde ...«

»Du vergisst die großartigen hübschen Frauen, die überall auf dich warten.«

»Ja, du hast recht. Treu zu sein, würde mir schwer fallen. Ich schlafe auch immer noch gerne mit Heike. Und dann habe ich neulich eine Freundin von ihr kennen gelernt, Wiebke, die hat mich so komisch angekuckt. Ich wette, dass ich die auch ins Bett bekomme.«

»Na dann, viel Erfolg! Ich muss jetzt jedenfalls los.«

Majewski hielt mich am Ellbogen fest.

»Wenn ich sicher wäre, dass du mich richtig liebst, wenn

ich mich auf dich verlassen könnte, dann würde ich, glaube ich, auch treu sein.«

33

Udo-Dreidoppelsieben fragte, ob ich ihn am nächsten Tag in der Firma vertreten könnte. Er müsste mittags weg. Ein Banktermin. Einige Fahrer kämen aber schon am frühen Nachmittag, um ihre Taxis abzuholen.

»Ist ganz easy. Du musst nur die Schlüssel rausgeben und die Briefumschläge mit dem Geld entgegennehmen. Ich zahl dir acht Mark die Stunde. Auf die Hand. Ich meine, dafür, dass du die ganze Zeit bloß rumsitzt, ist das nicht schlecht. Um sechs, wenn das dann richtig losgeht, bin ich wahrscheinlich schon wieder zurück.«

Also fuhr ich am nächsten Tag hin. Als ich ankam, drückte Udo mir einen Eimer und einen Lappen in die Hand.

»Du sitzt hier doch sowieso bloß rum. Da kannst du ja zwischendurch auch mal das Fenster putzen.«

Außerdem lagen noch zwei Werkstattrechnungen auf dem Schreibtisch, die ich in den Computer eintippen sollte. Ich wusste aber gar nicht, wie man einen Computer bediente. Der Schreibtisch war eine Neuanschaffung. Eine Spezialanfertigung in RAL 1015. Lauter kleine funkelnde Taxizeichen in der Form von Dachschildern waren in den Lack eingelassen. Sie waren nicht einfach bloß draufgesprüht, sondern steckten richtig tief drin – unter und über sich mehrere Schichten Klarlack. Nachdem Udo weggefahren war, polierte ich als Erstes den Schreibtisch, bis er glänzte. Davon hatte Udo nichts gesagt. Ich machte es, weil ich Spaß daran hatte. Dann kam ein Fahrer, um Geld abzugeben. Dann putzte ich das Fenster. Dann kamen zwei Fahrer, die ihre Taxischlüssel haben wollten. Dann schlenderte ich in die Werkstatt, um nachzusehen, ob Nusske schon da war. Es war aber noch zu früh.

Als ich an den Schreibtisch zurückkehrte, kam gerade ein kleiner Mensch mit einem riesigen roten Turban zur Tür herein. Er hatte eine dunkle Hautfarbe und hüllte sich in ein glitzerndes blaues Cape. Über seiner Schulter hing eine Ledertasche. Er reichte mir seine Visitenkarte: SAMU SAMRAI – WAHRSAGER UND LEBENSGESTALTER.

»Danke, kein Interesse.«

Er riss seine Augen weit auf, fixierte meine Stirn und sagte: »Du sehr unglücklich. Du lachen, aber in Herz du sehr unglücklich. Du mit zwei Männern.«

Ich zögerte einen Moment zu lange, und er schnappte sich einen Stuhl, setzte sich mir gegenüber und behauptete, dass sich mein Schicksal ab April wenden würde. Überhaupt sah alles ganz wunderbar aus und ich würde fünfundachtzig Jahre alt werden.

»Es dir gehen ... äh, wie sagen ... finanziell sehr schlecht?«

Ich nickte.

»Aber alle denken, du viel, viel Geld. Das kommen ... wie sagen ... du viel Geld rein, aber auch wieder raus.«

Offenbar hielt er mich für die Chefin. Plötzlich steckte er mir einen zerknüllten Zettel in die Hand und raunte:

»Sag eine Zahl zwischen eins und zehn.«

»Drei.«

»Ruhig aufmachen.« Er klopfte mir ermunternd auf den

Arm. Auch auf dem Zettel stand eine krakelige Drei. Ich ärgerte mich, dass ich sofort mit der Drei herausgeplatzt war. Ich hätte es ihm nicht so leicht machen dürfen. Jetzt hatte er irgendwie gewonnen. Ich fragte ihn nach seinem Honorar.

»Das sein unterschiedlich. Manche geben hundert, manche dreihundert. Wer sehr wenig Geld haben, geben nur fünfzig.«

Ich holte einen zerknitterten Zwanzig-Mark-Schein aus meiner Hosentasche und strich ihn auf dem Tisch glatt.

»Naah, das zu wenig.«

Bedauernd hob ich die Schultern. Ich hoffte schon, ihn losgeworden zu sein, da schnappte er sich den Zwanziger und ließ ihn in seiner Ledertasche verschwinden.

»Was sein dein Herzenswunsch: Kinder oder Heirat?«

»Geld.«

»Nicht Geld. Kinder oder Heirat! Kinder?«

»Ich kann Kinder nicht ausstehen.«

Er seufzte und fragte nach meiner Lieblingsblume.

»Fliegenpilz«, sagte ich aus Bosheit.

»Nein, ich nicht kenne. Andere Blume!«

»Flieder.«

Er seufzte wieder. Dann schrieb er mit einem von den Mergolan-Kugelschreibern die Wörter Rose, Tulpe, Lilie und Jasmin auf einen Abrechnungsblock. Ich sollte zwei Blumennamen ankreuzen. Er war ein erbärmlicher Wahrsager. Wenn man nicht völlig simpel funktionierte, war er sofort aufgeschmissen.

Ich kreuzte Tulpe und Lilie an. Samrai nahm ein kleines Stück blaues Papier aus seiner Ledertasche, faltete es zusammen und murmelte Beschwörungen darüber. Dann legte er mir das Papier in die Hand und schloss meine Finger darum.

»Du nehmen Hand an Stirn und sagen: glücklich, glücklich.«

Ich tat ihm den Gefallen und gab ihm den Zettel zurück. Der Wahrsager holte ein Foto aus seiner Tasche und legte es auf den Tisch. Auf dem Foto war eine Gruppe nackter Papua-Männer zu sehen. Alle trugen große Penisfutterale. Das Bild tat seine Wirkung. Man musste einfach hinstarren. Samrai gab mir einen blauen gefalteten Zettel und zwinkerte mir zu.

»Aufmachen und staunen.«

Lustlos entfalte ich das Papier, auf dem jetzt natürlich die beiden Blumennamen standen: Tulpe, Lilie.

»Ja und? Was ist jetzt damit bewiesen?«

Er behauptete, das beweise, das meine jetzige Liebe glücklich würde. Sie war nämlich bedroht, weil eine andere Frau hinter meinem Mann her war. Mein Mann wollte aber lieber mich.

Als Nächstes versuchte Samrai, mir einen Glücksbringer anzudrehen. Es handelte sich um eine kleine schwarze Platte, auf der ein rötlicher Klumpen mit einem Loch darin klebte. Er musste ihn selbst aus Fimo-Knetmasse gebastelt und im Ofen gebrannt haben. Ich hob abwehrend die Hände.

»Nur zehn Mark«, klagte der Wahrsager. Als ich den Kopf schüttelte, schenkte er ihn mir großmütig.

»Das dir Macht geben über – wie heißen? Wenn du dies Amulett tragen, er immer müssen tun, was du wollen. Er wollen tun andere Sachen – er nicht können.«

»Wie wunderbar und nützlich«, sagte ich.

»Wir uns sehen wieder. Bald ... vielleicht ... in einem Jahr.«

Er huschte aus der Tür. Der metallicblaue Umhang wehte hinter ihm her.

Kurz darauf kam Udo-Dreidoppelsieben zurück, musterte das geputzte Fenster und wischte mit dem Ärmel über eine Schliere, die ich nicht wegpoliert hatte.

»Hast du die Rechnungen fertig?«

»Dazu bin ich nicht gekommen.«

»Was heißt das? Du sitzt hier drei Stunden rum und schaffst es nicht, zwei Rechnungen einzugeben? Was denkst du, wofür ich dich bezahle?«

Ich nahm das Amulett in die Faust, drückte es an meine Stirn und sagte: »Glücklich, glücklich.«

»Komm mir bloß nicht so«, sagte Udo, »ich will Leistung sehen.«

34

Die Nacht verlief ruhig. Ich hielt trotzdem lange durch, und gegen zwei Uhr morgens bekam ich tatsächlich noch eine Tour nach Bergedorf. Die Strecke bestand zum größten Teil aus einer zehn Kilometer langen Schnellstraße. Es waren kaum noch Autos unterwegs. Auf der Hinfahrt hielt ich mich zurück, fuhr nie mehr als zwanzig Stundenkilometer über der erlaubten Geschwindigkeit. Aber nachdem ich den Fahrgast abgesetzt hatte, trat ich das Gaspedal bis zum Anschlag herunter, die Scheinwerfer bohrten mir einen Tunnel durch die mondlose Nacht, und der Rückweg wurde zu einem einzigen langen Sprung. Ich fuhr nicht schnell, um absichtlich die Straßenverkehrsordnung zu missachten. Ich fuhr schnell, weil mir das zustand. Weil ich dafür geeignet war. Ich war mit meinem Taxi verwachsen, jedes Teil der Karosserie gehörte zu meinem Körper, meine Füße waren kreisrund, und mein Gehirn hatte auf Autopilot geschaltet. Mit dem Ende der Schnellstraße kamen die Ampeln und Lichter der Eiffestraße auf mich zu und schoben sich perspektivisch zu einer rotweißen Lichterpyramide zusammen. Ich bog rechts in den Rückersweg ein und dann links in die Hammer Landstraße. Schatten, Umrisse, Fahrbahnmarkierungen. Kein Mensch unterwegs. Alles schlief. Und plötzlich stand da ein anderes Taxi, mitten auf der vierspurigen Straße. Die Szene war gut beleuchtet, das Taxi hatte auf Höhe einer Straßenlaterne gehalten. Im Heckfenster leuchtete das Zeichen vom Regenbogen-Funk. Ich hielt direkt dahinter, ebenfalls in der Mitte der Fahrbahn, und stieg aus. Es war unheimlich still. Das Regenbogentaxi war leer. Seine Fahrertür stand offen. Dann sah ich, dass unter dem Wagen jemand lag, nur die Füße schauten heraus. Ich dachte sofort an Tossi und kniete mich auf den Asphalt, um unter den Wagen zu sehen. Lange dünne Beine in Jeans. Plötzlich krümmten sich die Beine, streckten sich wieder und krümmten und verdrehten sich, als versuchte jemand unter dem Taxi hervorzurutschen, ohne die Arme zu benutzen.

»Hallo«, sagte ich, »alles in Ordnung? Oder bist du gerade ermordet worden?«

Tossi wand sich unter dem Wagen hervor. Er hielt ein Kaninchen im Arm. Es war eines von den Wildkaninchen, die zu Tausenden die Stadt bevölkerten und in aller Ruhe auf den Verkehrsinseln grasten, während um sie herum die Lastwagen und Wohnmobile vorbeifauchten.

»Ich dachte schon, ich hätte es überfahren«, sagte Tossi. Das Kaninchen hatte nichts gebrochen, aber dort, wo seine Augen hätten sein sollen, befanden sich nur noch zwei blutige rote Löcher. »Myxomatose«, sagte ich. »Diese Kaninchenkrankheit. Hoch ansteckend.«

»Was machen wir jetzt?«, sagte Tossi und hielt das Kaninchen etwas weiter von sich weg.

Ich fiel auf sein *wir* herein.

»Wir müssen es töten.«

»Nein«, sagte er, »nein, ich kann das nicht.«

»Es quält sich. Es verhungert langsam. Willst du es blind auf der Straße herumirren lassen, bis es überfahren wird. Oder bis jemand seinetwegen gegen einen Baum fährt? Oder in eine Kindergartengruppe? Außerdem wird es sowieso bald sterben und steckt vorher bloß alle anderen Kaninchen an.«

Wenn ich mich richtig erinnerte, tötete man Kaninchen, indem man ihnen einen kräftigen Schlag ins Genick gab. Ich öffnete meinen Kofferraum und sah nach, was ich dabei hatte. Wir standen immer noch mitten auf der Straße. Ein einsamer Golf fuhr vorbei, der Fahrer lenkte langsam um uns herum und blickte mit dummem Gesicht herüber. Ich hatte noch nie etwas getötet, außer einem Fasan, der mir gegen die Windschutzscheibe geflogen war. Aber nichts mit eigenen Händen. Das Einzige, was ich im Kofferraum fand, war der Wagenheber. Ich nahm Tossi das Kaninchen aus dem Arm. Es war ganz ruhig. Sein Fell fühlte sich warm und weich an. Ich packte es mit der linken Hand so vorsichtig wie möglich an den Ohren. Mit der rechten holte ich aus und hieb ihm den Wagenheber ins Genick. Das Kaninchen erschlaffte. Ich war überrascht, dass es so einfach gewesen sein sollte. Dann schoss plötzlich wieder Leben in den Körper. Das Kaninchen krümmte sich, kickte mit den Hinterbeinen und stieß einen langgezogenen hohen Schrei aus. Auch Tossi fing an zu schreien.

»Mach es tot«, schrie er, »mach es doch tot!«

Ich legte das Kaninchen auf die Straße. Ich wollte seinen Hinterkopf treffen, aber es rollte auf den Rücken und schrie immer noch. Es hatte Angst und Schmerzen, ich konnte mir nicht die Zeit nehmen, es umzudrehen. Also blieb mir nichts übrig, als mit dem Wagenheber mitten in sein Gesicht zu schlagen. Ein Ohr flog weg, und das Kaninchen schrie immer noch, und dann krachten Knochen, und ich schlug noch einmal in sein Gesicht und noch einmal, und dann war es nur noch Tossi, der schrie.

»Mach es tot! Mach es doch endlich tot!«

Ich hob das Kaninchen an seinem einen Ohr auf und legte es in den Rinnstein.

»Gott, bist du brutal«, sagte Tossi.

Ich verstaute meinen blutigen Wagenheber im Kofferraum, ohne ihn eines weiteren Blickes zu würdigen. Dann fuhr ich zurück in die Innenstadt und weiter zur Reeperbahn.

35

Es war jetzt drei Wochen her, dass Majewski in die Anden geflogen war. Ich hatte die ganze Zeit nichts von ihm gehört. Als ich seinen schwarzweißen BMW vor der Bäckerei parken sah, ging mir auf, dass er womöglich schon seit Tagen zurück war, und sich bloß nicht bei mir meldete. Da ich Majewski gegenüber ständig darauf bestand, dass wir kein Paar seien, konnte ich mich deswegen natürlich schlecht beschweren. Trotzdem spürte ich einen kleinen Stich. Ich sagte mir, dass ich es ja jederzeit beenden konnte, wenn es anfing, kränkend und unangenehm zu werden.

Eine halbe Stunde später platzte er in meine Wohnung. Er schloss die Tür mit einem Fußtritt und zog mich auf den Boden.

»Ich bin wieder da.«

»Das habe ich gemerkt.«

Er zog sich das schlottrige Hemd über den Kopf und warf es gegen meinen Schreibtisch, wo es über der Kante hängenblieb wie eine geschmolzene Uhr von Dalí. Majewskis Rippen zeichneten sich deutlich unter der Haut ab. In Peru hatte er sich einen Darmvirus eingefangen.

»Ich bin fast daran krepiert«, sagte er, »ich war völlig dehydriert.«

Ich fuhr mit den Fingern über die Narbe auf seiner Brust, die Stelle, wo Heike ihn gebissen hatte. Majewski presste sein Kinn an den Hals, um selber die Narbe noch einmal zu begutachten. Das Dramatische und Komplizierte in seinem Leben erfüllte ihn stets mit Stolz.

»Meine Schwester hat mich jetzt auch geschlagen. Ich habe mit Heike bei meinen Eltern im Wohnzimmer gesessen. Meine Schwester war auch da. Und dann haben die beiden immer miteinander geflüstert. Ich habe schon gemerkt, dass meine Schwester Heike aufhetzen wollte. Und dann ist sie zu mir rübergegangen und hat gesagt, ich soll da jetzt zu Stellung nehmen, warum ich so ein Schwein sei.

Sie wollte unbedingt wissen, warum ich Heike so behandeln würde, und ich habe ihr gesagt, sie soll abhauen. Ich rede doch nicht mit der da drüber. Und – batsch – hat sie mir eine runtergehauen. Astrid hat auch mal gesagt: die, die immer sagen, dass ich ein Schwein sei, die kennen mich eben bloß nicht richtig. Mit meiner Schwester rede ich jetzt kein Wort mehr. Das macht die völlig fertig. Heute Morgen kam sie in die Küche, wo ich mit meiner Mutter stand. Ich bin einfach rausgegangen.«

Er schob mir eine Hand in die Hose.

»Ich hab nicht viel Zeit«, sagte er. »Ich muss gleich zurück nach Bremen zu Heike. Aber ich bin morgen wieder da, und dann können wir ja was zusammen unternehmen.«

Ich nahm seine Hand und zog sie aus meiner Hose heraus. Ich stand auf.

»Was ist mit dir?«, fragte Majewski und rappelte sich ebenfalls auf. »Du hast so ein bedrücktes Gesicht. Bist du etwa schwanger?«

»Findest du es nicht ein bisschen spät, sich jetzt darüber Sorgen zu machen?«, sagte ich giftig. »Jetzt bringt das nichts mehr.«

»Ach, du brauchst dir deswegen überhaupt keine Gedanken zu machen. Ich bin höchstwahrscheinlich unfruchtbar. Ich habe nämlich erst ziemlich spät Mumps gekriegt, mit ganz hohem Fieber, und dabei wird man leicht unfruchtbar.«

»Wenn ich von dir nicht schwanger werde, krieg ich von dir eben Aids«, sagte ich. Ich war auf einmal wahnsinnig deprimiert. »Mit meinem Glück krieg ich wahrscheinlich Aids.«

»Leidest du sehr unter meiner Abwesenheit?«

Seine Stimme war voller Mitgefühl.

»Ach was, das war ganz gut, dass ich mal wieder mehr Taxi gefahren bin«, sagte ich trotzig.

»Aber ich. Ich leide sehr. Gottseidank sehen wir uns ja morgen.«

36

Am nächsten Tag rief Majewski an.

»Ich bleib noch in Bremen. Hier ist so eine Frau, über die ich eine Reportage gemacht habe. Die gehört zu einer Gruppe von Fallschirmspringern, die versuchen, die Reißleine von ihrem Schirm so spät wie möglich zu ziehen. Ich bin mitgesprungen, hab deswegen extra einen Kurs gemacht. Und ich durfte natürlich auch nicht die Reißleine ziehen, bevor die das gemacht haben. Ich musste ja wissen, wie sich das anfühlt – so lange im freien Fall. Mann, ich sag dir! Aber die Story ist toll geworden, und sie will die heute gegenlesen. Morgen kann ich leider auch nicht. Ich habe Britta versprochen, mit ihr ins Konzert zu gehen. Und ich habe ihr das schon so lange versprochen. Außerdem ist sie so depressiv drauf, seit ich ihr gesagt habe, dass es vorbei ist.«

»Das würde ich mir aber sehr überlegen, ob ich dann noch mit ihr weggehen und ihr Hoffnung machen würde. Eines Tages hängt sie auf dem Dachboden und darunter liegt ein Abschiedsbrief an dich.«

»Nee, das hat mit mir überhaupt nichts zu tun, dass sie so depressiv ist. Sie hat gesagt, sie weiß überhaupt nicht, wozu sie lebt. Und in zwei Monaten fährt sie sowieso zurück nach Österreich. Astrid geht es übrigens auch sehr schlecht. Sie hat gerade eine Abtreibung hinter sich. Seitdem mag sie einen Mann nicht mal mehr küssen. Sie hat zu mir gesagt, sie hätte so ein Gefühl, als wäre jetzt das letzte Frische von ihr verlorengegangen – zuerst die Entjungferung und jetzt eben auch noch die Abtreibung.«

»Du wirst ihr sicher helfen können.«

Er war vollkommen Ironie-resistent.

»Das hoffe ich. Wir können uns dann ja übermorgen sehen.«

37

Das Taxigeschäft lief nicht so übel. Ich wusste nur nicht, wie ich das alles aushalten sollte – das alte dreckige Taxi und die grässliche Musik im Radio und die grässlichen dummen Menschen, die einfach in mein Taxi steigen durften und mir befehlen konnten, wo ich hinfahren sollte. Ich war so wütend, ich wusste gar nicht, wohin mit meiner Wut. Das Einzige, was ich abstellen konnte, war das Radio. Dann wollte ein ältliches Paar mit mir zum Nüßlerkamp fahren. Er war dick und sie war dünn und beide trugen große billige Kunststoffbrillen. Hauptsache praktisch. Vati und Mutti.

»Nüßlerkamp, wo war das noch gleich?«

»Geht in Bramfeld vom Hohnerkamp ab.«

»Den kenne ich leider auch nicht. Ich fahr nämlich noch nicht so lange. Erst seit ... äh ... acht Tagen.«

Wenn es eine bekannte Straße war, die mir nicht einfiel,

erzählte ich immer, dass ich erst seit ein paar Tagen fuhr. Je bekannter die Straße, desto weniger Tage.

»Macht nichts«, sagte Vati, »ich zeig Ihnen das schon. Fahren Sie einfach die Bramfelder hoch.«

»Sie sagen wenigstens vorher, dass Sie es nicht wissen«, lobte Mutti, »nicht wie die ganzen Ausländer, die überhaupt keine Ahnung haben und einfach drauflosfahren.«

»Hmmmmmh«, sagte ich vage. Solange ich noch darauf angewiesen war, dass sie mir den Weg zeigten, wollte ich die direkte Konfrontation meiden. Nichts war grässlicher, als in einem Stadtplan herumzublättern, während neben einem ein Fahrgast saß und auf einen einkeifte, was für eine erbärmliche Null man sei, und dass jeder, einfach jeder wisse, wo der Nüßlerkamp sei. Aber dann merkte ich, wie ich schon wieder so wütend wurde.

»Schlimm ist das mit den Ausländern«, sagte Vati, »schlimm.«

»Wieso?«, sagte ich. »Was ist denn daran schlimm? Stellen Sie sich doch mal vor, Sie müssten in Istanbul Taxi fahren. Denken sie, das würde auf Anhieb klappen? Hamburg hat über zehntausend Straßen. Kein Taxifahrer kennt die alle.«

»Ja, aber der, mit dem wir gefahren sind, der wusste nicht mal, wo der Hauptbahnhof war«, rief Mutti.

Das war natürlich Quatsch. Sie log wie gedruckt. Es gab keinen Taxifahrer, der nicht wusste, wo der Hauptbahnhof war. Sie sagte das nur, damit sie auf ihrer dämlichen, verbohrten Meinung beharren konnte.

»Na und«, sagte ich. »Letztlich ist es ja wohl kein Aufwand, jemandem mal schnell den Weg zum Hauptbahnhof zu erklären – auch wenn es dessen Beruf ist, den Weg eigentlich zu kennen. Es sei denn, man empfindet es überhaupt als Zumutung, mit einem Taxifahrer zu sprechen.«

Vati und Mutti sagten gar nichts mehr. Wenn ich nicht bereit war, ihre stupiden Ansichten zu bestätigen, gab es auch keinen Grund, weiter mit mir zu reden. Zum Glück fiel mir auf dem Weg nach Bramfeld wieder ein, wo der Hohnerkamp abging. Sonst hätten sie mich vorbeifahren lassen, um danach über mich herzufallen. Trinkgeld gab es natürlich auch nicht. Ich bekam überhaupt immer weniger Trinkgeld in letzter Zeit.

38

Da ich mich in Bramfeld schlecht auskannte, fuhr ich wieder in die Innenstadt zurück. Aber statt wie sonst links zum Karl-Muck-Platz bog ich diesmal rechts ab, nahm die Feldstraße und hielt mich am Pferdemarkt wieder rechts. Als ich in der Schanzenstraße ausstieg, fauchte mich ein heftiger Wind an. Für die frühen Morgenstunden war wieder Sturm angesagt. Helle und dunkle Wolken wischten über den Dreiviertelmond und überholten sich gegenseitig. Ich zog den Reißverschluss meiner Lederjacke bis zum Hals hoch.

Das Haus, in dem Marco wohnte, war inzwischen mit einem Baugerüst eingekleidet worden. Die Plastikfolien daran blähten sich und knatterten im Wind. Ich drückte gegen die Haustür. Sie war nur angelehnt. Das Treppenhaus war von einer feinen Schicht Mörtelstaub überzogen. Ich stieg die Treppe hinauf und klingelte an Marcos Wohnung. Nichts rührte sich. Sofort war ich entsetzlich niedergeschlagen. Ich klingelte noch einmal. Jemand zog die Toilettenspülung, dann öffnete Marco die Tür. Wie jedes Mal, wenn ich ihn länger als ein paar Tage nicht gesehen hatte, staunte ich, wie klein er war. In meiner Erinnerung kam er mir immer viel größer vor. Marco erschrak richtig, als er mich sah. Er trug ein blauweißes Hawaiihemd mit kurzen Ärmeln, die ihm bis über die Ellbogen hingen. Er sah lächerlich aus in diesem Hemd. Das machte mir Mut.

»Hallo«, sagte ich. »Lässt du mich rein?«

»Du traust dich ja was! Tauchst hier einfach so auf. Na ja, hast du ja immer so gemacht.«

»Du hattest mich doch angerufen, weil du dich mit mir treffen wolltest«, tat ich empört. »Du hast dich doch beschwert, dass wir uns so lange nicht gesehen haben.«

»Das war vor zwei Monaten. Ich hab überhaupt nicht mehr mit dir gerechnet. Vor zwei Monaten wollte ich dich treffen.«

»Und? Jetzt nicht mehr?«

Marco stemmte seinen kurzen Arm gegen den Türrahmen, um mir den Weg zu versperren.

»Jedenfalls nicht heute. Komm morgen wieder. Heute geht das nicht. Ich krieg noch Besuch.«

»Ruf sie an, und sag ihr, dass dir was dazwischengekommen ist.«

Marco starrte mich finster an.

»Seit wann trägst du eigentlich eine Brille?«

»Schlaf mit mir«, sagte ich.

Marco fing an zu blinzeln und zog seine Augenbrauen zusammen.

»Aber du wartest hier draußen, während ich telefoniere. Ich will nicht, dass du mir dabei auch noch zuhörst.«

Er zog die Tür vor meiner Nase zu. Im selben Moment ging im Treppenhaus das Licht aus. Ich tastete nach dem Lichtschalter und knipste es wieder an. Dann setzte ich mich auf die oberste Treppenstufe. Während ich wartete, zog ich den Reißverschluss meiner Lederjacke auf, holte mein Portemonnaie aus der Innentasche und zählte das Geld. Hundertdreizehn Mark und vierzig Pfennige. Ungefähr vierzig Mark davon gehörten Firma Mergolan. Ich fuhr seit fast sechs Jahren Taxi und alles, was ich davon übrig behalten hatte, waren dreiundsiebzig Mark und vierzig Pfennige. Die Tür ging wieder auf, Marco hielt mir die Hand hin und half mir hoch. Schweigend ging er vor mir her in seine Wohnung. Das Deckenlicht hatte er bereits ausgeschaltet. Auf dem Boden schimmerten die drei Kugeln. Marco schubste mich gereizt gegen sein Bett und steckte dann mürrisch die Hände in die Hosentaschen. So weit er sie hineinkriegte. Ich zog meine Stiefel aus, legte mich auf den Futon und verschränkte meine Hände hinter dem Kopf. Marco blieb eine Weile neben dem Bett stehen und sah grimmig auf mich herunter, dann seufzte er und legte sich neben mich auf die Seite. Er stützte das Kinn auf, seine Finger verdeckten den Mund.

»Fass mich an«, sagte ich.

Marco nahm die Hand von seinem Mund und schnaubte Luft durch die Nase. Er schüttelte ungläubig den Kopf.

»Warum kannst du nicht nett sein? Wenn du mit mir vögeln willst, solltest du wenigstens so tun, als ob du mich magst. Außerdem will ich zuerst mit dir reden. Ich habe nämlich eine Frau kennengelernt. Das ist jetzt das letzte Mal, dass ich mit dir schlafe. Nur, damit das klar ist.«

Ich stützte mich ebenfalls auf einen Ellenbogen, legte

eine Hand auf Marcos Nacken und küsste ihn. Es dauerte, bis er endlich zurückküsste, in meine Haare griff und mich an sich zog. Dann schob er mich wieder weg.

»Versteh mich nicht falsch«, sagte er, »ich finde es immer noch schlimm, dass ich dich geschlagen habe … unentschuldbar … gar keine Diskussion … Aber im Moment habe ich leider schon wieder das Gefühl, dass du Prügel verdienst.«

Ich ließ meinen Kopf auf die Matratze sinken und berührte flüchtig Marcos Schläfe. Er nahm mir die Brille ab und legte sie auf den Baumstumpf-Nachttisch.

»Ich kenne niemanden, der mich so wütend macht wie du«, sagte er. »Ich sollte dich rausschmeißen. Ich hätte dich schon vor langer Zeit rausschmeißen sollen. Wenn ich dich gleich rausgeworfen hätte, wäre das damals auch nicht passiert.«

Er legte eine Hand auf meine Wange und fuhr mit seinem Daumen über meine Unterlippe.

»Lass die Augen offen«, sagte er. »Sieh mich dabei an.«

39

Ich hatte Post von Mensa bekommen, das Testergebnis. Zwei Punkte weniger, und ich hätte zur dummen Masse gehört. Erst ab einem Intelligenzquotienten von hundertdreißig zählte man zu den zwei Prozent der Bevölkerung, die als hochintelligent eingestuft wurden. Ich musste es irgendjemandem auf die Nase binden. Darum ging ich zu Dietrichs Wohnung hinauf. Dietrich kniete auf dem Fußboden, vor sich eines der riesigen Bilder, die er von mir gemalt hatte. Ich schaute ihm über die Schulter, wie er mit Farbstiften einige Korrekturen vornahm. Meine Hüften übermalte, dass sie schmaler aussahen, und einige neue Zuschauer unter die bereits vorhandenen Comictiere mischte.

»Hier«, sagte ich schließlich und hielt ihm den Brief hin, »da hast du es schriftlich. Ich gehör zu den ganz Schlauen.«

Dietrich las den Brief durch und reichte ihn mir zurück.

»Die zwei Prozent Intelligentesten, das ist für mich keine Elite«, sagte er, »das ist die Mindestvoraussetzung.«

»Ehrlich gesagt, ist mir immer noch nicht klar, wieso ich bestanden habe. Vielleicht hat der Mann, der uns geprüft hat, hinterher ein bisschen bei mir verbessert. Ich glaube, der mochte mich leiden, und wir haben ja alle mit Bleistift geschrieben.«

»Klar«, sagte Dietrich, »so kann es gewesen sein. Denen steckt bestimmt noch ihre letzte Silvesterfeier in den Knochen, als sie da mit dreißig Männern und fünf Frauen angestoßen haben. Jetzt wollen die sehen, dass sie bloß noch ein paar Mädchen dazubekommen.«

Dann schwiegen wir plötzlich. Ich zog Bücher aus den Regalen und schob sie wieder hinein, ohne sie anzusehen.

»Was ist los?«, fragte Dietrich.

»Es ist aus mit uns.«

»Ja«, sagte er, »ich weiß.«

Ich fing an zu weinen. Was ich Dietrich antat, war nicht wiedergutzumachen. Jemanden wie mich würde er nie wieder finden. Dietrich stand auf und holte eine Rolle Küchenpapier. Er reichte sie mir, und dann fing auch er an zu weinen. Ich riss drei Blatt ab, feudelte mir übers Gesicht und gab Dietrich die Rolle zurück. Es war wie in einem Zeichentrickfilm, wir heulten, reichten uns abwechselnd die Küchenrolle und wischten uns mit riesigen Lappen über die Augen.

40

Auf dem Weg zum Penny-Markt sah ich den verspoilten schwarzweißen BMW am Straßenrand stehen. Ich nahm Majewski immer noch übel, dass er mich versetzt hatte. Er war ein egoistischer und verlogener Köter. Aber gleichzeitig vermisste ich das Gefühl von Lebendigkeit, das ich in seiner Gegenwart immer empfand. Ich zwang mich, nicht sofort wieder zurück nach Hause zu gehen, sondern erst in aller Ruhe eine Tüte Nudeln und eine Dose Rindfleisch zu kaufen. Als ich vom Penny-Markt zurückkam, war der BMW wieder weg. Das hatte ich jetzt davon. Ich überlegte, ob nicht der Zeitpunkt gekommen war, auch noch mit Majewski Schluss zu machen. Seine Unzuverlässigkeit machte mir mehr zu schaffen, als ich gedacht hatte. Heute nicht, aber morgen, oder übermorgen, ja, nein, jetzt, aber ich muss gleich wieder weg. Es zermürbte und deprimierte mich. Dann fiel mir ein, dass ich mich von Majewski nicht zu trennen brauchte, weil wir ja gar nicht zusammen waren. Ich fühlte mich trotzdem nicht erleichtert.

Am Nachmittag stand er dann in meiner Wohnung.

»Mit Heike geht das jetzt zu Ende«, sagte er, »und dann gibt es nur noch uns zwei.«

»Und Britta und Astrid und die Fallschirmspringerin.«

»Astrid *ist* die Fallschirmspringerin. Und sie bedeutet

mir nichts. Warum vertraust du mir nicht? Was hab ich dir eigentlich getan?«

»Und Marlene.«

Majewski hob bedauernd die Schultern. »Ja, Marlene, also da kann ich leider für nichts garantieren. Wenn Marlene mich eines Tages erhören sollte, ... sie ist nun mal meine große Liebe. Aber du brauchst dir deswegen keine Sorgen zu machen. Sie erhört mich sowieso nie.«

Er hob meine Haare hoch und küsste meinen Nacken.

»Meinst du, Dietrich hat gemerkt, dass wir zusammen sind?«

»Ich hab gestern Schluss gemacht.«

»Und – weiß er, dass wir etwas miteinander haben?«

Ich schüttelte den Kopf.

Majewski ließ meine Haare los.

»Und warum hast du dann Schluss gemacht?«, fuhr er mich an. »Was sollte das dann?«

»Reg dich nicht auf«, sagte ich. »Dass ich mit ihm Schluss gemacht habe, heißt doch nicht, dass du mich heiraten musst. Alles bleibt wie gehabt. Ich bin froh, dass du mit Heike zusammen bist. Du brauchst mir nichts zu versprechen. Das Letzte, was ich gebrauchen kann, ist jemand, der sein Lebensglück von mir abhängig macht.«

»Aber mit Heike ist es doch sowieso bald vorbei. Ich habe ihr gesagt, dass Schluss ist. Es war schlimm. Sie ist fast ohnmächtig geworden. Sie ist völlig zusammengebrochen. Ich konnte sie gerade noch auffangen und zum Bett tragen.«

Wir gingen in seine Wohnung hoch. Majewski wollte unbedingt Spaghetti für mich kochen. Als wir in dieser Nacht miteinander schliefen, klammerte er sich so fest an mich, dass ich an den Armen blaue Flecken bekam. Er heulte und schrie. Die Tränen liefen ihm nur so übers Gesicht. Mir war das unheimlich. Ich wartete, bis er eingeschlafen war, dann stand ich auf und schlich zurück in meine Wohnung.

41

Nachmittags wachte ich davon auf, dass Majewski sich bei mir auf die Bettkante setzte.

»Wieso hast du dich einfach fortgeschlichen? Dadurch wird die ganze Nacht unglaubwürdig. Als hätte sie nie stattgefunden. Ich wollte mit dir zusammen aufwachen.«

»Ich konnte nicht einschlafen«, sagte ich. »Mir ist furchtbar warm geworden. Ich dachte, ehe ich dich auch noch wecke, verschwinde ich lieber.«

Majewski wollte mit mir essen gehen. Das Steakhouse am Gänsemarkt hätte sich zu Fuß in einer knappen viertel Stunde erreichen lassen, aber natürlich nahmen wir den BMW.

»Morgen werde ich zu Dietrich gehen und mich mit ihm aussprechen«, verkündete Majewski, während wir den Valentinskamp hinunterrasten.

»Was? Das ist doch nicht dein Ernst? Keine gute Idee. Gar keine gute Idee! Was willst du da schon sagen – dass es dir leid tut, dass du seine Freundin fickst?«

»Wieso? Eigentlich kann er doch froh sein, dass du jetzt mit mir zusammen bist und nicht mit irgend so einem Scheißtyp.«

Bisher hatte ich mir nichts dabei gedacht, dass Majewski

keine Freunde hatte. Schließlich hatte ich auch keine. Jetzt bekam ich langsam eine Ahnung, woran es bei ihm liegen könnte.

»Du gestattest, dass ich lache.«

»Ich glaube, dass Dietrich das auch gut findet, wenn wir uns ... Sag mal, nach was riechst du eigentlich? Du riechst ja widerlich!«

»Na hör mal. Ich habe gerade eben geduscht und die Haare gewaschen.«

»Nee, irgendeine Creme. Das stinkt ja ekelhaft. Oder ein Parfüm.«

»Das ist dieselbe Creme, die ich schon die ganze Zeit benutze. Du spinnst.«

»Das ist mir aber noch nie so aufgefallen. Wirklich ekelhaft. Nimm die bitte nicht noch mal.«

Auf der Suche nach einem Parkplatz waren wir einmal rund um den Gänsemarkt gefahren und standen jetzt auf der Linksabbiegerspur vor einer Ampel. In diesem Moment parkte am rechten Straßenrand ein Fiat aus. Majewski rammte den Rückwärtsgang rein, ließ den Motor aufheulen und schoss mit sechzig Stundenkilometern quer über zwei Fahrspuren auf die Lücke zu. Sämtliche Passanten drehten sich nach uns um. Die Lücke war klein. Es war völliger Wahnsinn, in dieser Geschwindigkeit darauf zuzurasen, aber beinahe hätte er es tatsächlich geschafft. Eigentlich fehlten nur wenige Zentimeter. Es knallte fürchterlich. Die halbe Kunststoffstoßstange des vorderen Wagens schnellte durch die Luft und landete zehn Meter weiter auf der Fahrbahn. Bremsen quietschten. Ich biss mir vor Schreck auf die Unterlippe. Majewski stieg ruhig aus, besah zuerst seinen BMW, der jetzt tatsächlich perfekt zwischen den beiden Autos stand und nicht einmal eine Schramme abbekommen hatte. Dann erst warf er einen Blick auf das demolierte Auto. Es war ein dunkelgrüner Mercedes. Die andere Hälfte der Stoßstange baumelte noch von seinem Heck. Ich war ebenfalls ausgestiegen. Alle starrten uns an. Es gab ein paar höhnische Pfiffe. Zwei oder drei Leute klatschten sogar. Ein alter Mann kam angehinkt und baute sich vor Majewski auf.

»Leute wie Sie müsste man ins Zuchthaus stecken. Ins Zuchthaus! Zwangsarbeit ist noch das Mindeste!«

Majewski wandte ihm sein Gesicht zu, sah einfach durch ihn hindurch und sagte arrogant:

»Sie haben recht. Sie haben vollkommen recht.«

Er nickte dazu ein paarmal bekräftigend. Die Leute gingen wieder ihres Weges. Doch der alte Mann ließ sich nicht so schnell abwimmeln.

»So etwas gehört ins Zuchthaus«, meckerte er monoton vor sich hin. Wir warteten auf den Besitzer des grünen Mercedes. Ich sog an meiner blutenden Unterlippe.

»Ist es dir peinlich?«, fragte Majewski. »Ich sehe dir an, dass es dir peinlich ist. Es ist dir peinlich, ja?«

»Ja, auch«, sagte ich. »Aber vor allem finde ich es beunruhigend. Ich dachte, du hast nie Unfälle. Ich dachte, es macht nichts, dass du wie ein Geisteskranker durch die Gegend rast, weil du so gut fährst, dass trotzdem nichts passiert.«

»Ach Quatsch, ich habe schon zig Unfälle gehabt. Dadurch bin ich ja damals auch in dem Krankenhaus gelandet, wo ich dann Heike kennengelernt habe.«

»Na ja, wenigstens hast du diesmal nicht vorziehen müssen.«

»Ihr gehört beide ins Zuchthaus«, sagte der alte Mann.

42

Am nächsten Tag ging ich zu Dietrich, um ihn vorzuwarnen. Ich wollte nicht, dass es ihn unvorbereitet traf, wenn Majewski bei ihm auftauchte.

Dietrich sackte förmlich in sich zusammen.

»Bist du jetzt seine dritte Freundin?«

»Es tut mir leid, dass ausgerechnet er es ist, und ausgerechnet hier im Haus. Ich bin natürlich nicht seine Freundin. Es ist nur so eine Übergangssache, sonst kommen wir doch nie auseinander. Und es tut mir leid, dass es ausgerechnet so ein Angeberidiot ist.«

»Majewski ist gar nicht so doof, wie er auf den ersten Blick wirkt«, sagte Dietrich. »Der ist schlauer als wir alle zusammen. Aus dem Bauch heraus ist der verdammt schlau. Außerdem ist das egal. Schlimm ist nur, dass es mit uns vorbei ist.«

43

Gegen elf traf ich Udo-Zwonullfünf. Sein Taxi stand als Letztes am Gänsemarkt. Er hatte sich daneben gestellt und ließ seinen Blick in alle Richtungen schweifen. Er hoffte immer noch, dass seine Freundin genauso plötzlich wieder auftauchen würde, wie sie verschwunden war. Ich parkte hinter ihm, obwohl der Posten bereits voll war. Das Heck meines Taxis ragte auf die Straße hinaus.

»Also, ich weiß nicht«, sagte ich zu Udo, »heute ist so ein Tag, da stinken alle Fahrgäste irgendwie nach Scheiße.

Ist dir das auch schon mal aufgefallen, dass so viele Leute nach Scheiße stinken, oder bilde ich mir das bloß ein?«

»Nein, das ist so«, sagte Udo-Zwonullfünf. »Neulich fuhr ich so eine superreiche, total gepflegte Tante, völlig eingedieselt mit Chanel, aber durch das ganze Parfüm hindurch weht mir plötzlich dieser leichte Scheißegeruch entgegen.«

»Woran liegt das?«, fragte ich. »Putzen die sich nicht ordentlich ab, nehmen die nicht genug Papier, oder was?«

»Die sind innerlich verfault«, sagte Udo-Zwonullfünf. »Völlig vergammelt. Der Geruch dringt denen durch die Rippen.«

»Hast du schon etwas von Rüdiger gehört?«

»Der ist jetzt tatsächlich in Köln«, sagte Udo. »Aber die Veröffentlichung bei Suhrkamp – das war alles nur heiße Luft. Bevor er weggefahren ist, bin ich noch mal bei ihm gewesen. Ich hab g-gesagt, er soll mir den Brief zeigen. Und d-das k-konnte er nicht. Er hat behauptet, er hätte den Brief schon eingepackt. Von wegen. Ich wette, der hat sich alles bloß ausgedacht. Würde mich nicht wundern, wenn das mit der Werbeagentur auch nicht stimmt.«

Ein junger Typ mit Fußballschal kam auf uns zu.

»Hai, ick bin heute zum erstn Mal im Westen. Ick muß zur Kieler Straße. Kann eena von euch mich vielleicht umsonst fahrn? Ick hab nämlich leida keen Westgeld. Wär echt nett, wa.«

»Wieso trägst du denn einen Hertha-Schal, wenn du aus dem Osten bist?«, fragte Udo-Zwonullfünf.

»Na, weil ick fürn Westen bin, wa?«

Ich fuhr ihn eben hin, obwohl er mir nicht sympathisch war. Hier am Gänsemarkt konnte das noch ewig dauern, und von der Kieler war es nicht mehr weit bis zur Firma.

»Dit is urst schau von dir. Mein Zug ist nämlich zu spät anjekommen und deswegen konnte ick mein Begrüßungsgeld nicht abholen. Da hattick nich mit jerechnet, dass ich ja …«

»Halt wenigstens den Mund, wenn du schon nicht zahlst«, sagte ich. Als ich ihn los war, beschloss ich, noch schnell eine Runde für mich allein zu drehen, bevor ich Feierabend machte. Ich bog in die Volksparkstraße ab, fuhr unter der A-7 durch und durchstreifte das Industriegebiet rund um den Bahnhof Eidelstedt. Ich mochte diese Gegend, weil hier nachts keine Menschen herumliefen. Auf Natur legte ich nicht besonders viel Wert, Hauptsache, es gab keine Menschen. Am Straßenrand stand eines von den Mergolan-Taxis, der Einszwovier. Das Dachschild leuchtete nicht, aber jemand saß hinter dem Steuer und rauchte bei geöffnetem Fenster. Nusske. Ich hielt direkt daneben, beugte mich über den Beifahrersitz und kurbelte das Seitenfenster herunter.

»Na«, sagte ich. »Was machst du denn hier. Kannst du dich gar nicht mehr von deinen Taxen trennen?«

Nusske führte die Zigarette zu seinem Mund, inhalierte tief und atmete wieder aus.

»Ach, verflucht«, sagte er.

Ich folgte seinem Blick. Dort hinten gab es nichts außer einem Laternenpfahl.

»Gestern bin ich hier schon mit Udo gewesen«, sagte Nusske. »Wir haben zwei Stunden hier gestanden, aber keiner von uns hat sich getraut.«

»Lass uns die Taxen wegstellen und was trinken gehen«, sagte ich.

»Nee, ich muss morgen um sieben wieder aufstehen.«

»Okay, dann lass ich dich hier noch ein bisschen alleine rauchen. Du willst doch bloß das Taxi verschrotten, oder? Du willst dich doch nicht umbringen?«

»Nicht, bevor ich meine Schulden zurückgezahlt habe«, sagte Nusske.

44

Ich hatte wieder Post. Besondere Post. So stand es jedenfalls auf dem Umschlag. Außerdem stand da: **Bitte beachten: Persönlich an den Empfänger zu übergeben.** Darum hatte der Postbote sich aber nicht geschert. Außerdem war die Rückseite des Umschlags von einem Generaldirektor sowie von einer Auszahlungsabteilung als gelesen und genehmigt unterschrieben und abgestempelt. Und auf einem gelb hervorgehobenen Streifen stand sehr groß: **Frau Terweg! Dieses Angebot gilt nur für Sie. Öffnen Sie schnell!**

Frau Terweg? Gleich zwei Rechtschreibfehler in meinem nun wirklich nicht besonders langen Namen. Und weder dem Generaldirektor, noch der Auszahlungsabteilung war das aufgefallen. Dazu war der Brief diesmal in einem unangenehm patzigen Ton gehalten:

»**Also wirklich, Frau Terweg,**
muss ich Ihr Schweigen so verstehen, dass Sie die fantastische Summe von 25.000 DM nicht interessiert?
Am 14. März habe ich Ihnen per Post mitgeteilt, dass Ihnen ein Geldgewinn zusteht. Die einzige Formalität, um die wir Sie baten, bestand darin, in kürzester Zeit zu antworten. Falls ein Irrtum unsererseits vor-

liegt, haben wir trotzdem noch nichts Neues von Ihnen gehört. **Nein, Frau Terweg, es ist noch nicht zu spät, um Ihren Preis anzufordern.**

... aber beeilen sie sich. Denn in Ihrer persönlichen Gewinnakte ist folgender Verweis vermerkt: Ohne Anforderung und ohne Antwort Ihrerseits, wird das Spiel definitiv beendet.«

Auf der Rückseite des Briefes prangte das Bild aufgeschichteter Hundert- und Fünfzig-Mark-Scheine. Das Bild war mit einem roten Kreuz energisch durchgestrichen. Darüber stand:

»**Frau Terweg, was kann passiert sein, dass Sie sich entschieden haben, nicht zu antworten?** Vor ungefähr drei Monaten hat Frau XXXX ein Schreiben wie Sie bekommen. (Sie verstehen sicherlich, dass wir aus Gründen der Diskretion den Namen der unglücklichen Kundin nicht nennen dürfen.) Ich kann Ihnen heute verraten, dass der Preis, welcher dieser Kundin zugeteilt wurde, ›nicht ohne‹ war: 10.000 DM. Aber vielleicht hat diese Kundin wie Sie gedacht, dass so ein Preis immer nur anderen zukommt. Letztendlich hat sie auf unser Schreiben nicht geantwortet, und schließlich sind die 10.000 DM an eine andere Kundin, Frau König, gegangen. Stellen Sie sich einen Augenblick vor, das wäre Ihnen passiert, Frau Terweg ... Wären Sie nicht fürchterlich enttäuscht? Denn ich bestätige Ihnen, Sie haben den Betrag von 25.000 DM, welcher sich im Spiel befindet, gemäß den Regeln gewonnen. Aber ohne Ihre Antwort können wir

Ihnen den Gewinn nicht überweisen. Darum schicken Sie bitte noch heute den Bestellschein ab!!! Natürlich, es steht Ihnen vollkommen frei, auf diese Mitteilung nicht zu antworten. Doch Sie verstehen mich sicherlich auch: Als ich über diese wichtige Angelegenheit informiert wurde, war mir klar, dass es meine Aufgabe ist, sie Ihnen mitzuteilen.

Ihre Gisela Kleiber,
1. Sekretärin des Gewinnspielleiters.«

45

Aus der Reportage über Mensa wurde nichts. Majewski hatte tatsächlich ein Gespräch mit einem Spiegel-Redakteur für mich arrangiert, aber der fand die Idee nicht überzeugend. Ich bestärkte den Redakteur in seiner Meinung und verließ erleichtert das Spiegel-Hochhaus. Ich war mir keineswegs sicher, ob ich so eine Geschichte überhaupt hätte schreiben können. Trotzdem wollte ich zu dem Mensa-Treffen gehen. In Hamburg hatte sich eine neue Regionalgruppe gegründet. Ich zog mich gerade dafür um, als Majewski anrief, ob ich nicht mal kurz zu ihm herauf kommen könnte.

»Oh, so fein gemacht«, sagte er voller Abneigung, als ich eintrat. Ich trug einen schwarzen Rollkragenpullover.

»Ja«, sagte ich, »worum geht's denn?«

»Ich dachte, wir könnten mal wieder miteinander ins Bett gehen.«

»Jetzt? Du weißt doch, dass ich jetzt zu diesem Treffen will.«

»Oder du machst es mir schnell mit dem Mund. Da hätte ich Lust zu. Ich hätte Lust, dir voll ins Gesicht zu spritzen, dass du es dir ganz angeekelt abwischst.«

»Also echt. Hast du sie noch alle?«

Er griff nach einem Glas Mineralwasser, das auf einem der vielen Pappkartons stand, und trank einen Schluck.

»Was würdest du sagen, wenn ich dir das Wasser über den Pullover kippe?«

»Das wirst du nicht tun!«

Seine Augen verengten sich zu schmalen Schlitzen reiner Bosheit. Mit einem Schwung goss er das Wasser auf mich. Ich schlug ihm ins Gesicht. Beides passierte fast gleichzeitig. Es war wie ein Reflex. Ich hatte noch nie jemanden geschlagen. Es fühlte sich gar nicht mal schlecht an. Majewski blieb einen Augenblick verdutzt stehen und hielt sich wie ein Kind die Hand an die Wange. Dann lachte er los.

»Uih, toll! Du haust ja richtig zu. Hätte ich nie erwartet.«

»Idiot«, sagte ich und knallte die Tür hinter mir zu.

Im Treppenhaus begegnete ich natürlich auch noch Dietrich. In den letzten Tagen hatte er bestimmt fünf Kilo abgenommen. Große Käthe-Kollwitz-Augen schauten aus seinem hageren Gesicht. Anklagend zeigten seine spitzen Wangenknochen in meine Richtung.

»Ich weiß, ich hätte längst ausziehen müssen«, sagte ich, »aber ich habe keine Ahnung, wie ich das anstellen soll. Muss ich meine Wohnung erst kündigen und dann eine neue suchen, oder muss ich erst eine neue Wohnung haben und dann mehrere Monate lang doppelt Miete zahlen. Ich weiß, es ist unangemessen, dich jetzt noch um Hilfe zu bitten, aber es ist ja auch in deinem Interesse …«

»Du brauchst nicht auszuziehen«, sagte Dietrich, »das Arschloch soll ausziehen.«

»Ist Majewski tatsächlich noch bei dir aufgekreuzt? Tut mir leid. Wie war's denn?«

»Der hat sich völlig bescheuert aufgeführt. Hat die ganze Zeit bloß am Tisch gesessen und mich angeglotzt. Udo war da und hat ihn gefragt, was er eigentlich wolle, und Majewski ist keine Antwort eingefallen. Der wollte sich wahrscheinlich daran aufmanteln, wie schlecht es mir geht. Als ich gesagt habe, dass du mir viel bedeutest, ist er richtig aufgeblüht. Als wenn der gerade seinen Schuss bekommen hätte. Wann schläfst du mal wieder bei mir?«

»Tut mir leid, gar nicht mehr.«

»Glaub ich nicht«, sagte Dietrich.

Ich drückte mich schnell an ihm vorbei und verschwand in meiner Wohnung, um mich umzuziehen. Dietrich kam mir nicht nach. Aber er wollte mich immer noch. Egal, wie mies ich mich benommen hatte. Auf meinen Charakter kam es ihm nicht so an. Wahrscheinlich saß er jetzt schon wieder da oben in seiner Wohnung und verbesserte eines der Bilder von mir. Malte den Busen größer oder den Hintern kleiner. Sowie Majewski das Interesse an mir verloren hatte, würde Dietrich bereitstehen, um mir zu verzeihen und mich mit ausgebreiteten Armen wieder aufzunehmen. Ich durfte Majewski auf keinen Fall verlassen. Er war so etwas wie eine Schutzimpfung.

46

Das Mensa-Treffen fand in einer schneeweißen Altbauwohnung in der Nähe des Hauptbahnhofs statt. Etwa dreißig Intelligenzbestien saßen im größten Zimmer und hörten dem neuen Hamburger Gruppenleiter zu. Der Vortrag des Gruppenleiters handelte davon, wie schlimm es sei, dass so viele Schulkinder mit Tabletten ruhiggestellt wurden. Ich fragte mich, was das sollte. Es war unwahrscheinlich, dass sich irgendjemand im Raum aufhielt, der es toll fand, Kinder mit Psychopharmaka vollzustopfen. Bei wem wollte der sich anwanzen? Ich verzog mich ins Bad. Neben der Toilette lag ein rotgelbes Buch von L. Ron Hubbard. Als ich wieder aus dem Bad kam, war der Vortrag beendet und ich geriet in eine Gruppe schlecht angezogener Männer.

»Habt ihr schon das Buch neben der Toilette gesehen?«, fragte ich.

»Ja«, sagte ein Blonder im grauen Wollpullunder, »haben wir alle schon gesehen. Fragt sich bloß, was der hier eigentlich unterwandern will.«

Wir tranken Sekt. Unsere Berufe machten nicht viel her, deswegen hielten wir uns damit nicht allzu lange auf, sondern fragten uns lieber nach unseren Intelligenzquotienten. Ich hatte befürchtet, die Dümmste zu sein, doch wie sich herausstellte, hatten die anderen den Test auch bloß gerade so eben bestanden. Nur Reinhard, ein Mittdreißiger, dessen lange Schnurrbartenden zu Schnecken gerollt waren, hatte einen IQ von hundertachtundfünfzig.

»Wie kommt es, dass keiner von uns einen besseren Job

hat«, fragte Knuth in die Runde. Knuth war Vertreter für Melkanlagen und wie ich zum ersten Mal auf einem Mensa-Treffen. Sein IQ betrug sogar nur hundertdreißig. »Das fällt doch auf! Heißt das, dass Intelligenz überhaupt nichts nützt?«

»Die Spitzenpositionen in Forschung und Wissenschaft sind natürlich alle von hochintelligenten Leuten besetzt«, behauptete Reinhard, der Primus. »Die haben bloß keine Zeit, um bei Mensa mitzumachen.«

»Reines Wunschdenken«, sagte ich. »Auf Spitzenpositionen sitzen weder die Intelligentesten noch die Geeignetsten. Da sitzen immer die Aggressivsten und Durchsetzungsfähigsten – talent- und charakterlose Mistkerle.«

»Unwahrscheinlich«, sagte Reinhard. »Das Penicillin wurde ja wohl nicht durch Aggressivität entdeckt. Aber jemand, der sowieso schon den Nobelpreis hat, hat es wohl kaum nötig, auch noch bei Mensa einzutreten, um sich irgendetwas zu beweisen. Und gleichrangige Gesprächspartner findet er an seinem Arbeitsplatz genug.«

Ich war mir nicht so sicher, ob das Penicillin durch Intelligenz entdeckt worden war. Ein bebrillter Teenager, dessen Namen ich schon wieder vergessen hatte, warf ein, dass doch sowieso keiner genau wüsste, was Intelligenz eigentlich sei.

»Oder kennt hier jemand eine eindeutige Definition?«

»Intelligenz ist das, was sich mit einem Intelligenztest messen lässt«, sagte Reinhard. »Und nach Stephen W. Hawking hat das Universum womöglich deswegen Intelligenz hervorgebracht, um über sich selbst nachzudenken.«

Ich ging noch einmal ins Badezimmer, schloss hinter mir ab und sah in den Spiegel. Ich war froh, dass ich so gut aussah. Die äußere Erscheinung war doch ein verlässlicherer Wert als so eine schwammige Angelegenheit wie Intelligenz. Mir kamen die Mensa-Mitglieder jedenfalls nicht besonders helle vor. Und Stephen W. Hawking auch nicht. Wer auch nur einen flüchtigen Blick auf die Evolution warf, konnte unschwer erkennen, dass sie bisher nicht zielgerichtet verlaufen war, schon gar nicht auf ein Ziel hin, das intelligenter Primat hieß. Intelligenz war nur eine Evolutionsidee von vielen, wie Kiemenatmung oder ein Horn auf der Nase. Möglicherweise war sie sogar bloß eine zum Aussterben verurteilte Schrulle der Natur. Sie hinderte Menschen nicht daran, Pullunder anzuziehen, die ihre Fortpflanzungschancen minimierten, und verdarb ihnen auch sonst die gute Laune.

Als ich das Treffen verließ, stach mir auf der Straße ein Auto ins Auge, auf dessen Kennzeichen doch tatsächlich HH-IQ 158 stand.

47

»Zwodoppelvier.«

»Ja, Zwodoppelvier.«

»Zwodoppelvier, Sie möchten bitte einen Jens Majewski anrufen. Es sei dringend.«

»Ist gut. Danke Zwodoppelvier.«

»Danke Zwodoppelvier.«

Ich parkte neben einer Telefonzelle und wählte seine Nummer. Zuerst sprang der Anrufbeantworter an, aber kaum hatte ich etwas gesagt, meldete Majewski sich selbst.

»Ja? Bist du's?« Er sprach gepresst. »Die Sache hat sich

zugespitzt. Du weißt doch, die Geschichte mit den Pitbulls, die Story, die ich über die Hundekämpfe gemacht habe. Und jetzt sind die Zuhälter hinter mir her. Ständig ist jemand bei mir auf dem Anrufbeantworter, der seinen Namen nicht nennt und zurückgerufen werden will.«

»Was wollen die denn?«

»Die wollen von mir den Namen des Verbindungsmanns – ist doch klar. Die Trottel von Geo haben doch tatsächlich meinen Namen unter den Artikel gesetzt, obwohl ich extra gesagt habe, dass die das auf gar keinen Fall dürfen. Der Fotograf ist auch stinksauer. Hinter dem sind die auch her. Kannst du mal eben vorbeikommen und mir aufschließen? Ich muss erst mal bei dir unterkriechen – kann ich doch?«

Ich fuhr nach Hause, parkte das Taxi in der Feuerwehreinfahrt des Kindergartens und stieg die Treppe hoch. Als ich bei Majewski klopfte, verdeckte ich gleichzeitig mit der Hand den Türspion.

»Wer ist da?«

Seine Stimme klang immer noch gepresst.

»Der Zuhälter.«

Majewski riss die Tür auf.

»Ich glaube, du verkennst die Lage.«

Er hatte tatsächlich Angst. Und er war gereizt, dass ich mich nicht genug um ihn sorgte. Ohne große Begeisterung gab ich ihm den Schlüssel zu meiner Wohnung.

»Für wie lange denn?«

»Nicht lange. In fünf Tagen fahr ich sowieso in Urlaub. Jetzt muss ich noch mal kurz zum Verlag. Aber danach können wir essen gehen. Warte in deiner Wohnung auf mich.«

Um gar nicht erst in Versuchung zu kommen, auf Majewski zu warten, setzte ich mich sofort wieder ins Taxi. Ich fuhr ein paar kleinere Touren, vom Karl-Muck-Platz zum Hauptbahnhof, von der langen Reihe zur Reeperbahn, vom Pferdemarkt zum Chesa. Als ich am frühen Morgen nach Hause kam, lag Majewski in meinem Bett. Er war noch wach und wollte unbedingt mit mir schlafen. Er küsste mich auf die Augen, streichelte meine Schultern und stammelte, wie sehr er mich vermisst hätte. Ich wurde nicht schlau aus Majewski. Normalerweise besaß ich für ihn nicht mehr seelische Realität als ein Straßenpoller, und jetzt plötzlich zeigte er alle Anzeichen tiefer, verzweifelter Liebe.

Später, als es draußen bereits hell wurde, wühlte Majewski seine Nase in mein Haar, schlang die Arme um mich, drückte seinen Bauch an meinen Rücken und schlief eng an mich geschmiegt ein. Diesmal schlief ich ebenfalls ein. Als ich am nächsten Tag erwachte, lagen wir noch genauso da.

48

Ich sah Tossi am Halteplatz vor dem Mönkebergbrunnen stehen. Seinetwegen stellte ich mich hinten an der Schlange an. Sonst stand ich hier selten.

»Na, wie läuft's?«

»Nicht so. Mir ist gestern Geld aus dem Portemonnaie geklaut worden. Ich war natürlich selber schuld. Ich hatte es in der Mittelkonsole liegen lassen. Und ich habe erst am Ende der Schicht gemerkt, dass zwei Fünfziger fehlten.«

»Die Fahrgäste sind doch alle Dreckhecken«, sagte ich.

»Ach komm, das stimmt doch gar nicht«, sagte Tossi. »Also meine Fahrgäste sind meistens nett.«

Ich sah ihn verblüfft an. Ich war immer davon ausgegangen, dass alle Taxifahrer ihre Kunden für den Abschaum der Menschheit hielten. Fahrgäste waren Gesindel. Reiche Fahrgäste waren vergoldetes Gesindel. Nette Menschen fuhren nicht Taxi.

»Gib's zu – die meisten sind nett«, sagte Tossi.

Ich überlegte. Einer fiel mir ein. Ein dicker Mann, der seinen riesigen alten Rottweiler zum Tierarzt transportiert hatte und die ganze Zeit weinen musste, aus lauter Sorge, dass dem stinkenden, sabbernden Biest etwas Ernstes fehlen könnte. Und dann natürlich die schüchternen, sich ständig für alles entschuldigenden alten Muttchen.

»Ich hab sogar meine beste Freundin im Taxi kennengelernt«, sagte Tossi. »Vor ein paar Monaten ist die bei mir eingestiegen und hat gefragt, ob ich wüsste, wo sie eine Zahnbürste kaufen könnte. Die war gerade Hals über Kopf aus ihrer Wohnung raus, um vor ihrem Freund zu flüchten. Sie wollte eigentlich bei einer Freundin unterkriechen, und ich hab ihr dann angeboten, dass sie erst mal bei mir wohnen könnte. Wir waren auch kurz zusammen, haben aber schnell gemerkt, dass das nichts wird. Seitdem sind wir befreundet.«

»Wie heißt die?«, fragte ich. »Heißt die Ellen?«

»Oh verdammt. Du kennst doch nicht etwa ihren Freund?«

»Und ob. Das ist Udo. Der fährt beim Hansa. Früher war der mit mir in derselben Firma. Der sucht seine Freundin immer noch. Der sucht die jede Nacht.«

»Versprich, dass du ihm das auf keinen Fall erzählst! Ellen hat nämlich Krebs. Die hat vielleicht nicht mehr lange zu leben. Und ihr Freund war so'n Spinner, der ständig von der natürlichen Unterlegenheit der Frauen gefaselt hat. Ihr ist das vorher auch schon zu viel gewesen. Aber der war so anhänglich. Den wurde sie einfach nicht los. Und als sie dann die Krebsdiagnose bekommen hat, hat sie ihm gar nicht erst davon erzählt, sondern sofort ihre Wohnung gekündigt. Sie hat gesagt, sie will wenigstens in Ruhe sterben, ohne sich den Scheiß noch weiter anhören zu müssen. Und sie will auf keinen Fall, dass der Typ sie findet.«

Ein Anläufer stieg bei Tossi ein.

»Was hältst du davon, wenn wir nachher Pause im Lall machen«, sagte Tossi, »so gegen fünf?«

»Ein anderes Mal«, sagte ich. Dabei wäre ich ganz gern mitgekommen. Im Lallebei war ich noch nie gewesen. Dort traf sich mehr so die Regenbogen-Fahrerszene. Aber bis fünf hielt ich schon längst nicht mehr durch.

49

Ich wachte davon auf, dass Majewski vor meinem Bett stand. Er hatte die Nachttischlampe angeknipst und richtete die grelle Glühbirne auf mein Gesicht.

»Ich wollte nur sehen, ob du schon schläfst. Ich habe einen Job für dich. Die brauchen ein Fotomodell, eine, die groß und blond ist und breite Schultern hat. Ich hab gesagt, ich kenn eine, und jetzt wollen die dich mal ansehen. Es geht um ein Titelbild für die Quick. Wird aber hier produziert.«

Es kam mir unwirklich vor, mitten in der Nacht durch

die stillen, kahlen Gänge des Feldstraßenbunkers zu laufen, und dann in diesem Fotostudio zu landen, das so sparsam beleuchtet war, als dürfe niemand mitkriegen, dass hier nachts um eins noch gearbeitet wurde.

»Das macht dir doch nichts? Oder hast du damit ein Problem?«, fragte Brie. Brie hatte kurze braune Locken und war klein und drahtig wie ein Foxterrier. Sie beugte sich über einen Tisch, auf dem sie Bilder hin und her schob. Es gab noch zwei Tische. Auf jedem brannte eine Lampe mit tief heruntergezogenem Schirm.

»Wahrscheinlich bleibt nur dein Oberkörper frei«, sagte Martin. Martin war der Fotograf. Er sah gut aus, der bleiche, aristokratische Typ, und er schien nett zu sein. Er erklärte mir, wie er sich die Aufnahme vorstellte. Ich sollte mich nackt mit einer Deutschlandfahne auf dem Boden wälzen und eine Windmaschine würde dafür sorgen, dass das nicht blöd aussah. Später würde dann noch die Berliner Mauer ins Bild retuschiert werden und dann würde das Ganze einen Sinn ergeben, der sich nur mir noch nicht erschloss. Während Martin erklärte, trabte Majewski wie ein Ponyhengst um Brie herum und beugte sich von hinten über ihre Schulter.

»Nee, macht mir nichts«, sagte ich, »hab ich keine Probleme mit.«

Sechshundert Mark sollte ich für die Fotos bekommen. Dafür hätte ich mich auch nackt in einem Schweinetrog gewälzt. Majewski trabte zu mir herüber und demonstrierte seine Besitzrechte, indem er mich auf die Wange küsste. Er sagte es nicht, aber ich sah ihm an, dass er fand, ich habe ihm viel zu verdanken. Natürlich machte ich es nicht nur wegen des Geldes. Es gab da noch diesen anderen Grund. Denselben Grund, weswegen auch die Typen von Mensa ihren Intelligenztest gemacht hatten. Alles in unserem Leben sprach dafür, dass wir Nieten waren, dass wir es nicht gebracht hatten und auch nicht mehr bringen würden, und deswegen wollten wir es schriftlich haben oder als Foto, dass wir klug genug oder schön genug waren. Dass wir zu irgendetwas taugten.

50

So deprimiert war ich lange nicht mehr gewesen. Ich hatte mich darauf eingestellt, mit dem Geld für die Fotos eine Weile Pause machen zu können. Wurde ja auch Zeit. Aber Majewski sagte, dass die Überweisung frühestens in sechs Wochen eintreffen könnte. Also musste ich weiter ran. Demütigungen und Trinkgelder und der Gestank nach Urin und Rotwein, Straßen, die ich nicht kannte, fette Feuilletonredakteure mit Fünfzig-Mark-Scheinen und Fahrräder mit platten Reifen und Nusske, der für seine Kredite schuftete.

Manchmal stand ich mit dem Taxi vor einer roten Ampel und die Zeit blieb stehen. Ich stand vor diesem roten Licht und nichts tat sich, nichts änderte sich. Ich hatte Gelegenheit, mir alles Mögliche durch den Kopf gehen zu lassen. Was das wohl für eine Frau war, mit der Marco sich jetzt traf. Ob sie groß war? Ob sie klug genug war, dass sie Marco nicht langweilte? Oder was das für ein Mensch war, der die Lotteriebriefe verfasste. Wie konnte man sich so gut in den Ängsten, Schwächen und Sehnsüchten seiner Mitmenschen auskennen und das gegen sie benutzen, ohne auch nur von einem Hauch von Mitgefühl behindert zu werden? Aber eigentlich konnte ich das ja auch Majewski fragen. Wenn ich zehn oder zwanzig Minuten später wieder auf die Ampel schaute, war sie immer noch rot. Es konnte gar nicht angehen. Die Schaltung musste kaputt sein. Aber dann sprang die Ampel schließlich doch um. Es lag also an mir. *Ich* funktionierte nicht mehr. Manchmal stellten die Fahrgäste ihre blöden Fragen, und ich antwortete einfach nicht. Manchmal vergaß ich, dass jemand auf dem Rücksitz saß, und ich schlug plötzlich den Weg zur Firma ein, um das Taxi abzustellen. Bis das Gezeter losging. Und dann stand ich wieder vor einer Ampel und dachte gar nichts, nahm nichts mehr wahr außer einem blinden Pudel, der neben der Ampel saß und mit milchigen Augen durch mich hindurch schaute.

51

Es war elf Uhr abends, ich lag schon im Bett, als es klingelte. Majewski konnte es nicht sein, der war erst vor ein paar Tagen in den Urlaub gefahren. Außerdem hätte der nicht geklingelt, sondern wäre gleich so hereingetrampelt. Ich stand auf und drückte auf die Gegensprechanlage.

»Ich bin's, Nusske. Lass mich schnell rein, die Polizei ist hinter mir her.«

Als er bei mir in der Wohnung stand, klang er schon weniger dramatisch.

»Ich hab was getrunken und bin mit dem Auto unterwegs gewesen. Da ist plötzlich dieser Polizeiwagen hinter mir aufgetaucht. Ich bin gleich in die nächste Straße und hab Gas gegeben. Die hinterher. Aber ich hatte 'nen guten Vorsprung und bin immer wieder abgebogen. Ich glaube, ich habe die abgehängt. Ist aber besser, wenn ich mich die nächsten zwei Stunden nicht auf der Straße zeige. Kann ich so lange hierbleiben?«

»Ja klar«, sagte ich. »Da hast du aber Glück, dass ich heute nicht fahre. Willst du was trinken?«

Nusske. Wer hätte das gedacht.

»Wasser«, sagte Nusske, »bloß Wasser. Oder hast du Orangensaft?«

Ich turnte in meinem Pyjama zum Kühlschrank und holte uns Wasser und zwei Gläser. Nusske setzte sich mit seinem Wasserglas aufs Sofa. Ich schloss die Wohnungstür ab. Nicht wegen der Polizei, sondern wegen Majewski. Auch wenn er im Urlaub war, konnte man nie sicher sein, dass er es sich nicht plötzlich anders überlegt hatte. Ich setzte mich aufs Bett und wickelte mich in meine Decke.

»Was macht die Firma?«

»Hör bloß auf«, sagt Nusske. »Ich hab heute Udo entlassen.«

»Oh«, sagte ich, »aber Udo ist doch der Chef.«

»Schon, aber Udo hat ja überhaupt nichts gebacken gekriegt. Der hat da in seinem Chefsessel gehockt und neue Jettas bestellt und sich jeden Monat zweitausend Mark ausbezahlt. Das ist einfach nicht drin. Wir müssen so viel wie möglich von den Krediten abtragen. So war das ja auch geplant. Sonst ersticken wir an den Zinsen. Ich steh die halbe Nacht in der Werkstatt und arbeite für nix, damit wir den Mechaniker einsparen, und Udo zahlt sich jeden Monat zweitausend Mark Gehalt aus. Du verstehst, dass ich ihn entlassen musste?«

Nusske sah erschöpft aus.

»Natürlich, den hätte ich schon längst rausgeworfen. Aber wie lange willst du das noch aushalten?«

»Vier Jahre. Bis ich die Kredite los bin. Dann verkauf ich den ganzen Klumpatsch und will nie wieder was davon hören.«

»Vier Jahre lang zwei Jobs und keinen Schlaf? Das schaffst du gar nicht. Wenn das Ganze so ein Riesenfehler war, warum meldest du nicht einfach Konkurs an? Dann wird die Firma versteigert, die Bank ist froh, wenn sie wenigstens die Hälfte von ihrem Geld zurückbekommt, und du bist wieder frei und kannst nachts schlafen.«

»Nein, das geht nicht. Das bin ja nicht nur ich, der für den Kredit gebürgt hat. Da steckt auch noch ein Freund von mir drin. Ich bin schuld daran, dass der für siebzigtausend Mark gebürgt hat. Den kann ich nicht hängenlassen.«

»Okay«, sagte ich, »dann schuftest du eben, bis du die siebzigtausend an deinen Freund zurückgezahlt hast, und meldest dann Konkurs an.«

»So etwas mache ich nicht«, sagte Nusske. »Was ich mir geliehen habe, das zahle ich auch zurück.«

»Das ist 'ne Bank«, sagte ich. »Das sind schlechte Menschen, die Werbung machen, damit Leute, die es sich eigentlich gar nicht leisten können, Kredite aufnehmen. Die haben ständig damit zu tun, dass sie irgendwelche Gelder nicht zurückbekommen. Der Bankdirektor wird deshalb nicht nächtelang wachliegen und weinen. Und da ist auch keiner, der es aus seinem eigenen Portemonnaie hineintun muss. Bloß 'ne Bank!«

»Nein, so etwas mache ich nicht«, sagte er. »Ich arbeite

so lange, bis ich alles zurückgezahlt habe, das geht nicht anders.«

Ich sah, dass ich ihm keinen Gefallen tat, wenn ich weiter nach Auswegen für ihn suchte. Nusske besaß den Eigensinn einer zum Aussterben verurteilten Spezies. Leute wie ihn brauchte der Staat.

Bloß für Nusske selber war es natürlich schrecklich.

»Komm«, sagte ich und schlug meine Decke auf, »dann leg dich wenigstens ins Bett und schlaf *jetzt* ein bisschen.«

»Ja«, sagte Nusske, »aber ich will bloß schlafen.«

Er zog sein Jackett und seine Lederhose aus, kam in Unterhosen zum Bett und legte sich neben mich. Ich deckte ihn zu und strich ihm über den Kopf.

»Ich will nur schlafen«, sagte Nusske.

»Ist ja gut«, sagte ich und stand noch einmal auf, um das Deckenlicht auszuknipsen. Als ich zurückkam, schlief Nusske tatsächlich schon. Die Zähne hatte er fest zusammengebissen und die Mundwinkel zu einem grimmigen Grinsen verzogen. Selbst im Schlaf sah er verzweifelt aus.

52

Abends um acht stand ich mit dem Zwodoppelvier am Karl-Muck-Platz. Ich kriegte jetzt immer den Wagen, den ich wollte. Meistens durfte ich ihn sogar mit nach Hause nehmen. Viele Fahrer waren abgesprungen, nachdem die Firma den Funk gewechselt hatte. Ich war die Achte in der Schlange. Weiter vorn standen die Wagen von Taximörder und Udo-Zwonullfünf. Ich ging nicht hin.

Seit Udo-Zwonullfünf und Taximörder wussten, dass

ich mit Dietrich Schluss gemacht hatte, ignorierten sie mich. Deswegen war ich auch erstaunt, als die beiden plötzlich ausstiegen und auf mich zukamen. Sie setzten sich in mein Taxi, Udo nach vorn. Er hatte noch nicht einmal ein Suhrkamp-Buch dabei.

»Ich will mit dir reden«, fing er ohne Begrüßung an, »wegen Dietrich. Sag mal, findest du das normal, dass du immer wieder bei ihm ankommst, obwohl du was mit diesem halbdummen Journalisten hast?«

Ich war so überrascht, dass ich prompt anfing, mich zu verteidigen.

»Na ja«, sagte ich, »wir wohnen halt untereinander. Da läuft man sich schon mal über den Weg. Und neulich bin ich zu ihm gegangen, um ihn zu fragen, ob er einen Schrank haben wollte, den ich sonst auf den Sperrmüll gestellt hätte. Ich konnte den Schrank nicht einfach wegwerfen, weil Dietrich den mal bezahlt hat. Vielleicht hätte ich das lieber lassen sollen. Aber dann ist es ja wohl Dietrichs Sache, mir das zu sagen. Warum steckst du dich da rein?«

»Hör m-mit deinen verdammten Machtspielchen auf! Lass ihn endlich in Ruhe«, sagte Udo-Zwonullfünf. »Du hast Dietrich sowieso nie das Wasser reichen können.«

Taximörder nickte bekräftigend.

»Was ist denn mit *deiner* Freundin«, fragte ich Udo, »vielleicht solltest du lieber mal darüber nachdenken, warum die abgehauen ist.«

In diesem Moment rief die Funkerin den Posten.

»Karl-Muck-Platz? ... Jemand am Karl-Muck? ...«

Udo drückte auf meine Funkgabel.

»Dreivierneun im Wagen von Zwodoppelvier.«

»Also wer steht denn jetzt vorne? ... Dreivierneun, Zwodoppelvier oder Fünfnullneun.«

Udo drückte wieder auf die Funkgabel.

»Dreivierneun, Dreivierneun, Dreivierneun.«

»Dreivierneun und Fünfnullneun, jetzt steigen Sie doch bitte mal aus und einigen Sie sich, wer vorne ist. Sie werden doch wohl nicht aufeinander stehen.«

Udo wollte schon wieder auf die Gabel hauen, aber diesmal hielt ich meine Hand davor.

»Das hier ist der Blitz-Funk. Wenn ich mich nicht irre, fährst du jetzt beim Hansa.«

»Scheiße, stimmt ja«, sagte Udo. Er sprang aus dem Wagen, um die Sache zu regeln. Ich drehte mich zu Taximörder um, der auf der Rückbank sitzen geblieben war.

»Was ist mit dir? Hast du mir auch noch was zu sagen?«

Taximörder duckte sich.

»Ich finde es auch nicht gut, wie du Dietrich behandelt hast.« Er schaute wie üblich beim Sprechen knapp an mir vorbei. »Aber ich habe das kommen sehen. Du hast irgendwie unglücklich gewirkt.«

»Was?«

»Fünfnullneun, der Bronzekeller.«

»Du siehst immer noch unglücklich aus«, sagte Taximörder, »ich kann so etwas sehen.«

»Seit wann kannst du so etwas sehen? Du konntest doch noch nie etwas sehen.«

»Noch einmal Karl-Muck.«

»Ja. Und vielleicht möchtest du dich mal aussprechen. Ich wohne in der Emilienstraße 37. Und ich fahr heut nur bis zwölf. Du könntest doch nachher einfach mal bei mir vorbeikommen, und wir trinken was zusammen.«

Ich sah ihn fassungslos an.

»Jemand am Karl-Muck-Platz?«

»Überleg's dir«, sagte Taximörder, während er ausstieg, »Emilienstraße 37. Ich steh sonst auch im Telefonbuch.«

»Also jetzt reißen Sie sich doch mal zusammen, Kollegen! Wer steht denn nun am Karl-Muck? Vierviereins steht hinten. Und wer schläft vorn?«

53

Plötzlich stand Majewski in der Tür. Er ließ vier aus allen Nähten platzende Nylontaschen auf den Boden fallen. Ich musste endlich mal daran denken abzuschließen. Das machte mich nervös, dass er immer so plötzlich hereinkam.

»Ich dachte, du bist noch im Tessin?«

»Das Wetter war so schlecht. Die ganze Zeit hat es geregnet.«

Er erzählte von dem Fluss, auf dem er und irgendwelche anderen Leute gefahren waren, davon, dass der Fluss so angeschwollen war, dass er nur noch aus Brüllwasser bestand und man sofort unterging, wenn man hineinfiel.

»Brüllwasser trägt nicht, da ist zu viel Luft drin. Die Boote hat es gerade noch getragen. Man durfte eben nicht reinfallen. Kommst du mit hoch? Ich möchte jetzt gleich mit dir schlafen.«

Seine Hände malten Kreise auf meinen Rücken.

»Na komm. Bitte. Wo ich so lange weg war.«

Er küsste mich und drückte gleichzeitig seine Daumen in meine Ohren. Mir wurde ein bisschen schwindlig.

»Okay«, sagte ich.

»Toll! Kannst du zwei von den Taschen nehmen? Die sind schwer.«

Wir stapften die Treppe hinauf. Als wir an Dietrichs Wohnungstür vorbeikamen, wurde mir ganz flau. Ich hatte immer Angst, dass er plötzlich herauskommen und mich mit den Käthe-Kollwitz-Augen anschauen könnte. Und als Majewskis Taschenträger wollte ich erst recht nicht gesehen werden. Oben stellte ich die Taschen in den Flur vor die Pappkartons und ging gleich ins Schlafzimmer.

»Was ist?«, fragte ich.

»Ich komm gleich, ich muss nur noch eben im Verlag anrufen.«

Ich zog meine Schuhe aus, legte mich auf sein Wasserbett, schaukelte hin und her und wartete. Ich hörte, wie Majewski ein Zimmer weiter ins Telefon lachte. Ich nahm mir eine der Zeitschriften, die auf dem Fußboden lagen, und blätterte sie durch. Majewski lachte und schwatzte ins Telefon. Er nahm sich alle Zeit der Welt. Es hörte sich an, als wenn er mit einer Frau flirtete. Ich stand auf und ging zur Toilette. Er sah nicht einmal auf, als ich an ihm vorbeiging, und telefonierte immer noch, als ich seine Wohnung verließ und die Tür hinter mir zuzog. Kaum war ich wieder unten bei mir, kam Majewski das Treppenhaus heruntergeschossen.

»Entschuldige. Ich wusste nicht, dass das so lange dauert. Aber es war ganz wichtig. Ich konnte das nicht aufschieben. Ich mach jetzt keine Anrufe mehr. Ich schwör's.«

Seine Hände wühlten sich unter meine Kleider und blieben zwischen Baumwolle und Haut liegen. Ich lehnte mich an ihn.

»Schlafen wir heute Nacht bei dir?«, fragte Majewski.

»Ja gut.«

»Oder getrennt: ich bei mir oben, du unten?«

Schlagartig wurde ich wieder sehr müde. Es war unendlich anstrengend, auch nur einen Arm zu bewegen.

»Meinetwegen«, sagte ich und ließ ihn los.

Majewski lachte.

»Mann, hab ich vielleicht Sackkrebs. Wir sind die ganze Zeit gepaddelt, und abends war ich dann so kaputt, dass ich nie dazu gekommen bin, mir einen runterzuholen.«

Ich sah auf meine Armbanduhr. Majewski lächelte und streckte mir eine Hand entgegen.

»Ich habe überhaupt keine Lust mehr, erst noch zu mir zu gehen.«

»Dann bleib doch gleich hier.«

»Nein, ich muss erst nach oben, meine Post durchsehen.«

Er schwieg einen Augenblick, dann sagte er:

»Also, dann schlafen wir getrennt, nicht?«

Ich nickte und sah woandershin. Das Schlimmste war, dass ich mich schon daran gewöhnt hatte, so behandelt zu werden. Ich hatte gedacht, es käme nicht darauf an, weil ich Majewski nicht liebte. Ich hatte nicht gemerkt, wie es mich schleichend vergiftete. Mein fehlender Widerstand musste eine unerträgliche Herausforderung für ihn sein.

»Ja gut, dann schlafen wir halt getrennt«, sagte Majewski und lächelte kalt.

54

Kaum war er aus der Tür, empfand ich ein überwältigendes Bedürfnis nach einer Dusche. Ich duschte eine halbe Stunde lang, zuerst so heiß, dass ich mich beinahe verbrühte, und am Schluss so lange kalt, bis ich anfing, mit den Zähnen zu klappern. Ich schrubbte meine Haut, bis sie ganz rot war. Dann zog ich mich komplett neu an, Unterwäsche, Jeans, Flanellhemd; ich zog sogar andere Stiefel an. Dann lief ich hinunter zu meinem Fahrrad. Es war natürlich platt. Ich pumpte es auf und war sofort wieder verschwitzt. Das Duschen hätte ich mir schenken können. Ich schwang mich in den Sattel, aber noch bevor ich das Hoftor erreicht hatte, war das Fahrrad schon wieder platt. Was war das bloß für eine absichtsvolle Institution, die die Religionen da immer voraussetzten? War das wirklich wünschenswert, dass so jemand existierte – ein Gott, der seine Befriedigung darin fand, uns mit alltäglichen Schikanen in den Wahnsinn zu treiben? Für Weltfrieden und Gerechtigkeit blieb da natürlich keine Zeit mehr, weil: wir sind ja damit beschäftigt, Glassplitter und kleine spitze Steine in die Fahrradschläuche von sowieso schon völlig verzweifelten Leuten zu drücken.

Ich packte das Rad und schleuderte es gegen die Wand.

»Verdammte Scheiße«, schrie ich so laut, dass es von allen Seiten des Innenhofs widerhallte. Dann trat ich auf das Fahrrad ein.

»Du Arschloch«, schrie ich. »Du blödes, dämliches Arschloch.«

In einem der oberen Stockwerke ging ein Fenster auf.

»Schnauze da unten. Du bist wohl nicht ganz dicht«, rief eine Männerstimme. Ich drückte mich an die Wand und hoffte, dass man mich nicht erkannt hatte. Als das Fenster wieder zuging, hob ich das Fahrrad auf. Ein Pedal und das Hinterrad waren völlig verbogen. Damit würde ich nie mehr fahren können. Ich fühlte mich erleichtert, von einem verfluchten Objekt befreit, obwohl ich nicht wusste, wovon ich mir ein neues Fahrrad kaufen sollte. Außerdem hatte ich mir die Haut am Schienbein aufgeschürft. Jetzt fing es auch noch an zu regnen. Ich machte mir nicht die Mühe, das Fahrrad abzuschließen, sondern lief sofort die Treppen wieder hoch zu Majewskis Wohnung. Ich war völlig außer Atem, als er öffnete. Er grinste und griff nach meiner Hüfte.

»Komm rein. Aber ich muss gleich wieder los zum Verlag.«

»Ich brauch dein Auto«, sagte ich. »Du musst mir dein Auto leihen.«

»Wofür?«

»Ist doch egal wofür. Ich brauch es eben.«

»Ich brauch es aber gleich selber. Soll ich dich mitnehmen? Soll ich dich irgendwo absetzen?«

»Beim Pferdemarkt.«

»Ja, das passt gut. Ich will sowieso einen Fotografen bei PPS treffen. Ich muss nur noch einmal mit dem Verlag telefonieren.«

»Ach, vergiss es«, sagte ich und rannte die Treppe wieder hinunter. Majewski brüllte mir hinterher.

»Warte. Ich muss echt nur ganz kurz telefonieren. Wir können in fünf Minuten los.«

Ich knallte die Haustür hinter mir zu. Als ich aus dem

Hof rannte, stand direkt vor dem Haus ein Taxi und lud einen Fahrgast aus. Ich sprang hinein. Sechs Minuten später war ich in der Schanzenstraße. Das Haus war immer noch eingerüstet. Der Regen war stärker geworden, und dicke Tropfen leckten von der Folie, die über dem Gerüst hing. Aus der Haustür schlichen mir zwei Junkies entgegen. Langsam ging ich die Treppe zu Marcos Wohnung hinauf. Ich hatte Angst, dass er nicht zu Hause sein könnte. Bisher war er jedes Mal zu Hause gewesen, wenn ich bei ihm geklingelt hatte, aber plötzlich schien es mir viel wahrscheinlicher, dass er fort sein könnte, dass er mit dieser anderen Frau, die es da plötzlich gab, in einer Kneipe saß und Croque Monsieur aß. Ich war ungeheuer erleichtert, als er öffnete.

»Oh nein«, sagte Marco, »nicht noch einmal.«

Er trug eine schwarze Jeans und ein schwarzes Hemd. Die Ärmel waren nicht wie sonst aufgekrempelt, sondern auf seine Maße gekürzt. Er stemmte wieder einen Arm in den Türrahmen.

»Hey«, sagte ich, »lässt du mich rein?«

»Nein. Wozu?«

»Wie wozu?«

Ich lachte dumm. Etwas Kaltes, so schwarz wie Marcos Hemd breitete sich in meinem Körper aus.

»Ja – was soll das?«, fragte Marco.

Ich riss mich zusammen und sah in seine Augen, bis Marco Wirkung zeigte, und den Arm aus dem Türrahmen nahm. Noch war nichts verloren.

»Ich möchte mit dir schlafen.«

»Und dann?«

»Wieso? Was soll dann schon sein? Nichts.«

»Das ist mir zu wenig.«

Das Licht im Treppenhaus ging aus. Marco trat einen Schritt heraus und schaltete es wieder an. Ich sah auf den Boden. Es war schrecklich, so weiterzumachen, aber ich wollte auch nicht zu früh aufgeben.

»Ist gerade jemand bei dir?«

»Nein. Ich will bloß nicht mit dir schlafen.«

»Ach, komm schon, Marco! Ich will mir kein Geld von dir leihen und ich will dich auch nicht zu einem Banküberfall anstiften. Mir geht es gerade nicht so gut, und ich brauche jemanden, der nett zu mir ist. Und ich werde nett zu dir sein. Ich verspreche, dass ich sehr, sehr nett zu dir sein werde. Ich mach's dir mit dem Mund, ja?«

»Das ist ein attraktives Angebot, aber ich möchte nicht mehr mit dir schlafen. Es führt ja doch zu nichts, und es geht immer nur nach deiner Nase. Das ist kränkend und frustrierend. Und du brauchst mich auch nicht mit solchen Schlafzimmeraugen anzusehen, ich lass dich trotzdem nicht rein.«

»Sieht sie besser aus als ich?«

»Nein. Aber darauf kommt es auch nicht an.«

Unten trat jemand in den Flur. Ich schaute zu Marco, aber er machte keine Anstalten, mich reinzulassen. Ein Briefkasten schepperte. Die Schritte entfernten sich wieder. Eine Tür klappte.

»Hör zu«, sagte ich zu Marco, »ich weiß, dass ich manchmal fies zu dir war. Aber mir geht es im Moment wirklich dreckig. Ich kann das jetzt nicht näher erklären. Jedenfalls: Mir geht es wirklich furchtbar, und du bist der Einzige, der mir helfen kann. Bitte, lass mich nicht länger betteln. Ich mach alles genau so, wie du es möchtest, du kannst alles bestimmen und hinterher geh ich mit dir in jede Kneipe, in die du willst.«

»Heirate mich«, sagte Marco.

»Was?«

»Heirate mich!«

»Das geht nicht.« Ich versuchte zu lachen. Es klang gekünstelt. »Du weißt, dass das nicht geht. Heiraten ist was für Dummköpfe. Eine Primaten-Idee der schwachen Männchen, um die Kämpfe untereinander zu verhindern. Letztlich geht es bloß um die Verteilung der Weibchen. Und um die Befriedigung von Dominanzansprüchen. Deswegen ist es Männern ja auch so wichtig, dass ihre Frauen weniger verdienen und kleiner sind.«

Ich redete nur noch, um Zeit zu schinden. Die Sache war bereits verloren, aber ich fürchtete mich vor dem Moment, wo ich allein auf der Straße stehen würde

»Ich lege keinen Wert darauf, dass meine Freundin kleiner ist«, sagte Marco.

»Nee. Du nicht.«

Das Licht ging aus. Diesmal rührte Marco sich nicht, um es wieder anzuschalten. Wir standen in dem Lichtkegel, der aus seiner Wohnung fiel. Als wären wir die Hauptattraktion in einer Zirkusnummer.

»Wenn du mit mir schlafen willst, dann pack deine Sachen und zieh bei mir ein. Dann schlaf jede Nacht bei mir und wach jeden Morgen mit mir auf und geh mit mir zusammen im Supermarkt einkaufen. Bist du dazu bereit?«

»Das kann ich nicht. Ich würde es sonst tun. Aber ich kann das einfach nicht.«

»Dann sehe ich auch keinen Grund, warum ich jetzt

mit dir schlafen sollte. Komm wieder, wenn du erwachsen bist.«

»Das ist ja wie die Kriegsführung von Adolf Hitler«, sagte ich. »Bedingungslose Unterwerfung oder Vernichtung des Feindes.«

»Ich bin nicht dein Feind. Und ich vernichte dich auch nicht gleich, bloß weil ich nicht mit dir schlafen will.«

»Krieg ich wenigstens einen Abschiedskuss?«

Marco überlegte.

»Okay.«

Ich kniete mich mitten im Treppenhaus vor ihm hin. Ich legte alles in diesen Kuss. Aber ich merkte gleich, dass ich Marco nicht umstimmen konnte. Noch bevor ich die Augen wieder aufschlug.

»Dir ist es wirklich ernst, nicht? Du willst wirklich nicht mit mir schlafen.«

»Das war ein sehr schöner Kuss«, sagte Marco und ließ mein Gesicht los. »Mach's gut.«

55

Als ich wieder auf die Straße trat, hatte der starke Regen aufgehört. Es nieselte nur noch. Ich ging zu Fuß nach Hause. Da hatte ich wenigstens etwas zu tun. Die Nässe legte sich als dünner Film auf mein Gesicht und machte mir eine Million scheußliche kleine Locken ins Haar. Von der Schanzenstraße bis zu mir war es wirklich nicht weit. Völliger Wahnsinn, dass ich mir für den Hinweg ein Taxi genommen hatte. War ich Rockefeller? Ich überlegte, ob ich nicht doch noch zur Firma fahren sollte. Es war noch nicht einmal neun. Die Nachtschicht hatte gerade erst angefangen. Den Taxischlüssel konnte ich von Nusske kriegen. Der würde wahrscheinlich noch in der Werkstatt vor sich hin basteln. Ich überlegte, ob ich etwas mit Nusske anfangen sollte. Aber Nusske sah inzwischen aus wie sein eigenes Gespenst. Der war völlig übermüdet und dachte bloß daran, seine Schulden abzuarbeiten. Und noch eine Abfuhr wollte ich mir heute auf keinen Fall antun. Auf halber Höhe der Feldstraße kam ich an einem Döner-Imbiss vorbei. Vier Punker, zwei Jungen und zwei Mädchen, drückten sich mit ihren Hunden davor herum. Ein fünfter, der größte von ihnen, stand mitten auf dem Fußweg und sprach Passanten an. Mich sehen und auf mich zusteuern war eins.

»Eh, hast du mal 'ne Mark?«

Er sah chinesisch aus. Ein chinesischer Punker. Abgesehen von seiner schlappen, auf einer Seite herunterhängenden Irokesenbürste war er richtig hübsch. Bloß vier Blechteile im Ohr. Nase, Mund und Augenbrauen seines jungen Gesichts hatte er noch nicht entstellt. Dafür sammelte er jetzt vielleicht gerade. Ich zog mein Portemonnaie aus der Hosentasche, wandte mich leicht von ihm ab und überschlug, wie viel Geld ich noch besaß – etwa achtzig Mark.

»Würdest du für zwanzig Mark mit mir schlafen?«

Er stutzte kurz, stimmte dann aber sofort zu.

»Ja, klar. Bei dir?«

Er rief seinen Punkerfreunden zu, dass er gleich zurückkäme, und ging mit mir mit. Unter den Punkern gab es einige Unruhe.

»Ey, was ist denn, Alter? Ey, was ist denn?«, rief ein

junges Mädchen mir blauen Haaren und diversen Nasen- und Lippenpiercings und trampelte in ihren Springerstiefeln hinter uns her. Sie hatte eine unglaublich versoffene Stimme.

»Hau ab! Verpiss dich«, sagte der chinesische Punker.

»Ey, Alter, du bist ja so ein Aaaarsch!«, rief das Mädchen und blieb stehen. Sie sah uns nach, und während sie uns hinterherschaute, heulte sie plötzlich auf wie ein getretener Hund.

56

Ich saß bei Majewski im BMW. Er hatte angeboten, mich zur Taxifirma zu fahren, weil ich ja jetzt kein Fahrrad mehr hatte.

»Erinnerst du dich eigentlich noch an Brie«, fragte Majewski, »die Kleine aus dem Fotostudio? Die bei der Titelproduktion dabei war? Ich glaube, die ist hinter mir her. Ich glaube, mit Brie wäre das nicht schlecht im Bett. Vielleicht sollte ich etwas mit ihr anfangen. Oder nein? Ach nein. Nein, ich glaube, ich werde es nicht tun.«

Versonnen hielt er den Blick in sich gekehrt, wo er nur Schönes und Herrliches sah.

»Jens?«

»Hmm?«

»Mir wird das jetzt zu viel. Ich kann das nicht mehr. Ich möchte, dass wir Schluss machen.«

Ich hatte befürchtet, dass er mir eine Szene machen würde, stattdessen schlug er einen albernen, quengeligen Ton an.

»Ooooch! Och neee! Och nee, och nee, nicht Schluss machen!«

»Doch«, sagte ich. »Das ist doch alles nur noch Scheiße. Du willst doch gar nicht mehr mit mir schlafen. Du ziehst bloß noch irgendwelche kranken Nummern ab. Was ist eigentlich dein Problem?«

»Nichts, wieso?«

Seine Augen röteten sich. Er starrte auf das Lenkrad.

»Du vertraust mir nicht«, stieß er hervor. »Warum vertraust du mir nicht? Was habe ich dir getan? Ich liebe dich – und du redest davon, Schluss zu machen. Aber was aus uns wird, interessiert dich gar nicht, nicht wahr? Du lässt einfach zu, dass es kaputtgeht.«

Das Unheimliche war, dass er so echt klang, als er das sagte. Er sah aus, als wenn er gleich weinen würde.

»Ist ja gut«, sagte ich, »hör auf. Merkst du denn tatsächlich nicht, was du da machst? Wenn du mir erzählst, dass du mit Brie schlafen willst …«

»Ich will überhaupt nicht mit Brie schlafen!«, brüllte er. »Du unterstellst mir das. Bloß weil ich sage, dass sie aussieht, wie jemand, der gut im Bett ist. Du bist das, du willst, dass ich mit Brie schlafe! Aber denk nicht, dass ich mir das länger gefallen lasse.«

Er trat auf die Bremse, dass ich mir die Knie am Handschuhfach stieß. Hinter uns quietschten Reifen. Es wurde gehupt. Majewski langte über mich hinweg, öffnete die Beifahrertür und stieß sie ganz auf.

»Raus!«

»Du hast ja vielleicht einen Hau! Weißt du überhaupt, was du da redest? Wieso sollte ich wollen, dass du mit Brie schläfst?«

»Raus!«, brüllte Majewski wie ein Irrer. Er schnappte sich meine Taxi-Tasche vom Rücksitz und pfefferte sie auf den Gehweg. Dann schubste und boxte er mich. Ich beeilte mich, aus dem Wagen zu kommen, aber in dem Moment, als ich schon einen Fuß auf der Straße hatte, lehnte Majewski sich weit zurück, winkelte sein rechtes Bein an und trat mir in die Seite, dass ich der Länge nach auf den Fußweg flog. Die Beifahrertür schlug zu. Der BMW wendete mit jaulenden Reifen über vier Spuren und raste davon. Ich rappelte mich auf und schaute, wo ich eigentlich gelandet war. Fast direkt vor dem Club Nobel. Ich klopfte mich ab, hob meine Tasche auf und ging Richtung Schlump. Dort gab es eine U-Bahn-Station.

57

Ich war zu einer Kneipe nahe der Mundsburg gerufen worden. Ein zierlicher Mann in T-Shirt und Jogginghosen, die dünnen, fettigen Haare an den Kopf geklatscht, stand vor der Kneipe. Wie betrunken er war, merkte ich erst, als er sich nach hinten setzte, sofort zur Seite kippte und so liegen blieb. Schlagartig roch das Taxi wie eine öffentliche Toilette.

»Nein, nein, nein, nein, nein«, sagte ich. »Steig gleich wieder aus. Ich fahr dich nicht. Sag deinem Wirt, er soll dir einen Krankenwagen rufen.«

»Reesestraße … Hochhaus …«, sagte er. Der Gestank war wirklich unerträglich. Ich wusste, dass er kein Geld hatte. Er roch nach kein Geld. Ich fuhr ihn trotzdem zur Reesestraße. Sie war nur ein paar hundert Meter entfernt, und die Chance, dass er dort aussteigen würde, war einfach größer als die, dass es mir gelang, ihn hier wieder herauszuzerren. Aber während ich die Hamburger Straße entlangfuhr, wurde ich plötzlich wieder so wütend. So machten sie es immer, diese verdammten Säufer. Kippten sich zu, bis sie jegliche Kontrolle über sich verloren, und dann halsten sie sich einfach irgendeinem Taxifahrer auf. Wahrscheinlich fuhr er jede Nacht mit dem Taxi nach Hause, ohne jemals zu bezahlen. Welcher Fahrer hatte schon Lust, sich wegen einer unbezahlten Kurztour stundenlang auf einer Polizeiwache herumzuärgern. Darauf spekulierten diese Typen doch.

Ich hielt vor dem Hochhaus.

»Acht Mark.«

»Habkeingeld.«

Er versuchte, die Tür mit dem Fensterheber zu öffnen, dann erwischte er den richtigen Griff und fiel vom Rücksitz auf die Straße. Ich stieg aus, ging um mein Taxi herum und sah zu, wie er sich an der offenstehenden Tür hochzog und dann am Kofferraum aufrichtete.

»Ich komme mit«, sagte ich. »Wenn du oben in deiner Wohnung kein Geld hast, nehm ich mir ein Pfand.«

»Nein«, rief er vor lauter Schreck schon halb ernüchtert, »ich habja nichs. Sie brauchnichtmitsukomm.«

Ich schlug die Tür zu und schloss das Taxi ab. Es stand halb auf der Straße.

»Nein«, flehte der Säufer noch einmal, »nichmit raufkomm. Ich habja gar nichts.«

Ich ging davon aus, dass er nichts hatte, was ich gebrauchen konnte. Aber ich wollte ihm irgendetwas wegnehmen und dann unten in die Büsche werfen. Sein Kopfkissen oder seine Schuhe.

Ich schubste ihn vor mir her, während ich ihn gleichzeitig am Kragen in der Senkrechten hielt.

»Was hast du dir gedacht? Dass ich dich nach Hause fahre und hinterher deine Pisse von den Polstern wische – für nichts? Wieso glaubst du, dass du mich nicht bezahlen musst? Es ist dir egal, was ich für einen Ärger mit dir habe, stimmt's? Hauptsache, du kommst nach Hause. Ich bin bloß der Trottel, der dich fährt.«

Er war kaum kleiner als ich und bestimmt noch keine fünfzig Jahre alt, aber körperlich war er ein Wrack. Ein Spinnenmännchen. Ich hätte ihn mit einer Hand töten können.

Ich stieß ihn in den Fahrstuhl.

»Los, welche Etage?«

»Elf«, keuchte er, »elf.«

Der Flur war so trostlos wie die Gehirngänge eines Toten. Das Wrack klapperte mit zittrigen Fingern den Schlüssel ins Schloss. Es sprach auf einmal völlig klar.

»Warten Sie hier, ich bringe Ihnen das Geld.«

Ich schob ihn beiseite und trat vor ihm ein. Das Zimmer sah aus wie ein Aschenbecher. Ein Aschenbecher mit einem Bett darin. Der Teppich war übersät mit Zigarettenkippen, Schnapsflaschen, Bierflaschen, Unterhosen, Hemden und kleinen Aschebergen.

»Ich habe heute noch nicht aufgeräumt«, flüsterte das Wrack.

»Nee, heute noch nicht.«

Und dann sah ich das Regal. Es hing an der Wand hinter mir, deswegen hatte ich es nicht gleich gesehen. Auf dem Regal standen Porzellanfiguren und Wandteller. Aber es war nicht der übliche Kitsch. Es sah alt aus und teuer. Eine

Schäferszene, ein musizierender Frosch in Livree, eine verschnörkelte Bonbonniere, ein Zwerg, der auf einem Eichhörnchen ritt. Es war völlig abwegig, dass diese Dinge in einer solchen Wohnung standen. Das Wrack beobachtete ängstlich, wie ich einen Wandteller in die Hand nahm.

»Bitte nicht anfassen. Wie viel bekommen Sie denn? Ich will mal in der Küche schauen, ob ich was finde, aber ich glaube leider nicht.«

Wie gewählt er sich ausdrückte. Es passte zum Porzellan.

»Ja, schau mal gründlich nach! Zwanzig Mark! Und wenn das noch länger dauert, fünfundzwanzig.«

Während er in die Küche schlurfte, raffte ich den Zwerg auf dem Eichhörnchen an mich. Dann lief ich hinaus, warf die Tür hinter mir zu und rannte zum Fahrstuhl. Während der Fahrstuhl abwärts sank, drehte ich die Porzellanfigur um. Zwei gekreuzte Schwerter. Das bedeutete ja wohl Meissen. Das war zu viel. Das war einfach zu teuer. Davon hätte der arme Kerl sich wochenlang volllaufen lassen können. Inklusive Taxi. Der Fahrstuhl hielt, ich stieß die Tür auf und begann zu laufen. Ich rannte zu meinem Wagen, schloss ihn keuchend auf und sprang hinein. Ich sah zum Hochhaus. Das Licht im Flur war wieder ausgegangen. Er kam mir nicht nach. Was hätte er auch schon tun können. Ich legte die Zwergenfigur auf den Rücksitz. An der ersten Ampel, an der ich bremsen musste, rutschte die Figur in den Fußraum und der Schwanz des Eichhörnchens brach ab.

58

»Was soll's«, sagte Udo-Dreidoppelsieben, »der wollte billig fahren, und jetzt ist es eben richtig teuer geworden. Muss er eben für all die anderen Säufer mitbezahlen, die mit der Masche durchgekommen sind. Sag mal, kannst du mir einen Fünfziger leihen?«

Konnte ich nicht. Ich hatte Udo am Siemersplatz getroffen. Auch er fuhr jetzt für den Hansa-Funk. Seine neue Funknummer war fünfhundertfünfundfünzig. Eigentlich hätte er jetzt also nicht mehr Udo-Dreidoppelsieben, sondern Udo-Dreimaldiefünf heißen müssen.

»Läuft tausendmal besser«, sagte Udo. »Du bist echt dumm, wenn du nicht wechselst.«

»Nee, ich bleib bei Nusske«, sagte ich. Dann fiel mir ein, dass die Firma ja mal Udo gehört hatte, und ich wurde verlegen.

»Das Schwein«, sagte Udo-Dreidoppelsieben. »Du weißt, dass das Schwein mich rausgeworfen hat, ja?«

»Naja, soweit ich das mitgekriegt habe, arbeitet der da jede Nacht für umsonst. So, wie er mir das erzählt hat, arbeitet er da deine Schulden ab.«

»Der ist nicht mehr mein Freund. Der hat mich aus meiner eigenen Firma rausgeschmissen. Das musst du dir mal vorstellen. Ich meine, das war meine Firma, und dann sagt der mir einfach: Du bist entlassen.«

»Sei doch froh«, sagte ich. »Sei doch froh, dass du den Laden los bist und dich da um nichts mehr kümmern musst. Nusske hat gesagt, du hättest dir jeden Monat zweitausend Mark Gehalt ausgezahlt, und das wäre einfach nicht drin gewesen.«

Udo verschränkte die dünnen Arme.

»Das war meine Firma – meine Firma und meine Idee. Der schmeißt mich aus meiner eigenen Firma raus und reißt sich da alles unter den Nagel. Der ist nicht mehr mein Freund.«

Es hatte keinen Zweck. Wenn Realitätswahrnehmung und Selbstachtung sich gegenseitig ausschlossen, entschieden sich die meisten Leute eben gegen die Realität.

59

Morgens um fünf lag ich wach. Mein Herz schlug so kräftig und gleichmäßig wie ein alter Taxameter auf der Autobahn. Das Bett knackte leise im selben Rhythmus. Im Treppenhaus ging das Licht an. Ich sah es unter der Tür hindurch schimmern. Dann hörte ich Majewski die Treppe herunterpoltern. Eine Frau war bei ihm. Sie lachten. Irgendetwas Hartes, ein Boot vielleicht, schlug gegen die Wand. Ich lief zur Tür und schloss ab. Ich wollte verhindern, dass Majewski hereinstürmen konnte, um mir davon zu erzählen, wie es mit dieser Frau im Bett war – so schön – oder wie er ihr half, ein Selbstbewusstsein aufzubauen. Oder wie er es gerade wieder zerstörte. Die beiden polterten an meiner Tür vorbei. Einen Augenblick lang fühlte ich mich hinter der verschlossenen Tür sicher, dann war ich nur noch deprimiert. Es stimmte nicht, dass es bloß darauf ankam, sich selbst zu respektieren. Das war nichts als Eigensinn. Es kam sehr wohl darauf an, wie andere einen behandelten.

Jetzt ging im Hinterhof das Licht an. Die Schritte der beiden hallten durch den Innenhof, dann schlug das schwere Eisentor zu. Das Licht schimmerte durch die Vorhänge, und ich konnte im Halbdunkel meines Zimmers die Möbel und Gegenstände erkennen. Mein Sofa, meinen Kühlschrank, meine Gitarre, den dunklen Schatten meiner Bücher, die hinter den Gardinen auf den Fensterbrettern lagen. Meine Sachen. Meine Wohnung. Jedenfalls, solange ich noch die Miete zahlen konnte. Wie viele Dinge ich besaß. So arm, und trotzdem alles voller Gelumpe. Wo sollte ich nur damit hin, wenn ich die Wohnung verlor. Ich beschloss, so viel wie möglich wegzuwerfen.

60

Bei meinen Eltern stand die Waschmaschine im Keller. Ich stellte den Sack mit schmutziger Wäsche davor. Meine Mutter kam mit einem Korb frisch gewaschener und gebügelter Kleidungsstücke die Kellertreppe herunter. Die Hemden und Hosen lagen wie immer beeindruckend akkurat aufeinander. Alles andere auch. Meine Mutter bügelte sogar die Unterhosen und Socken. Sie stellte den Wäschekorb vor mich hin.

»Frau Kleinwächter sagt, sie hat dich mit einem jungen Mann in einem BMW gesehen. War das der, der dich hier neulich abgeholt hat? Bist du denn nicht mehr mit Dietrich zusammen?«

»Nein. Aber mit dem anderen auch nicht.«

»Habe ich mir gleich gedacht, dass du so einen Mann nicht halten kannst«, sagte meine Mutter. Ich fixierte sie.

Dieses boshafte Weib. Allein dafür gönnte ich ihr die drei Jahrzehnte, die sie nun schon im Höllenjob Hausfrau verbüßte. Ich hätte ihr gar nicht antworten sollen. Oder lügen. Dietrich und die anderen hatte ich ja auch in dem Glauben gelassen, ich wäre immer noch mit Majewski zusammen. Und natürlich setzte das Aas gleich noch nach:

»Du und Dietrich, ihr habt ja auch viel besser zusammengepasst.«

»Wieso das denn plötzlich? Als ich noch mit ihm zusammen war, hat dich das doch immer gestört.«

»Ja, aber doch bloß, weil das alles so aussichtslos war mit eurer Taxifahrerei.«

»Und weswegen hast du jetzt deine Meinung geändert?«

Ohne mich anzusehen, legte meine Mutter eines meiner Bettlaken in die Waschmaschine.

»Ach, aus dir wird ja doch nichts mehr.«

Ich griff in die Waschmaschine und zog das Laken wieder heraus.

Meine Mutter packte das andere Ende und klammerte sich daran fest.

»Gib meine Wäsche her«, zischte ich sie an.

»Ach, jetzt sei doch nicht albern, bloß weil ich dir mal die Wahrheit sage.«

»Los, los, her mit dem Laken.«

Ich riss es ihr aus den Händen und stopfte es zurück in den Sack. Dann nahm ich die gewaschenen und gebügelten Hemden aus dem Korb und stopfte sie ebenfalls in den Sack, mengte sie unter die Schmutzwäsche.

Plötzlich brach meine Mutter ein. Ihre Arme hingen schlaff an ihr herunter.

»Ich weiß überhaupt nicht, was du hast. Das bisschen

Wäsche, das kann ich doch ruhig mitmachen. Das merk ich doch überhaupt nicht.«

Beinahe tat sie mir schon wieder leid. Aber ich durfte nicht nachgeben.

»Gib's her«, sagte ich, »gib's einfach her.«

Dabei hatte ich längst alles im Sack verstaut.

61

Vor dem Tonndorfer Fass wartete ein glatzköpfiger Mann. Als ich mit dem Taxi vorfuhr, beugte er sich noch einmal über ein Mofa, das vor einem Bretterzaun abgestellt war, und sicherte dessen Anhänger mit einem zusätzlichen Schloss.

»Das Mofa hab ich mir nur geliehen«, sagte er, als er sich neben mich setzte, »zu Hause habe ich einen Porsche.«

»Wirklich? Ist ja toll! Und wo soll es hingehen?«

»Billbrookdeich.«

Er hatte nicht nur keinen Porsche, er hatte noch nicht einmal eine richtige Wohnung. Im Billbrookdeich lag das Männerwohnheim. Das Bullenkloster. Vorderzähne hatte er auch nicht mehr alle.

»Der hat 'ne Speziallackierung, mein Porsche, mit so Glitzereffekten.«

»Aha. Und innen? Alles aus Leder?«

»Connolly-Leder. Weißt du überhaupt, was das ist, Connolly-Leder? Dafür nehmen die nur Kühe, die nicht hinter Stacheldraht gestanden haben. Damit das Leder keine Löcher hat. Das beste Leder überhaupt.«

»Alle Achtung«, sagte ich.

Plötzlich wechselte er das Thema.

»Du bist unglücklich, nicht wahr?«

Jetzt war diese Masche schon bis zum Mofa-Proletariat durchgesickert.

»Nee, ich bin ganz vergnügt.«

»Doch, doch, ich kann so etwas sehen. Dir geht es gar nicht gut.«

Wahrscheinlich hatte ihm ein Kumpel aus dem Bullenkloster erzählt, dass das der Top-Trick war, um die dämlichen Weiber ins Bett zu kriegen. Ich lachte. Seine Laune verschlechterte sich.

»Ja, ja. Tu ruhig so tough. Mich kannst du nicht täuschen. Du bist unglücklich, total unglücklich.«

Ich lachte immer mehr. Ich wurde geradezu ausgelassen.

»Wie geht es dir denn?«, fragte ich. »Bist du nicht auch ein ganz klein wenig unglücklich? Erzähl doch mal? Woran fehlt's?«

»Mensch, halt bloß den Mund, halt bloß den Mund«, knurrte er. »Ich weiß, dass du unglücklich bist. Ich weiß das, verstehst du?«

»Ja, klar«, sagte ich und wischte mir die Lachtränen aus den Augen, »ich bin total unglücklich. Endlich versteht mich mal jemand.«

Er verschränkte die Arme und hasste mich still. Als wir beim Bullenkloster vorfuhren, griff er wortlos in sein Portemonnaie und gab mir einen Fünfziger. Während ich das Wechselgeld zusammensuchte, öffnete er schon die Beifahrertür. Er konnte gar nicht schnell genug aus meinem Taxi herauskommen.

62

Ich hatte mir vorgenommen, jeden Tag mindestens zehn Gegenstände wegzuwerfen. Bis ich alles losgeworden war. Mit der Gitarre fing ich an. Ich hatte mehrere Anläufe gemacht, Gitarre spielen zu lernen, aber ich hatte es nicht einmal geschafft, sie zu stimmen. Einfach kein Gehör. Ich stellte die Gitarre an die Straße. Irgendjemand würde sie schon mitnehmen. Als ich in die Wohnung zurückkam, klingelte das Telefon. Einen Moment hoffte ich, es wäre vielleicht Marco. Wenn ich an Marco dachte, trug er immer Schwarz. Es war aber Majewski.

»Hallo. Ich bin's. Sag mal, hast du auch so ein komisches Knacken in der Leitung? Bei mir knackt das ständig. Ich muss wissen, ob das an meinem Telefon liegt oder ob das im ganzen Haus so ist.«

Ich legte auf. Als Nächstes nahm ich mir die Bücher vor, die Dietrich mir geschenkt hatte und die sich auf den vielen Fensterbrettern stapelten. Ich nahm ein Buch nach dem anderen in die Hand. Taschenbücher ohne Rücken, zerfledderte Bücher, stinkende Bücher. Ah, Otto Weininger: *Geschlecht und Charakter* – das Buch sah aus, als wäre es in eine dreckige Stofftapete gebunden. Ich schleuderte es aus dem Handgelenk quer durchs Zimmer und sah zu, wie es genau im Papierkorb landete. Die Sache fing an, mir zu gefallen. Wenn man sich erst einmal überwunden hatte, brachte Wegwerfen viel mehr Spaß, als etwas zu kaufen. Und billiger war es auch. Ich stellte mir vor, wie meine Wohnung aussehen würde, wenn das ganze Gerümpel erst weg war. Ich würde nicht mehr behalten, als in einen

Koffer passte. Und dann würde ich auch noch den Koffer wegwerfen. Das war eine gute Vorbereitung auf den Tod. Wenn einem nichts mehr wichtig war, wenn man sich von allem gelöst hatte, starb es sich wahrscheinlich ganz leicht.

63

Am frühen Abend stand ich mit dem Zwodoppelvier am Großneumarkt und entmüllte den hinteren Fußraum. Ich hatte schon ein Zweimarkstück und zwei Groschen gefunden. Als ich gerade die zweite Fußmatte ausschüttelte, hielt ein Taxi hinter mir. Rüdiger stieg aus. Er blieb einen Meter neben mir stehen und warf den Kopf in den Nacken.

»Wie ich höre, hast du dich jetzt endlich zu deiner Herkunft und deinen Instinkten bekannt?«

»Wie meinen?«, sagte ich und donnerte die Fußmatte mehrmals gegen einen Hinterreifen.

»Nun, wie ich höre, hast du dich von Dietrich getrennt und bist jetzt mit einem ganz normalen Boyfriend zusammen. Meinen Glückwunsch. Ich denke, das war die richtige Entscheidung.«

»Ja, ja«, sagte ich und arrangierte die Fußmatten wieder im Auto, »und wie ich sehe, sitzt du wieder in einem Taxi. Das war sicher auch die richtige Entscheidung.«

»Nimm es mir bitte nicht übel, wenn ich das sage, aber Dietrich ist ja eigentlich auch immer ein paar Nummern zu groß für dich gewesen. Und er ist halt nicht der Schwiegermuttertyp, keiner, mit dem man vor seinen Freundinnen angeben kann. Kleine Vorstadthummeln sollten sich an Boyfriends mit Muskeln und Kohle halten, die sie nicht mit Geistigem überfordern. Ich denke, dass es für dich ungeheuer erleichternd sein muss, endlich auf deinem eigenen Niveau zu lieben, und ich gönne es dir von ganzem Herzen.«

»Sehr lieb, Rüdiger, aber warum fährst du nicht einfach weiter. Schau nur: Der Großneumarkt ist ja wie ausgestorben. Das kann Stunden dauern, bis hier jemand an den Taxistand kommt.«

»Übrigens hat Dietrich das selber von Anfang an durchschaut«, fuhr Rüdiger unbeirrt fort. »Es war uns beiden klar, dass du irgendwann absackst. Dietrich hat nun mal Klasse, und die hast du eben nicht. Weißt du, was er neulich zu mir gesagt hat? Dietrich hat gesagt: *Das kleine schmierige Glück – jetzt hat sie es.*«

»Was macht eigentlich deine Suhrkamp-Veröffentlichung?«, fragte ich. »Udo meint, das wäre alles nur heiße Luft.«

»Da hast du ja g-gerade noch rechtzeitig die Kurve gekratzt«, sagte Rüdiger und stieg endlich wieder in sein Taxi. »Schließlich wirst du jetzt alt und hässlich. Falls du nicht dein Leben lang Besoffene durch die Gegend kutschieren willst, bleibt dir nur ein Ausweg: Mutterschaft! Und einen Versorger hast du ja schon. Vertrau endlich deinem Unterleib. Dafür b-bist du schließlich da. Im Geistigen wirst du sowieso niemals zu Hause sein.«

»Ja, ja«, sagte ich, »nur du und Dietrich, die großen Geister.«

»Oh bitte, versuch nicht, ironisch zu sein«, rief Rüdiger aus dem Fenster, während er anfuhr, »es ist dir einfach nicht gegeben.«

64

Es klingelte. Majewski stand vor der Tür. Er trug eine Halskrause, sein rechtes Bein und sein rechter Arm waren eingegipst. Er stützte sich auf zwei Krücken, die ihm bis unter die Schultern reichten. Ich hatte schon von seinem Unfall gehört. Er war mit einem Motorrad in einer Öllache ausgerutscht. Bei zweihundert Stundenkilometern. Das Mädchen, das hinter ihm gesessen hatte, lag mit mehrfach gebrochenem Becken immer noch im Krankenhaus. Majewski war nur auf eigenes Risiko entlassen worden, fuhr aber bereits wieder seinen BMW. Das Gaspedal bediente er mit einer der Krücken.

Er streckte mir mühsam den Arm hin. In der Hand hielt er einen Brief.

»Hier, der ist für dich. Hat der Briefträger aus Versehen in meinen Kasten gesteckt.«

Ich nahm den Brief. Majewski kratzte mit seinem Gipsbein auf der Fußmatte herum.

»Tja, und dann wollte ich dich noch etwas fragen ...«

Er machte eine Pause. Ich sagte nichts. Ich konnte es nicht fassen, dass er tatsächlich noch einmal ankam. Genauso gut hätte er jetzt seine Hose aufmachen und auf meine Fußmatte pinkeln können.

»Weißt du, bei mir oben wirbeln doch noch die ganzen Rechnungen und Belege herum«, fuhr Majewski fort. »Ich komme einfach nicht dazu, da Ordnung rein zu bringen. Und da dachte ich, du könntest das vielleicht für mich machen ... ich meine für Geld. Ich bezahl dir das natürlich.«

Sein Gesicht glänzte vor reiner Lauterkeit.

»Nein.«

Mein Nein kam so leise und heiser heraus, dass es fast wie eine Entschuldigung klang. Ich ärgerte mich deswegen.

»Na ja, ich meine ja bloß, weil … Du brauchst doch Geld. Und weil du ja auch schon in der Taxifirma geputzt hast, da dachte ich …«

»Nein.«

Er zuckte mit den Schultern, soweit seine Verletzungen das zuließen, und wandte sich zum Gehen. Dann drehte er sich noch einmal um:

»Sag mal, findest du das eigentlich angemessen, wie wir auseinandergegangen sind?«

Ich räusperte mich.

»Findest du nicht, dass wir uns noch einmal aussprechen sollten?«

»Nein«, sagte ich. »Du hast doch Charakter-Aids. Und ich hoffe, die Zuhälter schieben dir einen Pitbull in den Arsch.«

»Okay. Schon gut«, sagte Majewski erstaunlich gefügig und hob die Arme – den eingegipsten nur halb –, als hätte ich eine Pistole auf ihn gerichtet. »Schon gut, schon gut.«

Dann humpelte er demonstrativ leidend die Treppe hinauf.

65

Der Brief war natürlich wieder von der Lotteriegesellschaft.

Letzte Anweisung für Ihren Gewinnabruf!

Sehr geehrte Frau Terweg,
ich verstehe Sie nicht. Es stehen 25.000 DM auf dem Spiel. Jetzt haben Sie schon einmal das große Glück, und Sie melden sich nicht. Bitte glauben Sie es endlich: Sie sind beim großen 25.000 DM-Super-Glücks-Jackpot als Gewinnerin bestätigt. Jetzt liegt es nur noch an Ihnen. Und – nicht wahr – Sie könnten das Geld doch gut gebrauchen. Es ist Ihre letzte Chance. Wenn Sie Ihren Gewinnanteil nicht innerhalb einer Frist von zehn Tagen anfordern, geht er gemäß den auf der Rückseite der Gewinnbescheinigung abgedruckten Gewinnabrufregeln zurück in den Jackpot. Das hat mein Chef so entschieden. Ich kann da leider überhaupt nichts machen. Glauben Sie mir, Frau Terweg, es ist von höchster Wichtigkeit, dass Sie keine Zeit verlieren. Rufen Sie mich doch einfach an, und geben Sie mir Ihre Bankdaten telefonisch durch. Mein Chef wird sicher morgen schon fragen, ob Sie Ihren Gewinn endlich angefordert haben. Dann möchte ich ihm mit reinem Gewissen sagen können, dass er das Geld an Sie persönlich nach Hamburg schicken kann.

Mit freundlichen Grüßen
Ihre Giesela Kleiber

66

Ich wartete mit meinem Taxi am unteren Ende der Reeperbahn, vor einem Schuhgeschäft, in dessen Schaufenster ausschließlich rote, schwarze und weiße Stiefel mit dünnen Zwanzig-Zentimeter-Absätzen und bis weit übers Knie reichenden Schäften standen. Es war ein schöner, warmer Sommerabend. Ich hatte mein Fenster heruntergekurbelt, stützte den linken Arm auf die Autotür und beobachtete, wie eine Reisegruppe aus einem Bus mit Heider Kennzeichen quoll und aufgekratzt in die Große Freiheit strömte. Die Türsteher vor den Sexshows machten sich einen Spaß daraus, einzelnen Frauen Anzüglichkeiten zuzurufen. Ich sah, wie den Frauen dann das Gesicht gefror und wie ihre Männer verlegen mit den Türstehern lachten.

Jemand öffnete meine Beifahrertür.

»Nehmen Sie einen Schimpansen mit?«

Der ausgemergelte Mann in seinem abgewetzten Zirkuspullover stieg vorne ein und stellte sich den Schimpansen zwischen die Beine. Ich wurde ganz aufgeregt. Es war wirklich ein richtiger echter Schimpanse, auch wenn er einen blau und weiß gestreiften Häkelpullover trug und eine blaue Baumwollhose, die mit einer Windel ausgestopft war. Wahrscheinlich war er noch längst nicht ausgewachsen, aber er wirkte riesig, wie er da neben mir stand und sich am Armaturenbrett festhielt. Sein Kopf stieß gegen den Autohimmel.

»Zum Hansa-Theater, kannst mich aber am oberen Ende vom Steindamm rauslassen.«

Draußen juchzten zwei dicke Frauen auf. Sie waren zu

dem Türsteher gegangen und bogen sich vor Lachen. Sie konnten von seinen Frechheiten gar nicht genug bekommen.

»Hier war mal ein Landfrauenverein aus Schleswig Holstein«, sagte der Mann im Zirkuspullover, »die wollten einen Ausflug über die Reeperbahn machen, und dann hat denen jemand K.o.-Tropfen in den Piccolo getan. Und als die am nächsten Morgen aufgewacht sind, waren die alle rasiert und hatten *Gruß von St. Pauli* quer drüber tätowiert.«

Die Geschichte kannte ich schon. Bloß, dass es damals ein Damenkegelverein gewesen war, dem es passiert sein sollte.

Der Schimpanse sah zu mir herüber, und in dem kurzen Moment, als sich unsere Blicke trafen, begriff ich, dass es dem große Affen ganz ähnlich ging wie mir: Kein Spaß, kein Ausweg, und nicht die geringste Hoffnung, dass sich daran je etwas ändern könnte. Sein Besitzer hatte ein hartes wettergegerbtes Gesicht und ungewöhnlich viele Falten. Ein Brutalo mit kalten Sklavenhalteraugen. Er hatte ein Hundehalsband um den Hals des Schimpansen gebunden und hielt die Leine in der Hand. Mir war ganz elend. Die Ampel am Millerntor stand noch auf Rot, und ich rollte langsam darauf zu und schaltete in den zweiten Gang zurück, um gleich durchstarten zu können, wenn sie umsprang. Der arme Affe. Wo man auch hinsah, nichts als Qual und Unterdrückung. Meine Hand lag immer noch auf dem Schaltknüppel, als sich eine zweite darauf legte, eine schwarze und warme. Ich schaute hoch. Der Schimpanse sah mir wieder in die Augen und nickte ganz leicht. Herrje, wenn das ein Tier war – was war dann bitte ich?

»Nicht anfassen«, sagte der Mann. »Der ist bösartig. Der beißt.«

Er riss den Arm des Schimpansen weg und schlug ihm mit der Hundeleine auf den Kopf, bis der große Affe sich auf den Boden hockte und die Augen schloss.

»Nicht schlagen«, sagte ich, »bitte nicht schlagen.«

»Der ist bösartig«, sagte der Mann noch einmal. »So ein Schimpansenangriff ist das Schlimmste, was du dir vorstellen kannst. Der beißt dir ins Gesicht. Der springt dich an, und dann reißt der dir Stücke aus dem Gesicht. Und wenn du deine Hand davor hältst, beißt er dir die Finger durch wie Bananen.«

Plötzlich schossen die langen haarigen Arme des Schimpansen aus dem Fußraum, er umklammerte die beiden Nackenstützen und katapultierte sich mit einem einzigen Satz auf den Rücksitz. Die Hundeleine flog dem Mann aus der Hand.

»Uuh, uuh«, schrie der Schimpanse und hopste auf dem Rücksitz, wobei sein Kopf jedes Mal gegen die Decke stieß. Er fletschte die Zähne.

»Anhalten«, sagte sein Besitzer. »Schnell!«

Ich steuerte den Straßenrand an und hielt vor der Michaeliskirche. Der Mann stieg aus und schloss die Beifahrertür sorgfältig hinter sich, damit sein Affe nicht entkommen konnte. Als er die hintere Tür öffnen wollte, um sich zu dem Schimpansen auf den Rücksitz zu setzen, trat ich aufs Gaspedal. Ich handelte rein instinktiv. Ich wusste nicht, was ich tat, bis ich es getan hatte. Und dann war es auch schon zu spät.

»Huu«, schrie der Schimpanse und klatschte in die Hände.

»Huhu-huhu-huhu-hu.«

Ich fuhr die Ost-West-Straße runter. Für ein paar Minuten kam mir die Sache machbar vor. Wir würden im Zwodoppelvier nach Süden fahren, tanken, ohne zu bezahlen, und uns vergammeltes Obst von den Hintertüren der Supermärkte holen. Immer weiter würden wir fahren, bis nach Spanien, bis wir am Mittelmeer waren. Dort würde ich das Taxi an irgendein zwielichtiges Gesindel verkaufen, und wir würden uns bei Nacht nach Afrika übersetzen lassen und dann irgendwie nach Tansania durchschlagen. Der Schimpanse würde mir beibringen, wie man in den Dschungelbäumen Schlafnester baut, und ich würde mit meinen letzten Streichhölzern ein Feuer anzünden, in dem wir seinen Häkelpullover und seine Windelhose verbrannten.

Als ich über die Elbbrücken fuhr – zu meiner Rechten der rotviolette Abendhimmel und davor der Schattenriss der immer kleiner werdenden Stadt –, kamen mir die ersten Bedenken. Ich schaute auf die Tankanzeige. Drei viertel voll. Der Schimpanse war immer noch bester Laune, stieß kurze schnaubende Laute aus und hopste und krabbelte vom Rücksitz auf den Beifahrersitz und wieder zurück, wobei er sich jedes Mal mit einer Hand auf meinem Kopf abstützte. Als er das nächste Mal vorbeikam, hielt ich ihn fest und machte ihm das Halsband ab. Das Taxi steuerte ich so lange mit den Knien.

Auf Höhe der Autobahnraststätte Stillhorn schaltete sich knackend und rauschend das Funkgerät ein.

»Zwodoppelvier.«

»—«

»Zwodoppelvier, bitte melden Sie sich.«

»—«

»Zwodoppelvier, wo auch immer Sie gerade stecken – kann es sein, dass Sie noch einen Schimpansen im Wagen haben?«

»—«

»Zwodoppelvier, hören Sie mich? Wenn Sie sich nicht umgehend bei uns melden, müssen wir die Polizei verständigen.«

»—«

»An alle Kollegen: Wenn Sie die Zwodoppelvier sehen, bitte sofort in der Zentrale Bescheid sagen.«

Wir fuhren an der Ausfahrt Hamburg-Harburg vorbei. Ich überholte einen roten Kadett, dessen Fahrer mit offenem Mund den turnenden Schimpansen anstarrte. Nur gut, dass es gleich dunkel wurde. Es war natürlich kompletter Quatsch, was ich hier machte. Wahrscheinlich würden wir nicht einmal bis Castrop-Rauxel kommen. Der Affe kletterte wieder auf den Beifahrersitz, öffnete geschickt das Handschuhfach und verstreute das Wartungsheft, ein Fenstertuch, den Eiskratzer, eine Packung Taschentücher und den Inhalt einer Dose Fruchtdrops im Wagen.

»Verdammt«, brüllte ich ihn an, »kannst du nicht mal fünf Minuten stillsitzen.«

Der Schimpanse sackte in sich zusammen und zog den Kopf ein. Er krempelte die Lippen nach außen und machte leise »hn-hn-hn«. Ich tauchte halb ab und sammelte mit rechts ein paar von den Fruchtdrops auf und drückte sie ihm in die Hand.

»Entschuldigung«, sagte ich, »du kannst natürlich nichts dafür, aber wir stecken ziemlich tief drin.«

Der Schimpanse legte sich einen Drops zwischen Unterlippe und Zahnfleisch und machte ein unglückliches Gesicht. Jetzt kam das Maschener Kreuz. Ich hielt mich Richtung Hannover. Das Horster Dreieck. Ich hielt mich immer noch Richtung Hannover. Was für ein Wahnsinn. Im Grunde hatte ich es schon immer gewusst: In dem Moment, in dem ich zum ersten Mal eine eigene Entscheidung traf, würde es eine Katastrophe geben. Der Schimpanse kletterte auf den Rücksitz. Diesmal langsam und ohne mich zu berühren. Er setzte sich so weit von mir weg, wie es nur irgend ging, und dann stieß er einen schrillen, wütenden Schrei aus: »Aaargh.«

Ich war nichts, ich konnte nichts, und jetzt hasste mich auch noch der Schimpanse. Der hatte überhaupt keine Lust mehr, mit mir durchzubrennen. Alles, was ich anpackte, ging schief. Ich nahm meine Gewinnchancen nicht wahr, und ich bekam nicht einmal mehr einen Kleinwüchsigen ins Bett, und jetzt ging Marco zurück in den Jackpot und irgendeine langweilige Psychologiestudentin würde bei ihm einziehen.

Der Schimpanse kam wieder näher, schnüffelte an meiner Schulter und durchwühlte leise schmatzend meine Haare nach Ungeziefer. Wenn ich ihn zurückbrachte, würde er wahrscheinlich den Rest seines Lebens im Showgeschäft verbringen müssen. Puppenwagen schieben, aus Kaffeetassen trinken und Matrosenanzüge tragen.

Der Schimpanse legte seine große Hand auf meinen Kopf und drückte ihn zur linken Seite, um mich besser hinter den Ohren lausen zu können.

»He«, sagte ich und versuchte meinen Kopf frei zu bekommen.

Daraufhin drückte der Affe fester. Seine Hand war wie ein Schraubstock.

»Hör auf«, sagte ich und stieß mit dem Ellbogen nach ihm. Der Schimpanse kreischte wütend und schlug mir mit beiden Unterarmen auf den Kopf. Es fühlte sich an, als würde er mich mit Trommelstöcken bearbeiten. Das Biest sprang auf den Beifahrersitz, entblößte die schrecklich großen Eckzähne, beugte sich mit hängenden Armen vor und kreischte mir direkt ins Gesicht.

Ich musste hier raus. So schnell wie möglich. Bevor der mir Stücke aus dem Gesicht fetzte und meine Finger wie Bananen durchbiss. Und natürlich fuhren wir gerade durch einen Baustellenabschnitt ohne Standspur.

»Aaargh«, schrie der Schimpanse, griff mit einer Hand ans Lenkrad und ruckelte daran. Ich bremste und versuchte gegenzuhalten, aber ich hatte nicht die geringste Chance. Dieser Affe besaß unglaubliche Kräfte. Das Taxi schlingerte über zwei Fahrspuren, schrammte das Heck eines LKWs mit *Brummi wünscht gute Fahrt*-Aufkleber und verschob eine Reihe hüfthoher stählerner Fahrbahnbegrenzungen. Funken sprühten. Der Schimpanse ließ wieder los, um sich einem ausgiebigen Tobsuchtsanfall hinzugeben, und ich brachte das Taxi noch einmal unter Kontrolle. Ich wusste nicht, was ich tun sollte. So langsam wie möglich fahren, um den immer wahrscheinlicher werdenden Unfall glimpflich ausgehen zu lassen? Aber das Vieh neben mir war nicht nur unberechenbar, sondern auch bereit zu brutaler Gewalttätigkeit. Wenn ein Schimpanse erst mal einen Angriff gestartet hat, kann man sich jede Unterwerfungsgeste schenken. Da hinten war die Baustelle zu Ende. Ich trat aufs Gas. Ich wollte so schnell wie möglich dorthin und dann von der Straße runter und nichts wie raus aus dem Auto. Noch war der Affe damit beschäftigt, sich kreischend und zuckend auf dem Beifahrersitz zu winden. Ich überholte den wild hupenden Laster, klammerte mich mit beiden Händen ans Lenkrad, die Augen starr dorthin gerichtet, wo ich den Beginn des rettenden Standstreifens vermutete. Und dann hatte ich ihn erreicht, ich musste ihn nur noch ansteuern und bremsen. Aber bevor ich das tun konnte, griff der Schimpanse zum zweiten Mal ins Lenkrad. Und so schoss das Taxi am Ende über eine Böschung. Ich schrie, der Affe schrie, die Bremse quietschte, Zweige prasselten von allen Seiten auf die Fenster, dünne Zweige, dicke Äste, Holz krachte, Metall knirschte. Dann hob sich das Vorderteil des Taxis in die Luft, das Scheinwerferlicht erfasste den Rand einer Baumkrone, und dann sah ich über mir nur noch den schwarzblauen, sternenübersäten Himmel. Ich dachte nichts. Ich hatte keine Zeit zu denken.

»Raaarhrgh«, kreischte der Schimpanse.

67

Gegen fünf Uhr morgens verließ ich mit Nusske das Polizeirevier. Den Taxischein war ich los. Für immer. Außerdem hatte mich der Besitzer des Schimpansen angezeigt. Sein Affe war bislang noch nicht wieder aufgetaucht. Wahrscheinlich hangelte der sich gerade in großen Schwüngen durch einen Staatsforst.

Auf dem Parkplatz warteten Dietrich, Rüdiger und Taximörder. Der Himmel fing gerade an, hell zu werden.

»Wieviel Punkte hast du gekriegt?«, fragte Rüdiger, als ich an ihm vorbeiging.

»Weiß nicht«, sagte ich. »Aber darauf kommt es jetzt sowieso nicht mehr an.«

»Das ist eigentlich nicht gerecht, dass Taxifahrer genauso viele Punkte bei einem Unfall bekommen, wie private Autofahrer«, sagte Taximörder. »Wenn man bedenkt, wie oft wir einen Unfall verhüten.«

»Ja«, sagte Dietrich, »es kommt doch pro Woche mindestens zweimal vor, dass wir die Fehler irgendeines dämlichen Autofahrers ausgleichen. Und das rechnet uns ja auch keiner an.«

»Es müsste ein Punktesystem geben«, sagte Taximörder, »man müsste da Punkte gutgeschrieben bekommen. Wenn man zwanzig Unfälle verhütet, hat man dafür selber einen frei.«

»Warum hast du das eigentlich getan?«, fragte Rüdiger.

Ich machte eine vage Geste und sah an ihm vorbei.

»Du wärst der Letzte, dem ich es erzählen würde«, sagte ich.

»Soll ich dich nach Hause bringen?«, fragte Dietrich.

»Danke, aber ich fahr schon mit Nusske.«

Nusske war mit seinem Privatwagen gekommen, einem schwarzen Mercedes mit Anhängerkupplung. Er hatte einen Trailer angehängt. Auf dem stand jetzt der demolierte Zwodoppelvier. Wir gingen hinüber. Ein Kotflügel des Taxis war halb abgerissen, der andere gestaucht. Sogar das Dach war verbeult. Eines der Vorderräder hing in einem merkwürdigen Winkel an der Achse, und die Stoßstange fehlte ganz. Die Windschutzscheibe war herausgebrochen. Es steckten nur noch wenige kleine Glasstücke im Rahmen.

»Du hast wirklich verdammtes Glück gehabt«, sagte Nusske und zeigte auf die Pflaster in meinem Gesicht. Ich griff durch das offene Seitenfenster des Zwodoppelvier und zog meinen Stadtplan neben dem Fahrersitz hervor.

»Braucht jemand einen Stadtplan?«

Taximörder nahm ihn. Nusske und ich stiegen in den schwarzen Mercedes.

»Super«, sagte Nusske, als wir die Türen geschlossen hatten. »Echt klasse. Tausend Dank.«

»Gern geschehen«, sagte ich.

»Aber jetzt mal ehrlich – du hast es doch nicht etwa mit Absicht gemacht?«

»Nein, ich schwör dir, das war der Schimpanse«, sagte ich. »Der Schimpanse hat mir ins Lenkrad gegriffen.«

»Super«, sagte Nusske, »das ist ein Totalschaden, den kann ich komplett absetzen.«

Er startete den Motor, und ich öffnete das Seitenfenster und sog die kühle, im ersten Moment klare und dann mit Dieselabgasen vermischte Morgenluft ein. Jetzt ging die Sonne auf. Flüssige Farben verteilten sich auf dem Himmel und breiteten sich schnell aus – Rosa und Meergrün. Ich hatte ganz vergessen, wie schön die Sonnenaufgänge gewesen waren, als ich in der ersten Zeit noch jede Nacht bis zum Morgen Taxi gefahren war. So schlecht war der Job vielleicht gar nicht. Ich hätte nachts bloß länger durchhalten sollen.

Dietrich, Rüdiger und Taximörder standen neben ihren Wagen und sahen zu, wie wir abfuhren.

Die Straße spulte sich unter uns ab. Zuerst diese Straße, dann eine andere und dann wieder eine andere. Häuser zogen vorbei. Es waren dieselben Straßen und Häuser, an denen ich seit Jahren jede Nacht vorbeigekommen war – nur um ein Winziges verändert. Die Straßen waren nicht mehr mein Revier, sondern einfach nur Straßen, und die Häuser waren keine Adressen mehr. Bloß Häuser. Auch mit den müden Frühaufstehern am Straßenrand hatte ich nichts mehr zu schaffen. So also fühlte sich das an. In ein oder zwei Jahren würde ich vielleicht sogar an einem unbesetzten Taxiposten voller winkender Fahrgäste vorbeifahren können, ohne dass sich mein Puls deswegen erhöhte.

Ich musste wieder an den Schimpansen denken, daran, wie wir in dem verunglückten Taxi gesessen und uns die Köpfe gehalten hatten. Wie still es nach dem Aufprall plötzlich gewesen war. Und wie gelassen der Schimpanse dann durch die geborstene Windschutzscheibe und über die heiße, tickende Motorhaube geklettert und in den Büschen verschwunden war, ohne sich ein einziges Mal nach mir umzudrehen. Als wüsste er ganz genau, was er nun tun müsste. Ich bereute nicht, dass ich den Affen entführt hatte, aber es kam mir vor wie die Tat eines anderen. So fremd war ich mir in den letzten Stunden geworden.

Nusske räusperte sich.

»Wie ist es, kommst du noch mit zu mir, und wir trinken einen auf den ersten Totalschaden?«

»Das ist ein attraktives Angebot«, sagte ich, »aber ich habe noch etwas zu erledigen. Könntest du mich an der Schanzenstraße absetzen?«

»Jetzt? Um diese Uhrzeit? Aber wenn du willst – klar.«

Schweigend steuerte Nusske seinen Mercedes Richtung Pferdemarkt. Ich war froh, dass er nicht redete, das gab mir die Ruhe nachzudenken. Ich wusste noch nicht genau, was ich zu Marco sagen sollte – vielleicht wollte er ja gar nichts mehr hören. Ich wusste nur, dass – was auch immer es sein würde – ich es jetzt sagen musste. Später würde ich nicht mehr den Mut dazu haben.

Nusske hielt am Straßenrand. Ich küsste ihn auf die Wange und stieg aus. Als ich den völlig zerstörten Zwodoppelvier auf dem Anhänger sah, empfand ich ein so starkes Gefühl von Verlust, dass es beinahe weh tat.

Nusske schaute mich durch das geöffnete Seitenfenster an und zögerte loszufahren. Er schien etwas fragen zu wollen, überlegte er es sich aber anders und legte den Gang ein.

»Ein Totalschaden«, sagte Nusske bloß, »einfach super.«

Dann fuhr er mit dem rumpelnden Trailer davon.

Im Gebüsch vor dem Waschsalon sang ein Vogel. Jeder Ton klang so scharf umrissen und dreidimensional, als sei er aus der Luft herausgestanzt.

Von der Tagseite des Lebens in die Nacht

Katja Oskamp
Hellersdorfer Perle
Roman
224 Seiten • geb./SU
€ 18,95 (D) • sFr 31,90 • € 19,50 (A)
ISBN 978-3-8218-6110-4

Die Frau, Mitte dreißig, führt ein standesgemäßes Berliner Leben: Der Freund ist Theaterkritiker, die kleine Tochter wird geliebt, alles ist geregelt und gut. Bis die Frau eines Tages ihre Sachen packt und in eine Straßenbahn steigt. Am Ende der Fahrt, am äußersten Rand der Stadt, betritt sie eine Kneipe. Am Tresen sitzt ein älterer Mann mit Stock, der vom ersten Augenblick an eine mysteriöse Anziehungskraft besitzt…

»Katja Oskamp beschreibt eine Flucht aus dem Alltag, der zu neuen Ufern führt. Und so hat die Kneipe mit dem eigentlich absurden Namen ›Hellersdorfer Perle‹ doch einen unerwarteten Schatz hervorgebracht.«
MDR

eichborn
der verlag mit der fliege